순간마다 은혜였음을

순간마다 은혜였음을

1판 1쇄 발행 ㅣ 2022년 11월 20일

지은이 ㅣ 김정연
발행인 ㅣ 이선우
펴낸곳 ㅣ 도서출판 선우미디어
    등록 ㅣ 1997. 8. 7 제305-2014-000020
    02643 서울시 동대문구 장한로12길 40, 101동 203호.
    ☎ 2272-3351, 3352 팩스: 2272-5540
    sunwoome@hanmail.net
    Printed in Korea ⓒ 2022. 김정연

값 15,000원

ISBN 978-89-5658-717-2 03810

순간마다 은혜였음을

김정연 수필집

선우미디어 sunwoomedia

책머리에

지난날을 반추해 보니 매 순간순간이 모두 은혜로운 시간이었다. 그때는 은혜임을 생각조차도 못하면서 살았는데, 모든 게 감사한 순간들이었다.

배워야 할 시기에 배우지 못함에 불우한 처지를 원망하기도, 어렵다고 힘들다고 불평도 했으며, 남이 잘되는 것을 시샘하기도 했다. 그러나 이 고난과 역경은 성장하는 과정일 뿐 모두가 은혜였다. 사람으로 태어난 것은 커다란 축복이요, 인간으로서 누릴 수 있는 모든 자연현상도 은혜이다.

한때는 감사하기보다는 불만이 많았으니 바보처럼 산 것 같다. 그렇게 살았던 삶도 나의 삶이었고 나의 인생이었다. 좋고 싫고, 옳고 그르고를 떠나 나 자신이 가꾸어온 오롯한 나의 인생이었다.

항상 멈추지 못하고 살아온 삶의 무게가 가볍지 않았다. 잊어진 줄 알았는데 그 속에 아련한 추억도 있었고 벅찬 기쁨도 있었다. 그 삶을 한 줄의 언어로 남기고 싶은데 글을 쓴다는 것이 어렵고 두려웠다. 그렇다고 지나간 세월을 되돌릴 수 없고, 주저앉을 수도 없어 틈틈이 썼던 부족한 글들을 모아보았다.

흔적을 찾아갈 수 있도록 이끌어주신 함영덕 교수님, 박창수 교수님, 그리고 청주의 삶을 살게 해주신 故 안민동 회장님, 오랜 세월 함께한 아내와 민정·용완 남매, 그리고 고모님께 고마움을 전하고 싶다. 끝으로 이 책이 출판되기까지 마음을 써주신 선우미디어 이선우 대표님께 깊은 감사 드린다.

2022년 가을

김정연

차례

2 박하사탕과 여권

1

도깨비에
홀리다

되찾은 기쁨

병자년(丙子年) 끝자락, 12월 초순에 찾아온 강추위가 며칠 동안 기승을 부렸다. 좀처럼 누그러지지 않을 기세였다.

이런 추위에 팔순을 앞둔 어머니께서 고향에 다녀오시겠다고 한다. 날이 좋아지면 다녀오시라 해도 고집을 피우셨다. 한 번 하신다면 집념이 강해 어지간해서는 꺾이지 않는다는 것을 알기에 걱정이 앞섰다. 내일이라도 추위가 풀렸으면 하는 바람뿐이었다.

간절하면 이루어진다고 했던가. 하루 사이에 날씨가 한풀 꺾였다. 구름 한 점 없는 햇볕도 마음을 한결 가볍게 했다. 방송에서 정오에는 수은주가 영상 7도까지 오른다니 어머니께서 고향 가시는 길이 편안하리라 여겨졌다. 고향에 다녀오실 동안, 삼사일만이라도 추위가 멎어주었으면 하는 바람이 간절했다.

어머니는 아침 식사가 끝나자 기왕에 갈 것인데 더 늦으면 안 된다며 서두르셨다.

"서두르지 마셔요. 버스 시간이 점심때이니 출근했다가 시간 맞춰 모시러 올게요."

"오늘은 꼭 가야 한다. 시간 늦지 마라."

현관문을 나서는데 내 등 뒤로 다짐을 받고자 하는 어머니의 목소리에 힘이 실렸다.

출근하는데 천변으로 안개가 자욱했다. 흐르는 물을 타고 오르는 물안개가 아침햇살을 받아 곳곳에 작은 무지개를 만들어 놓아 산뜻하고 아름다웠다. 한시름 덜어주는 듯했다. 날씨만 도와 주면 했는데 이제는 잘 다녀오셨으면 하는 마음까지도 더해졌다.

매년 추수가 끝난 늦가을이면 고향에서 일 년 먹을 식량을 가져온다. 굴비로 유명한 영광 산골에 조상으로부터 받은 전답이 있어 받는 혜택이다. 농사지을 가족이 없기에 인척이 맡아 수고해 준다. 남의 일을 해준다는 건 쉽지 않은데 인척은 자기 일처럼 신경 쓰이지 않게 하니 얼마나 고마운가. 살아가면서 감사할 일이 많지만 이보다 감사한 일이 또 어디 있으랴. 더구나 금년에는 이사하느라 추수 때를 놓쳤다. 그래서 시간을 못 내어 전전긍긍했는데 어머니께서 다녀오신다니 한편으로는 죄송하고 한편으로는 한숨 돌릴 수 있어 다행이다 싶었다. 날씨가 아무리 좋더라도 팔십이 다 된 노인을 원거리에 다녀오시게 하는 것은 도리가 아니었으나, 자식 생각해서 군이 다녀오겠다고 하시니 바쁘다는 구실삼아 어머니의 뜻을 받아들이기로 한 것이다.

세상에서 가장 강한 힘이 모성애라 했던가. 연로하신 감정을 드러내지 않으시고 자식 위해서는 기꺼이 어려움을 마다치 않으시는 어머니 마음이 피부로 느껴졌다.

제법 큰 가방 하나와 어성초(감기에 좋다는 약초 뿌리)를 시골 땅에 심어 두어야 한다며 준비한 보따리, 작은 손가방을 챙겨 청주시외버스터미널에 도착했다. 승차표를 끊고 시간을 보니 출발 시간까지는 여유가 있었다. 어머니가 승차하는 것까지 보려고 기다리는데 혼자서도 충분히 탈 수 있으니 바쁜데 빨리 회사에 들어가라고 떠미셨다. 바빠야 얼마나 바쁘겠냐만, 왠지 마음은 개운치 않았다.

모친에 뜻을 받든다는 명분으로 발길을 돌렸으나 한 시간 정도 지났을까. 직원이 다급한 목소리로 전화를 받으란다. 평소 단순한 일에도 급하다며 찾으니 그러려니 하고 전화를 받았다. 그런데 업무적인 전화가 아니었다.

청원고속도로 톨게이트 옆 검문소란다. 검문소 직원은 어머니의 신분을 확인하더니 시외버스에서 일어난 전후 상황을 간단히 설명한다.

버스 기사의 말에 의하면 모친께서 돈이 들어있는 가방을 잃어버렸다 신고를 해서 차를 세웠는데 아마도 그 가방을 터미널에서 잃은 것 같다는 내용이었다. 그러니 빨리 와서 모셔가란다. 감이 잡히지 않았다. 검문소로 향하는 마음이 꼭 죄지은 심정이었다. 아무리 바쁘더라도 버스에 오르시는 것을 보고 왔어야 했는데 하는 후회스러운 한숨이 나왔다.

검문소에 도착해 자세히 자초지종을 들을 수 있었다. 버스를 기다리는데 구입한 표보다 앞서가는 차에 좌석이 남았음인지 빨리 가실 분은 타라고 하더란다. 행선지가 비슷하니 조금이라도 빨리 가고자 정확한 확인도 없이 차를 타셨다.

그러나 바쁘게 타시다가 큰 가방만 챙기고 돈이 든 중요한 작은 가방은 챙기지 못하고 타셨는데 버스가 시내를 벗어났을 때쯤 가방이 없음을 알게 되어 버스 기사를 당황하게 했다. 당황한 버스 기사는 검문소 옆에 차를 세우고 약간의 검문을 마친 뒤, 모친을 내려드리고 떠났다는 것이다. 검문소 근무자의 이야기를 다 듣고 나니 허탈한 심정이었다. 벼랑 끝에서 끙끙거리며 어찌할 바 모르는 심정이라고 할까. 아무리 떨쳐버리고 싶어도 떨쳐지지 않는 일이었다.

검문소에서 나와 터미널로 가는 동안 뉘우치고 후회해도 마음이 무겁기는 마찬가지였다. 어머니는 얼마나 걱정이 되었으면 짧은 시간에 얼굴이 더 수척해진 듯했다. 곱게 늙어 가신다고 생각했는데 정신에 이상기류가 형성되는 것은 아닌가도 싶었다.

걱정하지 마시라고 말씀드렸지만, 어찌 걱정이 안 되겠는가. 고개를 숙이신 어머니가 몹시 초췌해 보였다. 걱정한다고 해결될 일이 아니니 마음 편히 가지시고 내일 다시 가시면 된다고 했으나 가슴이 아렸다.

잠시 침묵이 흐른 뒤 모친께서 입을 여셨다.

"얘야 내가 어디에 홀린 모양이다. 네 말을 안 들어서 이렇게 된 모양이다. 돈 있으면 조금만 다오. 다음 차로 그냥 다녀오마."

"그러지 마시고 오늘은 집으로 가셨다가 내일 가셔요."

"집에 가도 마음이 그렇고 이대로 다녀오고 싶다. 안 되겠냐?"

"예. 그렇게 하셔요."

어머니가 끝내 눈물을 비치시는데 따르지 않을 수 없었다. 혹시나 가방이 그 자리에 있을까 해서 터미널로 방향을 잡았기에 더는 말을 건네지 않았다. 그 자리에 가방이 있었으면 얼마나 좋을까? 하는 기대를 했다. 그 기대는 모친이 더 간절했던 것 같다.

"얘야, 터미널에 가면 먼저 가방 두었던 곳부터 가보자."라는 말씀에 "예, 그렇게 하겠습니다."라고 대답해드렸으나 어머니는 얼마나 애가 타고 고통스러웠을까는 미루어 짐작할 수 있었다.

터미널 주차장에 차를 세우기가 무섭게 문을 열고 서두르셨다. 불안한 마음으로 서둘러 뒤따라가는데 모친 발걸음이 빨랐다. 급한 마음에 또 다른 사고로 이어질까 봐 눈을 떼지 못하고 "천천히 가세요, 천천히 가세요."만 반복했다.

그런데 승강장에 다 달았을 때 예기치 못한 일이 벌어졌다. 눈 깜짝할 사이라 해야 할까. 앞서가던 어머니께서 어느 아가씨의 가방을 낚아채는 것이 보였다. 순간 가슴이 철렁했다. "아니 저런!" 겁이 덜컥 났다. 또 다른 사고로 이어지는 것은 아닌가, 내심 불안했다.

"어머니 그러시면 안 돼요 안 돼!"

"가방 찾았다, 가방 찾았어!"

큰소리를 치시며 가방을 들어 보이는데 놀란 것은 아가씨 쪽이 더했다. 어안이 벙벙한 아가씨가 어리둥절 어쩔 줄을 몰라 했다. 눈으로 보면서도 믿기지 않았다. 너무나 상심하신 심정에 순간적으로 비슷한 가방을 잘못 보지 않았나 하는 마음이 스쳤다. 그런데 어머니가 가방을 잘못 본 것이 아니었다. 그 아가씨는 다름 아닌 터미널 직원이었다. 분실 가방이 있다는 제보를 받고 습득물을 수거하여 보관하기 위해 사무실로 가는 중이었다.

세상사 음과 양이 바뀌는 순간이었다. 터미널 직원에게 미안하고 감사하고 고마웠다. 남의 물건에 손대지 않고 그대로 둔 우리 사회가 고마웠다. 얼마나 은혜로운 세상인가. 가방을 되찾은 기쁨은 배가 되었다. 가방에 손대지 않은 시민정신이나 직원의 선행이 노모의 주름살을 펴게 했다.

어머니 얼굴에 화색이 돌았다. 허공에 허리를 구부려 연신 합장하시는 모습에 눈물이 핑 돌았다.

맑은 오후의 햇살이 더욱 따사롭게 다가왔고, 어머니의 가방을 되찾은 기쁨은 후일 잔잔한 추억으로 각인되었다.

도깨비에 홀리다

평생을 살겠다고 구입했던 집도 두고 가야 한다. 매매계약서에 도장을 찍었으니 뾰족한 방법이 없다. 서운함, 아쉬움이 교차하며 이사 올 때가 주마등처럼 스쳤다. 어려움을 극복하고 집을 마련했던 그 때를 회상하니 자신도 모르게 눈가에 눈물이 맴돌았다.

새로 신축한 집을 인수해 마당을 고르고, 나무를 심고, 대문을 새로 만들어 페인트를 직접 칠하면서 들인 공이 얼마이던가. 거금 들여 전신주까지 세우고 나서 전화도 끌어왔는데 허무했다. 세월 따라 훌쩍 커버린 은행나무와 목련, 라일락과 넝쿨장미, 목단 작약 수국 등이 서운하다며 허허로운 듯 쓸쓸해 보였다.

입주 첫날의 기억도 잊을 수 없다. 회사 동료들로부터 축하한다며 저녁 대접을 잘 받았다. 그런데 식사하며 마신 술이 너무 과했었나 보다. 그렇다고 정신을 잃은 것은 아니었다.

동료들과 헤어져 택시를 타고 집 근처 골목 앞에서 내린 것까지는 기억이 생생했다. 내린 후가 문제였다. 집에 가는 길이 훤히 트여 있었다. 그래서 그 길 따라 걸었다. 분명 대문이 눈에 보였다. 당연히 대문을 향해 발걸음을 옮겼다. 눈에 비치는 대문이 걸어도, 걸어도 항상 그 거리였다. 2~3분이면 다다를 수 있는 거리를 얼마나 헤매고 걸었는지 모른다.

어느 순간 번쩍 정신이 들었다. 정신을 차리고 보니 고속도로가 지척에 있고 사방이 논인데 논 한 가운데서 서성거리고 있었다. 우리 집이 멀지 않은 곳에 보였다. 귀신이 곡할 노릇이라고 해야 이해가 쉬울 듯했다. 양복은 진흙으로 범벅이 되어 있었다. 아무리 취했더라도 납득이 되지 않았다. 행여 도깨비나 귀신에게 홀렸던 것일까.

맞다. 도깨비에게 홀린 것이다. 그렇지 않고서야 설명이 되지 않았다. 그보다 더 많은 술을 마시고도 이런 일은 없었다. 처음 당하는 일이었으니 황당하기만 했다. 시간을 보니 새벽 4시가 지나고 있었으니 아마도 2~3시간은 족히 배회한 셈이었다.

지금이 어느 때인데 무슨 씨알도 안 먹히는 이야기를 하느냐고 할지 모르나 경험하지 않은 사람은 모른다. 미신을 믿지 않더라도 다른 논리로는 설명이 어렵다. 설득력이 있는 것은, 도깨비가 닭 울음소리에 물러난다는 어른들의 말씀처럼 도깨비에게 이리저리 끌려다니다가 새벽 4시가 되어서야 풀려났음이다. 고속도로에 자동차가 쌩쌩 달리는 것을 보면서 아차했으면 저승길도 충분히 갈 수 있었겠다 싶으니 등골이 오싹했다. 식은땀이 흐른다는 것은 이를 두고 한 말이라 싶었다.

흙투성이가 된 양복이며 머리부터 발끝까지 사람 모습이 아니었다. '내가 왜 여기 있지?' 아무리 머리를 쥐어짜도 생각은 묘연하니 답은 도깨비에 홀린 것이란 결론밖에 얻을 수 없었다.

정신을 가다듬고 논두렁을 빠져나와 택시를 내렸던 곳까지 와서 보니 100년도 넘게 자랐을 당산나무가 있었고 그 옆에는 삼신각이 있었는데 그 삼신각을 보자 다시 온몸에 소름이 돋았다. 이곳에 사는 귀신의 장난일까 하는 생각이 순간 스치고 지나갔다. 무사안일을 위한 기도라도 드렸더라면 하는 생각도 겹쳐졌다. 일단 자리를 빨리 피하고 싶었다. 빠른 걸음으로 집에 들어가니 가족들이 걱정하며 뜬눈으로 기다리고 있었다. 더구나 내 몰골을 보자 놀라서 말을 잇지 못했다. 어찌 잊을 수 있겠는가.

집은 내 몸과 마음이 편히 쉴 수 있는 공간이어야 한다. 그런데 살면서 보다 나은 삶을 살고자 몸부림쳤지만 수 없는 행, 불행의 일들이 파도처럼 밀려왔다 나가듯 애환을 켜켜이 쌓아 놓았다. 어쩌면 행복한 순간보다 어려웠던 순간이 많았던 것 같았다. 누구 탓이겠는가. 다 자신이 지어서 받는 것이겠지. 일 하나하나가 잘 풀릴 때도 있었으나 꼬이게 되는 것을 접하면서 집이란 몸에 맞는 옷처럼 자신에게 맞아야 된다는 것을 어렴풋이 깨달았다.

이렇듯 10년을 넘게 살았는데 회한이 왜 없겠나. 팔았지만 마음 한구석의 아픔은 긴 여운으로 남았다. 시원섭섭함, 강산이 변한다는 10여 년을 넘게 살다 보니 미운 정도 정이라고 들었나보다, 며칠 동안 잠을 이루지 못했으니….

푸성귀

심지 않으면 거둘 것이 없다고 했다. 작은 텃밭에라도 씨를 뿌려야 푸성귀라도 얻을 수 있다. 씨만 뿌린다고 자라는 것인가. 정성 들여 가꾸어야 한다. 하찮은 푸성귀라 해도 가꾸는 사람의 정성이 있어야 잘 자란다.

한낮 더위가 기승을 부리는 어느 날, 근무하는 곳에 할머니 한 분이 조심스럽게 들어오시더니 머뭇머뭇했다. 직원이 무슨 일이냐고 물으니 검은 봉지를 내밀었다. 잡상인인가 하는 생각이 스쳤다.

"뭐예요?" 하고 직원이 물으니 할머니가 손녀 주려고 텃밭에서 뽑아온 상추인데 손녀가 집에 없어 여기 주고 가시겠단다. 직원이 "그냥 주시는 거예요?"라고 되묻자 "응, 차비만 좀 주어." 한다.

"차비가 얼만데요."

"좀…."

"좀이 얼마에요?"

"그냥 좀…."

직원이 귀찮은 듯 할머니를 내보내려고 하자 옆에서 보다 못해 지갑을 열었다.

그 할머니와의 인연은 그렇게 시작되었다. 한 번 사드리니 3~4일 간격으로 찾아오셨다. 안 산다고 하면 두말없이 돌아가신다. 그리고 며칠 지나면 또 오신다.

"또 오셨어요?"

"차비만 줘."

"이번에는 뭐에요?"

"풋고추야."

"이젠 그만 오셔요."

"알았어."

그렇지만 잊을 만하면 또 오신다. 그런데 이상한 것은 일주일이 넘고, 열흘이 지나면 야릇하게 기다려진다. 분명 텃밭에서 길러온 것이 아니라는 것을 안다. 우연한 기회에 그 할머니를 야채 도매시장에서 보게 되었고, 그 할머니에 관한 이야기를 듣게 되었다. 믿어지지 않았지만, 경제적으로는 어렵지 않은 할머니란다. 푸성귀를 팔고 다니실 분이 아니란다. 그런데 왜 어려움을 자초하고 다니시는 거냐고 물었더니 자식을 졸지에 잃고 방황하다가 가슴을 쥐어짜는 슬픔을 달래려고 행상을 하는데 남을 의식하지 않는다는 것이다. 자신의 감정을 추스르려고 발품을 팔고 있는데 가끔 치매 현상이 나타나 조마조마하다는 이야기를 들었을 때 애잔한 감정이 솟았다. 세상사가 눈에 보이는 것이 다가 아니라는 것을 새삼 느꼈다.

산다는 것이 끝없는 괴로움의 연속이라는 말을 떠올리게 했다. 세상에서 가장 강한 사람은 자기를 이기는 사람이라 했는데 스스로 고통을 감내하며 괴로움에서 벗어나고자 하는 행위라니 애처로운 마음이 들었었다.

내 아픔이나 괴로움은 아무리 작아도 크게 느껴지고, 남의 아픔이나 괴로움은 아무리 커도 소소하게 여기는 것이 우리네 삶이 아닌가 싶었다.

마음이 얼마나 아프고 힘들었으면 모든 것을 잊고자 그러한 선택을 하셨을까. 도움을 준다는 것이 자칫 상황을 더 어렵게 하는 것은 아닐까 하는 마음이 들었다. 한편으로는 푸성귀를 사주지 않아야 다니지 않을 것이란 생각도 들었다. 그렇다고 오시는 것을 매정하게 오지 말라 할 수도 없었다. 그래서 상당기간 모른 듯이 그대로 지냈는데 어느 때부터 발길을 끊으셨다. 도매시장에도 나타나지 않으셨다. 그렇게 시간이 흐르면서 남의 일이라고 뇌리에서 잊혔다.

그런데 며칠 전의 일이다. 필요한 서적이 있어 서점을 다녀오는 길이었다. 회사 인근 재래시장 입구를 지나는데 들깨잎, 호박잎, 부추, 상추 등 푸성귀 몇 가지를 늘어놓고 파는 한 할머니가 눈에 띄었다. 그곳은 노점상이 없던 곳이다. 혹시 그 할머니가 여기에 노점상을 차리셨나 하고 가까이 가서 보니 그분은 아니었다. 신문지 위에 엉성하게 펼쳐놓은 푸성귀를 보니, 누가 사갈까 의심이 들 정도로 채소 상태도 좋지 않았다. 모두 판다 해도 얼마 안 되지 싶었다.

이분은 또 무슨 사연으로 푸성귀를 팔고 있을까. 잊었던 그 할머니 얼굴이 떠올라 무엇이라도 사드려야 내 마음이 편할 것 같았다. 그래서 가까이 갔는데 눈을 지그시 감고 계셨다. 한낮에 더위를 피하시느라 오수를 즐기시는 걸까. 아니면 깊은 명상에 잠겨 계시는 걸까. 조금도 흔들림 없이 앉아 계신 모습이 모든 시름 접고 편안하게 쉬고 있는 듯했다.

얼굴 모습은 노점상을 하실 분 같지 않았다. 이분에게는 어떤 절박한 사정과, 사연이 있는지는 모르나 세상사가 공평하지 않다는 생각이 들었다.

조금이라도 팔아드려야겠다는 생각에 지갑을 꺼냈지만 쪽잠을 깨울 수 없었다. 방해해서는 안 된다는 마음이 앞섰다. 눈을 감고 계시는 모습을 뒤로하고 눈을 돌리니 인근 건축 공사장에서는 공사가 한창이다. 폭염이 기승을 부리는 휴가철에 비지땀을 흘리며 열심히 일하는 모습이 할머니와 대조를 이루었다.

현장이 너무 큰 탓일까. 현장에 일하는 분이 상당히 많다. 높은 타워 크레인에서 자재를 여기저기 필요에 따라 공급하는데 사람은 보이지 않는다. 한 곳에서는 요란한 소리를 내며 레미콘 작업을 하고, 다른 한 곳에서는 목수들에 망치 소리가 쿵쾅거린다. 특히 비계설치(높은 건물에 외벽공사를 위해 파이

프를 상하좌우로 연결하는 일) 작업하는 분들은 곡예하듯 손놀림이 능수능란하여 꼭 서커스를 보는 기분이었다. 한편으론 놀라면서 자칫 실수는 하지 않을까 조바심이 들기도 했다. 저들을 위하여, 쪽잠을 즐기는 할머니를 위하여 시원한 바람이라도 한줄기 지나갔으면 싶었다.

불현듯 오래전에 열반하신 할머니 생각이 스치고 지나갔다. 할머니께서는 텃밭에 작물을 심어 놓고 가꾸면서 하루가 다르게 자라는 것을 보며 흐뭇해하셨다. "뭐가 그리 좋으셔요. 할머니." 하고 물으면 "요놈들 자라면 손자 반찬 해주려고 그러지." 하셨다. 그렇게 세월이 흘러 타지에 있다가 고향을 찾으면 언제나 텃밭에서 자란 푸성귀를 올망졸망 싸 주신다. 그때 왜 가지고 가지 않겠다고 투정을 부렸을까. 가서 몇 푼 안 주면 사 먹는데 귀찮게 갖고 다니느냐, 들고 다니는데 민망하다, 가서 먹을 때쯤 다 시들어버릴 것이다 등등 갖은 핑계를 대면서 할머니의 마음을 아프게 했던 기억들이 가슴을 저민다.

왜! 그때 잘 먹겠노라고, 너무너무 감사하다고, 우리 할머니 최고라고 한마디 해드리지 못했을까. 그랬더라면 아이구!

내 새끼 하면서 흐뭇해하셨을 텐데, 철이 든 지금은 그때가
한으로 남아 생각만 해도 눈가에 눈물이 맺힌다.

물안개와 상고대

출근하는 아침 시간은 항상 분주하다. 조금만 부지런을 떨면 바쁘지 않을 텐데 항상 쫓기듯 하니 이것도 습관이지 싶다. 부지런하기 위해서는 게으른 자기와의 싸움에서 지지 않아야 한다. 게으른 자기를 이긴다는 것은 자신의 감정을 자제할 수 있다는 것이다.

무엇 때문에? 만족한 삶, 행복한 삶, 인간답게 살기 위함이다. 숨 쉬는 생명에 강한 의지력을 내세워 이를 악물고 출근하려는 이유이기도 하다.

회사원으로서 소임을 다하기 위해 서둘러 아파트를 나서는데 아침에 냉한 공기가 몸을 움츠리게 했다. 찬 공기가 싸한 느낌을 주었으나 그리 싫지 않았다. 주차장으로 가는데

막 떠오르는 햇빛에 길게 드리운 그림자가 동행하자며 뒤를 따랐다.

반복되는 삶일지라도 하루하루가 다르다. 날씨 따라 기온이 다르고, 기분 따라 감정이 다르고, 부딪히는 사물이나 만나는 사람도 다 다르다. 오늘은 어떠한 다른 생활이 기다리고 있을까를 생각하며 차에 올라 시동을 걸었다. 라디오를 켠 후 숨을 고르고 차에게 안전 운전하자며 부탁하고 출발을 했다. 편안한 마음으로 도심을 벗어나 천변 도로 입구에 진입했을 때이다. 갑자기 눈이 휘둥그레 해졌다.

"와, 저게 뭐야!"

눈꽃이다. 아! 하는 탄성이 입에서 맴돌았다. 가늘게 늘어뜨린 개나리 줄기에 노란 꽃 대신 영롱한 눈꽃이 맺혔다. 너무나 아름답다. 기뻐할 일도 좋아할 일도 없는 요즈음 자연이 주는 선물이었다. 여유를 갖고 천천히 보았으면 좋겠는데 뒤따르는 차들이 그러한 시간을 주지 않았다. 차의 속력은 그 아름다움을 스치게 할 뿐이었다.

'저건 뭐람!' 천(川)에 흐르는 물 위로 가느다란 실오라기를 늘어트린 것 같은 물안개가 피어오르고 있었다. 물이 증발하면서 풀어내는 멋스러운 자태가 방금 본 눈꽃보다 더 아름다웠다.

자연이 주는 선물이었다. 감정의 샘이 가득 차서 넘치는 것 같았다. 심지 않았음에도 하나의 열매가 맺은 듯했다. 아주 얇게 깔린 안개가 모락모락 오르는 것이 아녀자가 수를 놓을 때 수실을 내려뜨리는 것 같아, 한 폭의 수묵화를 연상케 했다.

항상 지나치며 보던 그 천(川)이 아니었다. 맑은 물 위로 생성된 실안개는 공허한 하늘을 향해 하늘거리며 오르는데 운전자들의 눈길을 사로잡기에 충분했다. 인간의 능력으로 펼칠 수 있는 연출은 아니었다. 평범하지 않은 자연현상이 하루를 잘 가꾸라는 메시지로 보였다.

운전하는 사람들이 이심전심으로 통했음일까. 차량 행렬의 속도가 현저하게 느려졌다. 주차공간이라도 있었으면 멈추어 사진에 담고 싶었다. 그러나 앞차와 거리를 두고 따라가느라 눈요기마저도 제대로 할 수 없음이 서운했다.

욕심, 차에서 내려 사진에 담고 싶은 것도 욕심이다. 욕심은 인생을 쉽게 살려는 잘못된 생각에서 기인된 것이다. 땀

흘리지 않고 얻은 소득은 순수함이 결여되어 있다. 그러기에 선인들은 욕심을 내려놓으라고, 마음을 비우라고 한다.

회사에 들어서니 억센 전라도 사투리가 간간이 흘러나오는데 아마도 전라도가 동향인 분들이 모여 담소를 하는 것 같았다. 그냥 지나칠까 하다가 조금 전에 보았던 눈꽃과 안개를 자랑하려고 그 자리에 끼어들었다.

"혹시 오늘 출근하면서 눈꽃이나 물안개 보았당가?"

"아따! 눈도 오지 않았는데 무슨 눈꽃이랑가. 그런 거짓말하지 말고 싸게 앉으시오."

그 중 한 분이 드센 사투리로 말할 여유도 주지 않았다.

"아니랑께, 진짜랑께."

대꾸하며 끼어들어 자리에 앉으며 정색하고 다시 물었다.

"진짜 천변에 핀 눈꽃이나 물안개 본 사람 없당가?"

"첫눈도 아직 안 내렸는데 눈꽃이 어떻게 피것소?"

"아침밥 잘못 묵었소? 눈이 와야 눈꽃이 피든가 말든가 하지 눈도 안 왔는디 눈꽃이 어찌 피것소."

옆에서 듣고 있던 한 직원의 말에 또 다른 직원은 한술 더 떠서 거든다. 듣고 보니 그렇다. 눈도 내리지 않았는데 어떻게 눈꽃이 피었지. 고개를 갸우뚱하면서도 조금 전 보았던 아름다운 눈꽃은 뭐였단 말인가. 의심이 들었다.

내가 보고 느낀 아름다움을 전하고자 하는 마음에 찬물을 끼얹은 셈이다. 조금은 서운했다. 있는 그대로를 전하려고 했는데 받아들여지지 않은 데 대한 섭섭함이다. 진심으로 이 야기하는데도 받아들이는 입장에서는 받아들이기 어려운 상황이지 싶었다. 그러나 이심전심은 아니더라도 듣는 척이라도 하면 가감 없이 전달할 수 있었을 텐데 하는 소원함이 깔렸다. 평소에 남의 말에 관심을 갖고 귀담아듣는 것이 얼마나 중요한가에 대한 정서를 엿볼 수 있었다.

그때 나이 지긋한 직원 한 분이 오늘 상황을 다시 말해 보란다. 힘을 얻어 천변에서 보았던 눈꽃과 아름답게 피어오르는 물안개에 대해서 말로 그림을 그렸다. 가느다란 나뭇가지에 피어있는 눈꽃의 아름다움, 수묵화를 연상케 하는 물안개에 대해 입에 침이 마르도록 풀어 놓았다.

내 이야기를 다 듣고 난 그분이 커피 한 모금을 마시며 말을 꺼냈다. 자신도 출근하면서 보았단다.

"참 아름답더구만, 물안개가 피어오르는 모습이 한 폭의 그림 같았어."

유유상종이라 했던가. 맞장구쳐주니 마음이 흐뭇했다. 이어서 말씀하시는데 '그러나 눈도 오지 않았는데 눈꽃이 맺을 수 없지.' 주위를 한 번 살피더니 '그것은 눈꽃이 아니라 상고대라고 하는 거야.'

"뭐라꼬! 상고대라고?"

모두가 처음 들어본 말이란다. 보고 들은 바가 처음이니, 모르는 것을 모른다고 할 수밖에, 그러자 눈꽃은 눈이 내려 만들어지는 것이고, 상고대는 기온이 갑자기 떨어지면서 습기와 냉기가 어우러져 조화를 이루며 눈꽃처럼 맺어지는 것이라는 설명을 자세히 해 주었다. 사실 그때까지만 해도 상고대에 대한 지식이 없었기에 눈꽃과 구분하지 못했음이다. 덧붙여 말을 이으셨다.

"사진작가가 보았다면 작품감이지. 그러한 멋진 순간을 담고자 몇 날 며칠 시간을 허비하지만, 운이 없으면 렌즈에 담기 힘들어. 물안개는 좀처럼 보기 드문 그림이었어. 그러한 훌륭한 그림을 노력 없이 볼 수 있다는 것은 행운이지."

사람의 감정이 자연적인 조건이나 여건에 따라 대처해지

는 상황이 달라질 수 있다는 것에 스스로 이상야릇한 기분이 들었다. 듣고 있던 직원들이 상고대를 구경하겠다고 자리를 박차고 다녀왔으나 이미 그때는 모두 사라져 보지 못했다며 아쉬워했다.

습기와 냉기가 만들어내는 설치예술 같은 눈꽃, 미세한 물방울이 증발하면서 만들어낸 은은하고 기품이 느껴지는 물안개. 모두 창조예술을 떠올리게 했다. 그러나 보는 것도 때가 있었다. 아름답지만 홀연히 나타났다 해가 뜨면 홀연히 사라져버린 물안개와 상고대, 내가 조금만 늦게 출근했으면 바람 소리 지나치듯 보지 못했을 것이다.

때맞춰 보았기에 상고대의 의미도 배운 것이 아니던가. 더불어 살아가는 삶 속에서 화려하지 않더라도 필요할 때 필요한 사람으로 살 수 있다면 하는 생각을 가져보았다.

낙뢰(落雷)

교환대

장마가 다 끝났다고 생각되는 어느 날 오후였다. 갑자기
검은 구름이 몰려들기 시작한 하늘은 대낮인데도 등불을 밝
혀야 할 정도로 어두워졌다. 우주의 호흡을 막을 힘은 인간에
게는 없었다. 자연의 힘에 압도되어 괜히 움츠려들고 강박관
념에 사로잡혀 삶의 궤적을 이탈해 초조하고 불안한 두려움
이 엄습했다.

어두워진 세상만큼이나 마음도 어두워져 어딘가에 갇히는
기분이 되어 몸이 찌뿌둥했다. 어둠이 극에 달하자 찌뿌둥한
마음을 알기라도 한 듯 위협적인 천둥번개가 하늘을 가르며

토해내는 불빛과 굉음에는 등골이 오싹해졌다. 위험을 예고라도 하는 듯 우르릉 꽝 꽝, 꽝! 꽝! 우르릉 꽝 꽝 3~4초 간격으로 반복된 강한 빛과 엄청난 굉음은 귀를 막아야할 정도로 강렬했다. 텅 빈 허공을 가르며 찌릿찌릿 번쩍거리는 빛은 죄지은 악을 벌하려는 듯 소름이 돋을 정도로 섬뜩했다. 번개가 내리 꽂히는 곳은 천당과 지옥이 공존하는 것 같았다.

사람이 통제할 수 없는 것이 기후변화이지만 이러한 자연현상을 겪을 때마다 최악의 상황은 비껴갔으면 하는 기대를 하게 된다. 물론 마음대로 되는 것은 아니지만 하나의 바람이었다. 카네기는 최악의 상황을 받아들이면 더 이상 잃을 것이 없다고 했지만 막상 상황에 직면하고 보면 당황할 수밖에 없다.

먹구름이 그 두께를 더해간다. 원망스런 하늘을 쳐다보니 답답했었다. 얼마나 많은 비를 뿌리려고 저리 모여들까. 어려운 상황에서도 조바심내지 말고 정신 차리라 했거늘 점점 더 어두워지는 밖을 바라보니 우려스런 일이 일어나지는 않을까, 속이 타는 듯했다.

사람은 자연 앞에 나약한 존재일 수밖에 없다. 결코 대적

할 수 없는 힘을 느끼기에 충분했다. 뜻밖의 이변에 수많은 사람이 어려움을 겪어야 하고 재산을 잃거나 목숨을 잃기도 한다. 이상기후로 국지성 강우가 잦아지면서 피해를 입는 경우가 종종 발생하지만 속수무책인 것이 현실이다.

이럴 때일수록 위험한 곳을 살펴 미리 재해를 입지 않도록 대비하는 것이 중요하다 싶다. 서로를 배려하고 모자람을 채워가는 이웃이 되어 진정한 교감을 할 수 있다면 많은 어려움에서 탈피할 수 있으리란 생각을 가져보았다.

상당히 긴 시간, 대지를 흔들더니 다소 소강상태가 되었다. 천둥번개가 잠잠해지니 밖이 소란스러웠다. 건물에 몸을 숨기고 있던 사람들이 하나 둘씩 밖으로 나왔다. 삼삼오오 여기저기 주시하는 행동들이 뭔가 이상하다는 의구심이 들었다. 그때 한 이웃이 호텔을 기웃거리더니 묻는다. 어! 여기는 정전되지 않았어요? 밖은 다 정전되었는데요. 자세히는 모르나 변압기에 벼락이 맞았다고 해요. 내심 걱정하는 말투다. 애가 탔던 것이다.

물을 것도 없이 번개로 인한 변고지 싶었다. 어느 변압기에 벼락이 떨어졌을까? 다행히 호텔은 단독으로 끌어온 전기

였기에 정전은 피할 수 있었음이다. 정전이 되더라도 비상발전기가 있으니 문제될 것은 없었지만 불안이 가시지는 않았었다.

 알 수 없는 불길한 느낌이 온 몸을 감싸는 것 같았다. 좋지 않은 예감은 꼭 들어맞는다고 했던가. 문제는 전혀 예상치 못한 곳에서 발생했다. 직원이 어디서 타는 냄새가 난다고 알려 왔다. 그러나 냄새나는 곳을 아무리 찾아도 원인을 찾을 수 없다는 보고였다. 모든 직원을 비상 대기시키고 냄새나는 곳을 찾으려고 여념이 없을 때 교환대 부근이 이상하다고 알려왔다. 서둘러 교환대에 들어가니 매캐한 냄새가 스멀스멀 올라오고 있었다. 그런데도 이상이 없느냐는 물음에 통화에는 문제가 없다는 답이었다. 분명 무슨 이상이 있는데 무엇인지 모르니 세상사 모르면 눈이 있어도 볼 수 없음과 같음이다. 기계에 대해 문외한이 어찌 알 수 있으랴. 그 때 갑자기 교환대 전체에 불빛이 요란스럽게 깜박거렸다. 지금이야 전화선 코드 꼽고 빼는 교환대를 볼 수 없지만 그 시절에는 교환대가 커서 소형 캐비닛 같았다. 그런데다 전화 오고가는 코드선 하나하나를 직접 연결해주어야 하는 구조였다. 그러니 교환원은 통화를 막힘없이 하게 하려면 신호등 같은 역할을 해야 했다. 더구나 객실 하나하나에 코드가 다 필요했으니 한시도 눈을 뗄 수 없는 곳이 교환대였다.

요란한 불빛이 아니더라도 타는 냄새가 온 신경을 곤두서게 했다. 그러나 겉으로는 이상을 발견할 수 없었기에 더 답답했다. 전문가가 아니기에 함부로 손을 댈 수도 없었다. 기계실에 담당 기사도 기기에 대해서는 잘 몰라 함부로 손을 쓸 수 없다고 했다. 기댈 곳은 보수업체밖에 없었다. 황급히 보수업체를 찾았으나 연락이 되지 않았다. 혹시 화재로 이어지지 않을까 염려되어 교환대 전원을 내리라고 지시하고, 계속해서 보수업체와의 연결을 시도했으나 쉽지 않았다. 평소에는 고장이 별로 없어 무심코 지냈는데 뜻하지 않은 어려움에 직면하고 나서야 통신기술자가 위대하게 느껴지고 비로소 그의 필요성을 절감하는 순간이었다. 내가 언제 이렇듯 통신기술자를 간절히 찾았던가. 그러기에 세상은 필요에 따라 얽혀 균형과 조화를 이루고 공존하며 살아가는가 보다. 그래도 필요할 때 그와 연결이 되어야 할 것이 아닌가. 정확한 진단 후에야 후속 조치를 취할 수 있는데 연락이 안 되니 답답하기

그지없었다.

　더 큰 사고로 번지지 않을까 전전긍긍하고 있는데 옆 건물 주인이 찾아왔다. 한전에 전화를 좀 하자고 부탁을 하는 것이었다. 아마도 호텔에 불이 켜진 것을 보고 들어오신 것 같았다. 다행히 교환대를 통하지 않은 직통전화가 있어 주변에 보탬이 될 수 있어 얼른 전화를 내 드렸다. 그때 전화도 받지 않던 보수업체 직원이 눈에 들어왔다.

　얼마나 반가웠던가, 조금 전 못마땅했던 생각은 순간 지워졌다. 보수업체 직원은 교환대를 살피면서 낙뢰를 맞은 데가 우리뿐만이 아니란다. 이번 낙뢰는 통신케이블에 문제를 발생해 여러 곳에서 불편을 호소해 왔단다. 몸은 하나고 동시에 많은 곳에서 찾으니 전화를 받으면 다툼만 일어 받지 못하고 가까운 곳부터 점검하고 있다면서 늦어서 죄송하단다. 그래도 여기는 가까운 곳에 있어서 바로 올 수 있었다며 전화를 받지 않은 데 대한 이해를 구했다.

　보수하면서 낙뢰를 맞아 교환대가 고장이 나면 자칫 수리가 불가능한 경우도 있고, 새로 구매하려고 하면 비용도 문제지만 시간도 많이 걸려 애로가 많다는 사정을 털어놓았다.

다행히 우리 호텔은 배터리에 이상이 없어 빨리 보수할 수 있을 것 같다고 했다. 수리하는 손을 보는데 기술자는 역시 다르구나. 같은 일이라도 보람된 일을 하는 것 같아 신뢰가 가고 고마움은 배가되었다. 수리가 끝나자 주의사항을 주지시키고는 총총히 다른 곳으로 사라지는 그에게 감사했다.

낙뢰의 위력을 체험하면서 위험은 순간이구나, 이웃 누구라도 재해를 입을 수 있겠구나. 자연 앞에서 나만은 괜찮을 것이란 얄팍한 생각은 이기심임을 깨달았다. 안전에 대한 방심은 항상 금물이며, 상황 따라 대처할 수 있는 적응 능력을 키워야 한다는 이치를 깨우치는 계기가 되었었다.

우산

낙뢰(落雷)는 번개와 천둥을 동반하는 급격한 방전현상으로 강한 비가 내리거나 우박을 동반한다. 이러한 자연 현상 앞에 인간이 어떠한 저항을 할 수 있을까. 한 생애를 통해 한 번도 겪지 않고 순탄한 삶을 사는 사람도 있겠지만 한두 번, 아니 그 이상도 겪으면서 파도와 같은 생을 엮어가는 것이 우리네 삶이지 싶다.

30대 초 시장조사차 남대문시장에 가고 있었다. 식재료의 동향 파악과 원가에 대한 기초조사를 위해서다. 이런 일은 영업을 위한 손익분기점을 산출하는 기준으로서 필수이다.

책상에 앉아서 전화한다거나 누구를 시켜서 하는 것은 그 실효성이 떨어진다. 계절에 따라 출하량이 다르고, 날씨 따라 물동량이 다르므로 발품 팔아 현장을 살펴야 한다. 날이 궂은날은 야채의 물량이 일정치 않으므로 거래되는 가격을 예측하기가 매우 어렵다. 더불어 아예 반입되지 않은 품목이 있기도 하고, 의외로 가격등락이 심해서 구매하는 쪽에서 곤욕을 치르는 경우가 허다하다. 그래서 실제로 시장을 돌아보아야 실수를 줄일 수 있다.

이런저런 이유로 비가 내리는 때에 맞춰서 나선 길이었다. 빗방울이 한두 방울 내렸지만, 목적이 있었기에 대수롭지 않게 여겼다. 또한 머릿속에는 시장조사에 대한 구상으로 다른 생각이 끼어들지 못했다. 더구나 오랜 가뭄 끝에 내리는 비라 기꺼이 맞고 싶었다. 옷 젖는 것쯤은 대수롭지 않게 여겼다.

오히려 모든 만물을 살리는 생명수인데 얼마나 감사한가.

그런데 길을 나서 조금 걸었을까 빗줄기가 굵어지며 바람이 일기 시작했다. 굵어지는 빗줄기에 바람까지 세어지니 길거리에 사람도 피할 곳을 찾아 몸을 감추었다. 어쩌다 종종걸음으로 지나는 사람이 쓴 우산은 그 기능이 무용지물이었다. 내가 쓴 우산도 힘겨운 듯 바람 방향을 따라 이리저리 출렁인다. 안간힘을 써보지만 비는 비대로 맞으면서 우산을 버릴 수도 그렇다고 쓸 수도 없는 계륵 같은 존재였다.

출발할 때만 해도 희망적이었는데 강한 비바람에 어찌할 바를 몰라 하면서 '괜히 나왔다. 다음에 와도 되는데.' 하는 후회가 밀려왔다. 이제는 돌아갈 수도 없다. 다만 들고 있는 서류가 비에 젖을까 그 걱정뿐이었다. 마음이 급해지니 걸음을 재촉했다. 빠른 걸음으로 남대문시장에 거의 다 달았을 때다.

"짜릿!" 갑자기 손에 전류가 흐르면서 순간 우산이 튕겨 나갔다. 아니, 우산이 튕겨 나간 게 아니라 본능적으로 우산을 놓아버린 것이다. 그리고는 발에 힘이 빠져 넘어졌다. 그런 와중에도 서류를 몸으로 안았다. 서류가 젖으면 안 된다는 정신력이 작동한 것이었다. 그까짓 서류가 무엇이라고 몸보다 더 중요하단 말인가.

넘어진 내 주위로 사람이 몇 명 모여들었다. 옷을 툴툴 털고 일어나는 나를 보더니 모두 제 갈 길로 돌아섰다. 어느 한 사람도 다친 데 없느냐고 묻지도 않았다. 일어섰지만 여전히 다리에 힘이 없었다. 아마도 우산이 피뢰침 역할을 해 경미했지만 벼락을, 아니 처음으로 자연이 주는 전류를 경험했다.

이미 서류도 젖었다. 시장조사를 포기할 수밖에 없었다. 뒤돌아서는데 조금 전과 달리 하늘이 야속했다. 세상사 쉬운 일은 없을 테지만 '왜 하필이면 나에게'라는 생각이 밀고 들어 왔다.

다음날 북한산에서 낙뢰 사고로 인명피해가 발생했다는 보도와 함께 낙뢰 주의사항이 게재되어서 자세히 읽어보았다.

"번개가 칠 때는 피뢰침 있는 건물 내부로 대피하는 것이 가장 안전하다. 비에 젖은 로프, 난간 등은 손으로 잡거나 기대지 마라. 산행중 미처 대피하지 못했을 땐 동굴 등으로 대피하라. 큰 나무 밑이나 바위에서는 몸을 가능한한 낮추어라. 쇠붙이가 있는 우산이나 골프채 등 뾰족한 물건을 들고 서 있으면 위험하다. 자동차 안에서는 정차 후 시동을 *끄고* 그대로 있는 것이 더 안전하다….” 등등이었다.

자전거

가뭄에 비가 오기를 기다리는 마음과 장마나 게릴라성 폭우에 천둥 번개가 칠 때 비가 그치기를 기다리는 마음에 어느 쪽에 무게가 더 실릴까.

기다린다는 건 내일에 대한 희망이다. 점이 모여서 선이 되듯이 인생은 하루하루가 모여 일생이 된다. 그러기에 내일이란 기다림 속에서 하루하루를 설렘과 그리움으로 보내는지도 모른다. 그런데 그 하루가 삶과 죽음의 경계를 오갔다면 어떨까. 또한 절망의 늪에서 헤매다 빛을 보았다면 그는 삶을 어떻게 여길까.

그날 하늘에는 구름이 점점 몰려오고 있었다. 먹장구름이 하늘을 덮으면서 금방이라도 비가 퍼부을 듯한 기세였다. 구름은 더 많은 비를 쏟겠다는 듯 새까맣게 하늘을 덮었다. 이윽고 비를 뿌리기 시작했다. 금세 빗줄기가 굵어지면서 천둥 번개를 동반한 강풍이 몰아쳤다.

커피숍 손님들이 나가려다 다시 주저앉았다. 나도 다음 볼 일이 있었지만 커피숍에 앉아서 지인들과 강풍이 멎기를 기다렸다. 그런데 무심코 밖을 내다보고 있을 때 자전거 한 대가 지나고 있었다. 저 사람은 어떤 급한 일이 있기에 이 빗속을 가는 것일까 생각하는 순간 갑자기 한 줄기 빛이 커피숍 창문을 향해 화살같이 달려들었다. "앗!" 외마디 비명을 질렀다. 나만이 아닌 커피숍에 있던 여러 사람의 입에서 일시에 터져 나왔다. 그 빛이 달리고 있는 자전거와 일직선이 되는가 싶더니 자전거가 넘어지는 동시에 그 사람이 쓰러졌다. 마치 영화의 한 장면 같았다. 누구랄 것도 없이 모두 호텔 밖으로 뛰쳐나갔다.

"낙뢰를 맞았나 봐."

"맞아 낙뢰야."

그의 주변에는 아무도 없다. 용기를 내어 쓰러진 사람에게 다가가 오는 비를 맞으며 흔들어 보았는데 움직임이 없다. 쓰러져 있는 그를 흔들면서 정신 차리라고 큰소리를 쳤지만 반응이 없다. 비를 피할 곳으로 이동하고 119에 전화했다. 그때 나는 심폐소생술도 몰랐을 때이니 속수무책이었다. 잠시 시간이 흘렀다. 그가 조금 움직였다. 괜찮냐고 물었으나 대답이 없다. 다행히 구급차가 신속하게 와 주었다. 그를 병원으로 보내고 자전거를 수습해서 보관했다. 변을 당한 사람으로서 어찌 이러한 일이 일어나리라 예상을 했겠는가 다만 그가 안전하게 완쾌되기를 빌었다.

사흘 후 그는 건강한 모습으로 자전거를 찾으러 왔다. 감사함을 표했다. 그는 그때 짜릿한 전율을 느끼며 쓰러져 정신을 잃었다는데 운이 좋았던 것 같다고 했다. 아마도 번개가 정통으로 맞았다면 목숨을 부지하지 못했을 것이란 의사의 말을 전하면서 살려고 스친 것 같다며 도와주셔서 너무 감사했다는 말을 남기고 밝게 웃었다. 그것이 삶이 아닐까.

67년 만의 휴가

사람에게는 육체적인 노동이든, 정신적인 노동이든 멈출 수 있는 시간이 있어야 한다. 학생들에게 방학이 있듯 근로자에게 주어지는 쉼이 법정 휴가이다. 일하는 사람에게는 무엇과도 바꿀 수 없는 소중한 시간일 것이다. 그런데 법정 휴가도 제대로 찾아 쓰지 못하는 사람들이 의외로 많다고 한다. 일의 늪에 빠져 그 휴가를 제대로 쓰지 못해 심신을 지치게 하고, 때로는 건강을 해쳐 의사의 도움을 받아야 하는 경우도 적지 않음이다.

휴가는 몸과 마음, 정신을 모두 쉬게 하는 장치이다. 지친 심신을 회복하여 내일의 활력을 얻고자 함이다. 휴가 기간이 길고 짧음보다는 정서적 쉼이 더 중요하다. 질적으로 휴가를 잘 보냈느냐 못 보냈느냐가 중요하다는 의미일 것이다.

그날은 참으로 예기치 않게 일어난 사고였다. 서로 뜻이 맞는 지인들과 식사하면서 소주잔을 기울였다. 사회적 이슈를 안주 삼아 덕담이 오갔다. 잡다한 이야기, 일상적인 고마움, 삶의 여백을 채우는 기쁨 등 사소한 대화로 의미 있는 시간을 보내고 있었다. 술잔이 오고 가며 화기애애한 분위기가 무르익었을 때이다. 중간에 잠시 자리를 뜨는 것이 예의에 어긋나는 것인 줄은 알지만 참을 수 없었다. 하는 수 없이 양해를 구하고 잠시 자리를 벗어났다.

식사하던 음식점은 한옥을 개조한 곳이어서 해우소를 가려면 밖으로 나가야 했다. 방에서 나와 마루를 지나야 했고 높지 않은 계단이었지만 불편했다. 더구나 신발을 바꿔 신어야 하는 번거로움에 귀찮아진 나는 불평을 했다. 그 불만을 지신(地神)이 들었음일까. 세상사 급할수록 천천히 가라 했거늘 급한 생리적 현상은 화를 자초했다. 약간의 취기는 있었으나 불행을 자초할 만큼은 아니었다. 계단을 내려서면서 서둘러 구두를 신다가 아, 아 하고 쓰러졌다. 순간 눈에 번개가 치는 것 같았다. 참을 수 없는 엄청난 고통이 밀려왔다. 발목 어디를 호되게 얻어맞은 듯 아프다는 소리조차 나오지 않았다. 기둥을 치면 대들보가 흔들린다고 했는가, 온몸이 통증으로 감기는 것 같았다. 정신을 차려야 한다는 강박관념에 다친 부위를 살피려고 발목 부위를 만지는데 이게 뭐야? 발목이 흔들거렸다. 분명 발목이 부러진 것이다. 얼마큼 다쳤는가는 가늠이 되지 않았다.

앞이 캄캄해졌다. 너무 뜻밖이어서 어찌할 바를 모르다가 있는 힘을 다해 직원을 불렀다. 직원에게 빨리 구급차를 부르라고 했다. 놀란 종업원이 "예, 예"만 할 뿐 우왕좌왕했다. 다시 구급차를 부르라고 다그쳤다.

넘어진 채 꼼짝 못 하는 사이로 메마른 삭풍이 세차게 몰려왔다. 피할 수도 없었다. 몸이 시리도록 파고드는 찬바람은 정신을 놓지 말라고 타이르는 듯했다.

좋은 사람들과의 저녁식사가 한순간에 헝클어질 줄 누가 알았으랴? 마음이 심란했다. 무너진 나의 몰골을 누가 볼까 차라리 혼자였으면 싶었다. 수치스럽다거나 창피하다는 체면보다는 이 상황에서 빨리 벗어나고 싶은 조바심뿐이었다.

한편으로는 화장실 간다고 나가서 나타나지 않으니 찾을

것이 분명한데 이를 어쩌나, 우려스런 마음이 오락가락했다. 한 발짝도 움직일 수 없을뿐더러 아픔도 참기가 어려웠다. 아픔도 아픔이지만 모임에 온 지인들 모르게 병원으로 가야 한다는 생각이 머리를 떠나지 않았다. 구급차를 기다리는 시간이 너무 길게만 느껴졌다.

그런데 그때 일행 중 한 명이 화장실을 가려다가 사고를 목격하고 말았다. 있는 힘을 다해 "괜찮으니 일행에게는 알리지 말고 식사 자리를 잘 끝내주세요."라고 간청했다. 그분이 그러겠노라고 고개를 끄덕였다. 어금니를 물고 고통과 싸우면서 인내하는 것도 한계가 있었음일까? 죄 없는 종업원을 닦달했다. 빨리 전화 다시 하라고, 종업원은 어찌할 바를 몰라 당혹해하면서 다시 전화하는 순간 구급차가 도착했다.

구급차에 오르자 자신도 모르게 두 손을 모았다. 그러자 고통보다 먼저 떠오르는 환시(幻視)가 아내와 아들의 얼굴이었다. 저녁식사 하고 오겠다며 나왔는데 이게 무슨 꼴이람. 무어라고 말해야 할까. 이러한 모습을 보고 얼마나 한심하다고 탓할까.

응급실, 야간 당직 의사들이 바쁘게 움직이고 있었다. 응급환자들이 많아 기다리는데 눈물이 핑 돌았다. 스스로 안쓰럽고 딱하다는 생각을 지울 수 없었다. 텅 빈 들판에 내던져진 허수아비가 아닌가 하는 망상도 스치고 지나갔다. 외부와 단절된 차가운 얼음판 위에서 지은 죄에 대한 심판을 받으려고 갇혀있는 심정이었다.

잠시 후 나타난 담당의사는 혈액형, 당뇨, 혈압, 병력 등에 관한 몇 가지 간단한 질문을 하였다. 그리고 피를 뽑고 몇 장의 X-ray도 찍었다. 분주하게 움직이며 검사를 끝낸 의사가 "오른쪽 발목 골절이니 내일 수술해야 한다."는 간단명료한 진단이었다. 현대 의술이 눈부시게 발전했으니 이쯤이야 쉽게 치료할 수 있겠지 하는 기대를 했다.

담당의사가 가고 난 응급실에서는 누구도 나에게 관심이 없었다. 주변이 조용해지니 기대와 달리 우려스러운 근심거리가 하나둘 스며들기 시작했다. 상처가 어느 정도일까? 다친 부위가 어느 정도이기에 수술해야 하나? 수술한다면 수술 시간은? 며칠이나 입원을 해야 하며 수술비용은? 밖의 일은 접어두고라도 모든 의문이 꼬리를 물었다. 잠시 그 생각에서 벗어나자 밖의 일들이 밀고 들어 왔다. 당장 일주일 후에는 신학기가 시작되는데 어쩌지. 그 안에 퇴원할 수 있을까? 만약 못한다면 하는 생각에 이르자 우매한 행동이 더욱 원망스러웠다. 불안 초조… 그 밤이 어찌 지나갔는지 기억이 없다.

다음날이다. 오후 1시 30분으로 수술 시간이 잡혔다. 태어나서 처음으로 수술실에 들어갔다. 낯설기도 했지만 미묘한 어두운 감정이 함께 밀려들었다. 잘 될 것이라고, 괜찮을 것이라고 스스로 위안하며 편하게 하려고 마음을 모았다.

텔레비전에서만 보았던 수술대에 누웠다. 마취 주사를 맞기 전까지 수술하기 위한 여러 가지 검사가 이루어졌는데 간호사가 한 말이 뇌리를 스쳤다. "꼭 수술해야 하는 환자라도 검사에서 수술을 받을 수 없는 경우가 간혹 있으니 그리 아세요."라는 말이 들리는가 싶더니 그 사이 마취약이 몸에 스며들어 퍼지는 것을 느꼈다. 그리고 눈을 감았다.

마취가 풀리는가 보다. 다시 눈을 떴을 때는 2시간여가 지났음이다. 주사약이 줄줄이 매달려 있었다. 수술이 끝났음을 암시하는 것이다. 옆에 아내와 아들이 걱정스러운 눈으로 바라보며 손을 꼭 쥐여주었다. 알 수 없는 눈물이 주르르 흘러내렸다.

병실 침대와 반갑지 않은 만남이 시작되었다. 반갑지 않은 만남이지만 침대는 있어 보아라! 친숙해지고 가까워질 것이다. 지금은 낯설고 서투르지만 곧 익숙해질 것이다. 그러니 누워서 기다려라. 그럼 그 또한 지나갈 것이라고 타이르는 것 같았다. 탓하지 않고 아무 소리 없이 지켜주는 아내와 아들의 손길이 너무 따뜻했다.

잠시 후 담당과장이 오셨다. 수술은 잘 되었다. 발목 양쪽에 철심을 넣고 기브스를 했다. 통증이 있을 수 있으니 참기 어려우면 간호사를 불러라. 꼭 주의해야 할 사항이 있다. 절대로 6주간은 땅을 밟지 말라. 실수로라도 땅을 밟다가 잘못되면 책임질 수 없다. 뜻밖에 일어날 수 있는 경거망동에 대해 근신을 요구했다. 어림잡아 최소한 2~3개월은 입원해야 한다며 수술 결과를 알려주었다. 청천벽력 같은 통보였다. 정신을 채 차리기도 전에 간호사가 목발을 가지고 왔다. 목발을 보고 있노라니 솟아오르는 여러 생각들이 질서를 잃고 방황하기 시작했다.

어찌하나. 어둠이 깊어지는데도 어떤 일을 어디서 무엇부터 해야 할까 정리가 되지 않았다. 사람들이 평소 공기에 고

마음을 모르고 사는 것과 같이 다리에 소중함을 잊고 산 것에 대한 책망을 하는 것일까? 아니면 한쪽으로 걸어 보면 다른 한쪽에 감사할 줄 안다는 것을 가르치는 것일까? 그래도 3개월 이상 병원 신세를 져야 한다니 앞이 캄캄했다. 자업자득이다. 부주의한 대가다. 그렇더라도 당장 강의는 어떻게 해야 할까? 회사는? 식당은? 답이 없었다. 밤은 자정을 넘어가고 있는데도 번민에 싸인 정신은 무거운 눈꺼풀을 내리지 못하게 했다.

무통 주사약이 들어가고 있지만 통증은 여전히 그대로다. 간호사가 참기 어려우면 부르라 했는데 몇 번이나 망설였다. 견디는 데까지 참아보자. 이 정도야 끈기로 버텨보자고 마음은 다잡았어도 신경은 온통 수술 부위에 머무르고 있었다. 뼛속까지 스며드는 아픔이라는 것이 이런 것인가? 떠오르는 생각을 잠재우지 못하다가 새벽에 잠시 잠이 들었다.

아마도 완전히 마취가 풀린 듯했다. 옆 침대에서 코 고는 소리에 잠이 깼다. 잠들 때까지도 옆에 인기척을 느끼지 못했다. 그러나 부러웠다. 코 골며 자는 모습에서 저렇게 잠들 수 있다면 하는 생각이 들었다.

칠흑 같은 어둠을 여인의 눈썹 같은 달빛이 병실을 희미하게 비추고 있었다. 사방이 낯설었다. 침대 두 개에 옷장과 소형 냉장고 하나가 전부다. 냉장고 위에 지인들이 보낸 난들이 자리를 잡았다. 벽시계는 새벽 3시를 가리키고 있었다. 날이 밝으려면 아직 멀었는데 통증은 물러서지 않겠다며 정신을 깨우고, 흐렸던 시야는 하나하나 선명하게 드러났다.

지인들이 보낸 난 화분에 눈이 멈췄다. 난향이 코끝에 스미는 듯했다. 난들이 걱정하지 말라고, 지인들이 함께하고 있으니 희망을 가지라고 위로하는 것 같았다. 조급하게 생각지 말고, 받아들일 것은 받아들이고 여유를 가지란다. 고맙고 감사하는 마음뿐이었다. 신속하게 처리해준 병원장에게도 어찌 감사해야 할까.

달빛이 동무하잔다.

통증도 친구하잔다.

그래! 달빛과 통증을 벗 삼아 2~3개월 휴가받았다고 생각하자.

67년 만의 휴가다.

2013년 1월 19일 발목이 부러져 응급실 신세를 졌다. 다음

날 수술하고 지새우는 밤이 그렇게 길 줄 몰랐다. 그리고 6개월의 시간은 67년 만에 얻은 내 인생의 소중한 휴가였다.

놋그릇을 닦으면서

얼마 전에 방안 정리를 하는데 깊이 질박아 두었던 놋그릇들이 눈에 띄었다. 언제고 시간이 나면 꺼내 닦으려고 했던 유품들이었다. 선대로부터 내려온 물건들이기에 소중히 간직했으나 오랫동안 관리하지 않아 녹이 많이 슬었다. 닦으면 깨끗해진다는 것을 왜 모르겠는가. 쓸모없는 시간을 쓸모 있는 시간으로 만들기 바빴는지, 사람의 손이 미치지 않는 곳에 있었으니 시간이 흘러도 나 몰라라 하게 되었다.

사람 마음도 다르지 않을 것이다. 조금만 방심하면 삶 자체가 나태해지고 흐려지므로 항상 마음이 녹슬지 않도록 챙기고 또 챙기라고 이르는 것이 선인들의 말씀이다. 녹슬지 않게 하려면 잘 닦고 가꾸어야 한다. 놋그릇만 잘 닦으라는 게 아니라 마음도 잘 닦아야 한다는 것이다. 청정한 마음이 되었을 때 무엇이든 잘할 수 있기 때문일 것이다.

유품들을 하나하나 꺼내 놓으니 민망했다. 얼마나 방치해 둔 것일까. 족히 몇십 년은 되었지 싶다. 보이지 않은 곳에 있었다고 소홀했음이다.

놋쇠 닦는다는 것이 쉽지 않다. 때가 약간 끼었다면 수월할 것이나 많이 끼어 있으면 그 어려움은 크다. 대충해서는 놋쇠의 순수한 빛이 나지 않는다. 무슨 일을 하든 쉽게 할 수 있는 일은 없지만, 놋그릇의 녹은 힘도 필요하고 요령도 필요하다.

할머니는 젊은 시절부터 귀하게 여기고 때만 되면 닦고 문지르고 지극정성을 들이셨다. 항상 놋쇠 특유의 빛을 잃지 않도록 손질하던 모습이 지금도 눈에 선하다. 놋그릇을 닦을 때는 지혜가 번뜩이는 것 같았다. 부지런하신 천성에다 사람을 부리는 재주까지 있어서 놋그릇이 항상 제 빛을 잃지 않았다. 어쩌면 홀몸이 된 허전한 당신 마음도 한 몫 했었지 싶었다.

흐르는 물이 한곳에 머무르지 않듯이 세상사도 어려운 시대를 거치면서 우리 가세(家勢)도 기울어졌다. 대부분 가정이 다르지 않지만 있던 살림이 줄어들었으니 어려움이 배가 되었을 터이다. 힘들다 보니 돈이 될 만한 것은 집에 남아 있지 않았다. 그런데도 놋그릇만은 소중히 지켜 물려주신 것이다. 참 많이도 아끼셨는데 하는 마음에 눈가가 촉촉해졌다.

미련스러울 정도로 크고 투박한 밥그릇이나 국그릇, 멋있는 촛대와 예쁜 향합, 고운 자태를 뽐내는 탕 그릇과 술잔, 몇 개 남아 있지 않은 재기들, 60여 년이 넘는 세월을 끈질기게 따라온 소중한 유품이다.

그릇마다 푸른 녹이 슬어 있었다. "보아라! 내가 이 지경이 되도록 무엇들 했느냐?" 호령하는 듯했다. 어느 것부터 닦을까, 당연히 해야 할 일을 앞에 두고 생각을 굴리는데 어린 시절의 희미한 기억이 그 틈을 비집고 들어왔다.

어렸을 때는 꽤나 다부지고 당돌했던 것 같았다. 그날도 어른들이 둘러앉아 놋그릇을 닦고 있었다. 볏짚에 부드러운 지푸라기를 골라 기와 가루 묻혀 녹을 닦는데 반짝반짝 윤이 나니 신기했다. 구경거리도 아니련만 쪼그리고 앉아 보고 있으려니 어른께서 "너도 해 볼래?" 하며 조그만 그릇을 주시는데 앙증맞고 예뻤다. 지금 생각하니 술잔인 듯싶었다.

어린 마음에 무얼 하겠다고 덤볐을까. 아무리 닦아도 빛이 나지 않았다. 조금 했을 뿐인데 팔목이 아팠다. 어른이 시킨 것이었기에 그만한다고도 할 수 없어 망설이는데 할머니께서 잘했다고 칭찬하시면서 "너는 더 커서 힘을 길러 오너라."했다. 팔목이 아프니 어서 벗어나고 싶었을 것이다. 그냥 하시는 칭찬이었지만 자리를 뜰 수 있는 명분이 되었다. 그리고 60여 년이 흘렀다.

다 꺼내 놓은 양은 적지 않았다. 이걸 언제 다한담. 편안하고자 한 이기적인 마음이 갈등을 일으켰다. 오락가락한 마음을 눈치챘음인지 아내가 "언제 해도 해야 할 것인데 무슨 뜸을 그렇게 들이느냐. 시간 끈다고 대신해 줄 사람 없다."라며 핑곗거리를 지워버렸다. 아내 말이 맞다. 어느 누가 대신해 줄 사람은 없었다.

우선 만만하게 보이는 국 대접부터 본래 모습을 찾아주려고 광약을 바르고 손목에 힘을 주었다. 닦으면 닦을수록 빛이 났다. 힘주어 하면 하는 만큼 더 빛이 났다. 광약이 있으니 좀 쉽지 않을까 하는 생각은 오산이었다. 허투루 하면 힘만

들뿐 빛이 나지 않았다. 숨어있는 힘이라도 성심을 다했을 때 비로소 깨끗해졌고 빛도 났다. 광약을 바르고 융으로 문지르니 약이 닿은 부분은 확연히 제 색이 나오고 힘을 주어 문지르면 문지를수록 빛이 났다. 옛 어른들이 힘을 길러 오너라. 하시는 말씀이 놋그릇 위에 새겨지는 것 같았다. 힘주어 정성을 더하면 더 한 만큼 깨끗해지는 것을 보며 놋그릇을 닦는 속에 인생이 있는 것 같았다.

사람 마음이나 인간관계도 이와 같지 않을까 싶었다. 찌들은 놋그릇을 밝게 하는 것이나, 불편한 대인관계를 원만하게 하는 것이나 본질적으로 다를 바 없다는 생각이 들었다. 하면 한 만큼, 주면 준만큼 되돌아온다는 인과의 이치를 대변하는 것 같았다.

잘 닦인 놋그릇에 내 얼굴이 비쳤다. 물끄러미 쳐다보고 있는데 지난날 물때가 낀 거울을 보고 당황했을 때가 스쳐지나갔다. 때가 많이 낀 거울이 있었는데 잘 보이지 않아 닦다 닦다가 닦이지 않아 내다 버렸다. 그런데 내다 버려서는 안 될, 샘플로 필요해서 갖다 놓은 거울임을 후에 알게 되었다. 버려야 할 것과 버리지 말아야 할 것을 구분하지 못했음이다. 우리 인간의 마음도 때가 끼면 게을러지고, 짜증도 내고, 때로는 화도 내는데 그때를 닦지 않고 다니다 보면 옳고 그름도 분간 못할 때가 있다. 그러기 전에 닦고 또 닦아야 할 것이다.

놋대접을 닦아 놓으니 내 마음까지 깨끗해지는 것 같았다. 겨우 하나를 해결했을 뿐인데 게으른 눈과 손목이 그만하자고 심리적 유혹을 가해왔다. 그렇다고 멈출 수는 없는 일이었다. 이번에는 밥그릇을 선택했다. 손목이 아프다는 이유로 힘을 덜 들였더니 덜 들인 만큼 빛은 반감되었다. 또 아내가 거든다. "이게 뭐예요. 저 대접같이 닦아야지." 이번에는 대접이 기준이 되었다. 공력을 들인 만큼 결과로 이어진다는 당연한 논리를 멀리한 것이다. 정성은 거짓이 없다는 것을 가르치고 있었다. 시커멓게 된 녹을 제거하려는데 건성으로 해서는 안 된다. 매 순간 대충하려는 생각을 버리라고 타이르는 듯했다.

촛대를 닦을 때이다. 촛대를 움직이다 옆에 있는 대접과 살짝 부딪쳤다. 살짝 스쳤는데도 부딪침의 울림은 오랫동안 그치지 않았다. 청아한 소리가 숲속의 사찰에서 듣는 풍경소리와 흡사했다. 맑고 투명한 울림이 방 안을 정화시키는 듯했고, 그 여운이 오래도록 가시지 않았다.

잘 닦여진 유품들은 본래 자리를 떠나 눈에 잘 보이는 곳으로 옮겨 진열되었다. 윤이 나고 반들거려 보기가 그럴듯했다. 술잔이나 탕기, 촛대와 향합이 아름다움을 한껏 뽐내는 것 같았다. 존재가치를 상실했다가 단아한 모습을 찾은 것 같아 정겨웠다.

놋그릇은 사용하는 사람에 따라 다르다. 요긴하게 쓸 수도 있으며 귀찮다고 외면할 수도 있다. 그러나 세월이 흐름에 따라 측량키 어려운 가치를 인정받고 있다. 좀 더 소중하게 잘 간수하는 게 이제부터 내가 해야 할 일이지 싶다.

홍시 5題

추억

잘 익은 홍시는 탐스럽다. 만지면 갓난아이 살결처럼 부드러우면서 매끄럽다. 보는 것만으로도 풍요로움과 가을의 고향 풍경이 떠오른다. 고향에는 많은 추억이 켜켜이 쌓여 있다.

고향 언덕에서 나는 미래를 꿈꾸었다. 또 유년 시절 그곳에서 세상을 바로 볼 수 있는 안목과 인성을 키웠다.

고향 집은 터가 상당히 넓었다. 12칸 기와집 둘레에는 갖가지 과실 나무가 있었는데 그중 감나무가 제일 많았다. 심은 지 몇 해 안 되는 감나무와 제법 큰 단감나무도 있었으나 단연 으뜸은 마을 어디에서도 보일 만큼 큰 나무였다.

세상사 남의 눈에 잘 띈다는 것은 쉽지 않은 일이다. 한 분야에서 두각을 나타낸다든가, 실력을 쌓아 최고의 권위자가 되는 일은 많은 시간과 정성과 노력의 결과물이다. 이 감나무 역시 우뚝 서기까지에는 수많은 세월의 풍파를 겪어낸 결과물일 것이다.

봄이 되어 감꽃이 필 무렵이면 감나무 밑은 자연스럽게 어린이들이 모여 노는 놀이터가 되었다. 무수히 떨어진 감꽃은 먹을 수 있었기에 먹기도 했으나 꽃을 주워서 목걸이를 만들기도 했다. 감꽃이 많으면 많을수록 좋던 시절이었다. 어쩌다 떨어진 감꽃이 없으면 아이들은 감나무를 흔들기도 했다. 아이들의 힘으로는 거목이었기에 꿈쩍도 안 한 것 같은데도 감꽃이 떨어진다. 그러면 서로 환호성을 지른다. 어울려 합심한다면 무엇인가 이루어진다는 것을 은연중 배우는 계기가 되었음이다. 감나무를 흔들어대는 아이들을 동네 어른들은 그냥 지나치지 않고 꾸짖었는데 꾸지람을 들으면서도 그것을 재미로 알았으니 얼마나 철부지였던가.

감꽃이 다 떨어지고 매미가 울기 시작하면 감나무 밑에 자리를 깔아놓고 가끔은 책을 펼치기도 했는데, 일손이 부족한 시절 책보다는 농기구를 가까이할 수밖에 없는 환경이었다.

가을이면 우리 집 감나무들은 종류 대로 다양한 맛을 볼 수 있어 좋았다. 선대에 심어놓은 큰 감나무는 해거름을 했다. 많이 열리는 해는 가지가 휘어지도록 열려 무게를 못 이긴 나뭇가지가 뚝뚝 부러질 때도 있었다.

태풍이라도 지나가면 안쓰러울 정도로 상처를 입었다. 그럴때면 다 익지 않은 풋감이 땅바닥에 무수히 떨어졌다. 어찌 아깝지 않겠는가 그러나 그 떨어진 감 때문에 주인과 객이 다름을 어린 나이에 체험했다. 주인의 쓰린 마음은 아랑곳하지 않고 아이들은 떨어진 감을 서로 많이 주우려고 기를 썼다. 주운 떨어진 감은 단지 안에 소금물을 풀고 우리면 떫지 않고 먹을 만했기에 애들은 때를 가리지 않고 들락거렸다. 배고프던 시절 애잔한 추억이다.

우리 집 큰 나무에 달린 감은 홍시보다는 곶감을 만드는데 적합했다. 태풍이 불어 피해를 보기 전 감 따는 것도 일이었다. 고사리 손이라도 빌려야 하는 가을걷이철, 감 따는 날을 따로 잡아야 했다. 감을 따는 것도 일이었지만 곶감을 만들기 위해 감을 깎는 일은 더 많은 손이 필요했고 더 많은 시간이 필요했다. 지금은 곶감을 깎는 기계가 나왔기에 무척 수월하다. 곶감을 만들고 남은 감은 항아리에 볏짚을 이용해 켜켜이 쌓아 갈무리한다. 그렇게 하면 한겨울까지 문제가 없었다. 다만 때가 빠르거나 늦으면 원하는 홍시를 얻을 수 없다. 홍시를 만드는 데도 적기가 있다. 그러한 지혜가 번득이는 것은 조상들의 혜안이지 싶었다.

깎은 곶감은 이곳저곳에 주렁주렁 매달아 놓고 며칠 지나면 말랑말랑해진다. 그것을 하나씩 빼먹는 맛은 설탕이 녹아내리는 듯했다. 그 맛의 유혹은 떨칠 수 없었다. 재물을 조금씩 빼다 쓸 때 곶감 빼먹듯 한다는 말이 이래서 쓰였지 싶다.

또 하나 빼놓을 수 없는 게 단감이었다. 우리 집에는 두 그루의 단감나무가 있었는데 하나는 심은 지 몇 년 안 된 개량종이었다. 나무가 아직 크지 않아 많이 열리지 않았으나 매우 탐스러웠다. 겉과 속이 다르다는 말이 있듯이 보기에는 탐스러웠으나 당도는 별로였다. 사람도 겉과 속이 다르면 기피하듯이 단감이라 해도 호응이 시원찮았다.

그런데 볼품은 없었으나 혀를 즐겁게 하는 단감은 따로 있었다. 이 단감나무는 언제 심었는지 모른다. 나무 자체도 온

전하게 자란 나무가 아니고 어딘가 불완전한 모습이었다. 감은 많이 열렸으나 감이 도토리보다 조금 클 정도로 작았다. 그 작은데다 씨는 왜 그리 많았을까. 씨를 골라내고 보면 입안에 남는 건 보잘것없었다. 속살이 흑설탕처럼 검은데 당도는 개량종보다 훨씬 높아 인기가 높았다. 어른들에게는 단맛에 손이 가기도 하지만 먹으려니 먹을 속이 없고 버리자니 아까워 계륵 같다며 기피하여 아이들 몫이 되었다.

아이들은 난센스 퀴즈 놀이를 하곤 했다. 볼품없는 조그만 감을 보이며 "씨가 몇 개냐, 속이 하얄까 검을까, 단감일까 떫은 감일까?" 질문하면 대부분 답이 틀린다. 특히 감을 달라는 사람이 여러 명일 때 질문해서 맞히는 사람에게 감을 주는 재미는 쏠쏠했다. 놀이문화가 없던 시대에 웃음을 자아내게 했던 기억은 시간이 흐를수록 아련한 추억으로 남아 있다.

서리를 맞고 수확한 감은 장독대 위에서 일광욕을 시킨다. 하루하루가 다르게 홍시가 되어간다. 그 정경은 향수를 진하게 느끼게 한다. 홍시는 한 번 맛을 보게 되면 부드럽고 달달해 먹을수록 손이 갔다. 어느 해인가는 하나만 하나만 하다가 장독 위에 감이 다 사라졌다. 물론 혼자 먹은 것은 아니지만 텅 빈 장독대를 보며 허탈했었던 기억은 그대로 남아 있다. 세월의 흐름은 멈출 수 없으나 그때를 생각하면 항상 미소가 떠나지 않는다.

사랑

"꼬끼오! 꼬끼오!"

목청 좋은 수탉의 소리를 들으면서 농촌의 농부들은 새벽을 깨운다.

할머니도 새벽이면 닭 울음소리를 듣고 주섬주섬 옷가지를 입고 부엌으로 나가신다. 손자가 깨지 않도록 조심 조심 나가시는데 문을 열 때면 삐거덕하고 소리가 난다.

손자는 귀도 밝지, 어김없이 "할머니~~" 부른다. 창호지를 발라 만든 오래된 목문은 아귀가 맞지 않아 여닫을 때는 항상 삐거덕삐거덕 그 소리가 요란하다. 할머니와 손자, 둘이 생활하기에 낮에는 큰 문제가 되지 않는다. 그러나 조용한 새벽은 다르다. 아무리 조심해서 문을 열어도 크게 들린다.

그 소리에 손자가 단잠을 깨고 만다.

설 잠을 깬 손자는 할머니를 부른다. 그 소리에 부응하듯 머리맡에 홍시를 갖다 놓으시며

"손자, 일어났어. 맛있게 먹어."라는 할머니 목소리는 항상 자애로운 정이 묻어났다. 일찍 세상을 떠난 아버지의 사랑을 받아보지 못한 손자에 대한 연민이었으리라. 그런 할머니 마음을 알 리 없는 손자는 그때마다 홍시를 맛있게 먹었다. 말랑말랑한 홍시가 어찌나 맛있었는지…. 다만 먹고 나면 더 먹고 싶은 마음에 할머니가 들어오면 한 개만 더 달라고 조르던 기억을 어찌 잊을 수 있을까.

홍시를 매일 아침 먹을 수 있게 한 것은 할머니의 특별한 보살핌이며 무엇과도 바꿀 수 없는 따뜻한 사랑이었다. 아마도 부모의 빈자리를 채워주시기 위함이었으리라.

그래서일까 할머니를 추억할 때면 눈가가 촉촉이 젖는다. 한 서린 보살핌을 당연한 것처럼 받아들였던 용렬한 마음은 그것이 조건 없는 내리사랑이었다는 것을 시간이 많이 흐른 뒤에야 알아차렸다. 알아차렸을 때는 이미 할머니는 저세상에 계시니 어떻게 사죄하여야 할까. 할머니가 한없이 그립다.

감동

오늘을 보내고 또 내일을 맞는다. 직장과 집을 오가는 매일 반복되는 생활이지만 여름이 가고 가을이 온다.

나는 가을이 좋다. 초록의 잎사귀를 붉게 붉게 물들이며 가을을 알리는 감나무를 보는 것이 즐겁기 때문이다. 노을처럼 붉게 물들어 가는 감을 보노라면 가을을 이대로 붙잡아두고 싶다.

지금 사는 임광아파트 단지 내에는 감나무가 많다. 지나간 시간을 다 기억할 수 없지만 처음 감나무를 심을 때 기억은 남아 있다. 입주한 다음 해, 관리사무소 직원들이 어린 감나무 심고 있었는데 '잘 자랄까?' 하는 의구심이 들었다. 높은 아파트가 햇빛을 가려서 일조량이 부족할 텐데 하는 부정적인 시각이 있었던 것이다. 긍정적이기보다는 부정적인 시선이었다.

나의 어린 감나무에 대한 우려는 미끄럼을 타듯 빠르게 지나가는 시간에 묻혀버렸다. 별을 보고 집을 나서 별을 보고 귀가할 때가 매일이었으니 감나무 자라는 것을 눈여겨보지 않았다. 어찌 감나무뿐이겠는가. 바쁜 삶을 엮어가는 주민들도 한 라인에 살면서도 누가 사는지 모를 정도이니 말해 무엇하랴.

삶은 각자도생이라 했던가. 주민은 주민대로 감나무는 감나무대로 있는 그 자리에서 묵묵히 시간을 보내다 보니 감나무가 먼저 나 여기 있소! 하고 아는 체를 한 것이다.

어느 해 가을 어느 날, 붉게 물들어가는 감을 처음 보았을 때 감동이었다. 나무마다 다 열린 것은 아니었으나 그 예쁜 모습에 감정이 없는 사람이 아니고서야 어찌 무감각할 수 있겠는가. 산뜻하고 아름다운 색상을 스스로 연출한 감은 그 이듬해부터 나의 특별 관심의 대상이 되었다.

그전까지는 아파트 단지에 그렇게 많은 감나무가 심겨 있는지도 몰랐을뿐더러 눈 여겨 보지도 않았다. 감나무뿐이겠는가. 한 라인에 사는 입주민에게조차도 승강기 안에서 서로 어색해하는 관계이니 그냥 지나칠 수밖에 없었다.

그 후 봄에는 감꽃이 피는 모습도 보였고, 꽃이 떨어지고 그 속에 조그만 열매가 맺히는 것도 보였다. 열매가 몇 개 안 되었지만, 저 쪼그만 것이 언제 클까 응원도 하고, 싱그럽고 풋풋한 열매들이 찬바람을 맞으며 하루가 다르게 변신을 거듭하는 것도 지켜보았다.

찬바람은 열매를 영글게 했고 서서히 붉어지기 시작했다. 바람이 지나갈 때면 나뭇잎 사이로 붉게 물든 감이 자태를 드러냈다. 정말 탐스럽고 예뻤다. 묘목을 심을 때 부정적인 염려는 기우였다는 것을 알려주듯 그를 지켜보는 마음에 충만한 환희감마저 일게 했다.

한 해 한 해 지나면서 감나무에는 열매 숫자가 늘어갔다. 매달리는 감이 많아질수록 보는 즐거움도 배가 되었다. 삭막한 콘크리트 속에서 주민들에게 한가로운 시골 풍경을 만끽할 수 있게 해 주었다. 사람 마음이란 묘하지, 몇 안 될 때는 귀하게 여기더니 셀 수 없을 정도로 많이 열리니 '아! 보기 좋구나' 하는 정도였다. 감이 많이 매달릴수록 그 감정은 반비례로 희석되어갔다.

그렇게 몇 년이 흘렀는데 안내방송이 나왔다. 감을 수확하여 주민에게 저렴하게 판다는 것이었다. 수확했으면 얼마나 했을까 하는 마음으로 관리사무실을 찾았는데 생각보다 상당히 많았다.

뿌리면 뿌린 만큼 거둔다고 했던가. 많은 감을 수확할 수 있었던 것은 관리실과 경비실에서 틈틈이 시간을 내어 수고를 아끼지 않고 보살폈기 때문이다. 가꾸면서 어찌 힘든 고충이 없었으련만 참고 인내하며 잘 보살폈기에 2~3년 전부터 관상수로서의 역할도 했을 뿐 아니라 기대 이상으로 풍성한 수확을 한 것이었다.

수확한 감은 주민들에게 저렴하게 판매했다. 판매수익금으로 분리수거 봉투를 구입하여 주민에게 똑같이 배분해 주었다. 봉투를 받고 보니 가격을 떠나 주민을 위한 이벤트로는 감동이었다. 받아서 기쁘지 않은 사람이 없겠지만 의미는 다르다. 조금은 부족하더라도 주어진 여건 속에서 열심히 일하면서 틈틈이 키운 것이다. 흐르는 땀에서 보람을 찾고, 그 결실을 아낌없이 나누어 주민들의 마음에 잔잔한 기쁨을 준 것이다. 대수롭지 않게 생각할지 모르나 어려운 여건 속에서 주민들과 함께하려는 취지에 아낌없는 박수를 보내고 싶었다.

대봉

택배가 왔다기에 문을 열었다.

어디서 왔을까?

무엇일까?

택배 올 곳이 없는데? 하는 생각하며 상자를 보니 '대봉'이라고 크게 쓰여 있었다. 대봉? 얼른 생각나지 않았다. 궁금증을 참지 못하고 열어 보니 감이었다. 감도 그냥 감이 아니라 고향에서는 뿌리감이라고 불렸던 큰 감이었다. 이처럼 큰 감을 보는 것도 오랜만이지만 조금 보태서 어른 두 주먹을 합한 것만 했다. 하나만 먹어도 배가 부를 것 같았다.

그런데 보내준 이가 전혀 모르는 사람이다. 잘못 보낸 것은 아닐까? 수취인 주소를 다시 확인해 보니 제대로 온 것은 맞다. 전라북도 장성에서 보낸 것이다. 그렇다면 혹시 일산에 계시는 고모님이?

고모님께 전화를 걸었다.

"고모님께서 혹시 감을 보내셨어요?"

"응! 그랬네."

"웬 감이에요?"

"응! 자네하고 처하고 같이 먹으라고 내가 보냈네."

"고모님 잡수시지 않고요?"

"응! 나한테도 왔네."

"장성에 있는 조카가 감을 많이 수확하는데 나한테 보낸다기에 자네한테도 보내라고 했네."

"그럼 전번에 주소를 물어보신 것은 감을 보내려고 하신 거예요?"

"응! 집사람하고 맛있게 먹소."

"예! 잘 먹겠습니다."

팔순을 넘기신 고모님의 정이 뭉클하게 다가와 콧등이 시큰했다. 항상 주위 사람들을 살피고, 선하게 사시면서 주려고만 하는 고모님, 존경합니다. 오래오래 건강하시길 마음속으로 축원했다.

냉동 홍시

"까치 까치설날은 어저께고요 우리, 우리 설날은 오늘이래요."의 동요처럼 까치는 예로부터 길조로서 귀한 대우를 받아왔다.

'까치가 울면 반가운 손님이 온다.'는 말이 있어서 만나고 싶거나 바라던 것이 있으면 은근히 기다려진다. 기다림에 행여 우체부라도 멀리서 보이면 기대도 하게 된다.

우리 조상님들은 감을 수확할 때면 까치의 겨울 양식이라며 몇 개씩 남겨 두었다. 남겨 둘 때 가지 끝에 매달린 것을 놓아두는데 그 홍시가 제일 달고 맛있다는 것을 까치가 알고나 있을까. 과학적으로 과일이 제일 달고 맛있는 것은 뿌리에서 가장 멀리 떨어져 맺은 것이라고 하니 인간의 이기심을 경계하는 지혜가 아닌가 싶었다. 몇 개지만 짐승들을 위해 먹이로 배려하는 마음은 베풀며 살아야 한다는 우리 전래의 미풍양속이리라.

고모님이 보내주신 대봉과 관리실에서 정성으로 키운 감을 베란다에 나란히 줄 세워 진열했다. 아직은 홍시가 되지 않아 단단하지만, 시간이 지나면 자연히 말랑말랑한 홍시가 될 것이다. 먹지 않아도 배부르다 했던가. 보기만 해도 풍족한 여유를 느끼기에 충분했다.

어느 지인이 "떫은 감을 많이 먹으면 변비에 해롭지만 감기 예방과 숙취나 혈압, 시력에 좋아 약용으로도 많이 쓰이고, 어린이의 간식으로, 감색 물감을 들이는 염색원료로도 요긴하게 쓰인단다. 또 곶감으로 만들어 먹기도 하고 수정과로, 또는 제사를 모시는 집에서는 빼놓을 수 제수용품으로 가장 친숙한 과일이다."라는 말에 공감이 되었다.

맛있는 홍시를 먹기 위해서는 기다림이 필요하다. 꽃이 피기를 기다려야 하고, 감꽃이 떨어진 후 열매가 크기를 기다려야 하고, 차고도 넘칠 만큼 자라면 붉어지기를 기다려야 한다. 붉어졌다고 끝이 아니다. 부드러워질 때까지 기다려야 한다. 인생이 고비고비 넘기면서 세월을 기다리는 것처럼.

오랜 기다림 끝에 말랑말랑한 홍시가 되면 아내는 하나하나 정성 들여 비닐로 싸서 냉동실로 보냈다. 때를 기다려 귀한 손님이 오시면 접대도 하고, 언제 올지 기약은 없으나 몇 개는 미국에서 돌아올 딸애를 위해 남겨 둔다. 공들이지 않고 어찌 원하는 것을 얻을 수 있으랴. 성급함 마음으로는 기다리지 못한다. 풋감이 떨어지지 않고 익을 때까지 기다리는 것처럼 언제 올지 모르지만 딸이 왔을 때 맛있게 먹을 수 있도록 하려는 마음이 모성애지 싶었다.

말랑말랑해진 홍시를 갈라 부드러운 속살을 맛있게 먹는 딸의 모습을 상상하니 입가에 미소가 번진다. 빨리 보고 싶다. 베란다에 줄 서 있는 홍시를 바라보니 모든 것이 은혜라는 생각이 들었다.

혹한의 겨울을 보내는 길목이 따뜻할 것 같았다.

어리통

　오랜 가뭄 끝에 장마가 시작되니 모두가 반기는 표정이다. 초목들이 생기를 되찾고, 작물들은 움츠렸던 뿌리를 뻗는다. 바닥난 저수지가 채워지고, 갈라진 논밭이 메워지고, 그야말로 약비였다.

　그러나 기쁨은 잠시였다. 약비는 게릴라성 호우로 변해 많은 비를 뿌리기 시작했다. 대지는 목마름을 해소하듯 빗물을 흡수하더니 굵어진 빗물을 감당하지 못하고 이내 수로를 만들어 흘려보내기 시작했다. 장대처럼 주룩주룩 쏟아지는 폭우는 댐들의 수문을 열게 했고, 수문을 타고 넘는 물줄기는 거대한 폭포였다.

　TV 통해 방영되는 화면을 보면서 50여 년 전 기억 속에

한 페이지가 아련한 추억으로 꿈틀거렸다.

어린 시절 방학 때면 항상 큰고모님 댁을 찾았다. 고모님 댁은 선운사에서 멀지 않은 '부정'이란 마을에 있었다. 마을 앞에는 여러 고을의 물이 합쳐져 큰 내(川)가 형성되어 흐르고 있었다.

물은 사용하는 사람의 몫이라 했던가. 그곳에 보(洑)를 만들었다. 일반적인 저수지와 달리 약 1.8m정도의 높이에 수문 오십여 개를 연결하였다. 깊지는 않았으나 수면 폭이 넓어 조개류나 물고기가 많아 여름이면 항상 물놀이하는 사람들로 북적였다. 물은 항상 그대로이지 않고 변화한다. 더구나 구름 속에 감춰진 비를 어찌 알 수 있었으랴.

어느 해 여름, 장맛비가 많이 내려 그 수문이 한 번 열렸다. 그때 물에 대한 두려움이 생겼다. 한꺼번에 쏟아지는 물에 모든 것이 휩쓸려 내려가는 것을 보고 겁이 났으며, 엄청난 굉음에 떨었으며 그 후 물에 대한 콤플렉스가 생겼던 것 같았다. 내가 바다보다 산을 더 좋아하는 원인이지 싶기도 하다.

어린 눈으로 보았기에 더 어마어마하게 느껴졌을까. 오랜 시간이 지나도 잊혀지지 않고 화면으로 보는 폭포에 그날의 기억을 되살려 놓는 것이다.

'보'는 댐 형식이 아니었다. 후에 들은 이야기지만 도미노 현상을 인용한 공법으로 만들어졌다. 전문가가 아니기에 구체적인 기술적 문제는 알 수 없으나 전국에서 하나밖에 없는 유일한 수리 시설이라 했다. 다만 50여 개의 수문을 연결해 문 하나를 열면 나머지가 연이어 차례로 다 열리게 된다는 것이다.

수문을 열 때는 끝에 하나만 열면 되므로 쉽게 열 수 있지만, 반대로 닫을 때는 고충이 심하다는 관계자의 전언이다. 하나하나를 닫아야 하니 인력도 많이 필요하고, 공력도 이만저만이 아니라는 말에 공감이 되었다. 그 후로는 큰비가 내리지 않아 수문이 더 이상 열리지 않았다.

보는 물을 가두어 가뭄에 대비하고, 수리 시설이 부족한 농촌 마을의 농업용수로 요긴하게 쓰기 위함이다. 평소 넘치는 물은 별도의 수로를 만들어 마을 앞을 지나게 했다. 마을 앞을 지나는 물길에 아낙들이 빨래할 수 있는 빨래터가 만들어졌었다. 그곳에서는 항상 빨래 두드리는 방망이 소리와 웃음이 끊이지 않았다. 아낙의 웃음소리가 담을 넘어서는 안 된다고 하지만 그곳은 예외 지역이었다. 그 웃음 속에는 그들의 애환도 스며있었다.

참고 참으며 숨죽이고 살아 온 사정이야 모두 다를 테지만 애환의 실타래를 따라가 보면 부부 싸움으로 얼룩진 감정, 배우지 못해 무시당한 상처, 모진 소리 들어도 하소연 못 하는 벙어리 냉가슴 앓이, 가정마다 안고 있는 근심 걱정에 울적하고 답답하면 빨래터에 나와 서로 넋두리나 푸념을 하고, 울고 싶을 때는 빈 방망이 두드리며 실컷 울고 나니 속이 후련하더라는 말을 심심찮게 들었다. 그러한 시간이 어쩌면 가장 소중하고 가장 인간다운 시간이었을 수도 있겠다 싶었다.

보 밑으로는 물이 맑고 깨끗해 고기 노는 모습이 훤히 보였고, 그 물을 건너기 위해 만들어 놓은 징검다리도 낭만이 깃든 멋스러운 풍경이었다.

물이 많으면 고기는 저절로 모여든다고 했다. 보에는 수량이 많으니 어종도 다양하고 많았다. 자연히 고기 잡는 사람도 많았으며, 고기 잡는 방법도 낚시나 투망 외에 독특한 방법을 사용했다. 여름밤에는 발동기에서 나온 기름을 솜뭉치에 묻혀 불을 밝혀서 나무를 베는 큰 톱을 이용해 고기를 잡았다.

겨울에는 어리통을 만들어 독특하게 잡았다.

어리통이 무엇이든가. 어리통은 고기를 잡으려고 만든 것이니 쓰임새가 통발과 같다고 해야 옳을 듯하다. 그러나 통발과 다른 것은 가지고 다닐 수 없고 냇가나 저수지에 직접 만들어야 한다. 냇가나 저수지 가장자리에 웅덩이처럼 움푹 패인 곳이 있으면 적합하다. 때로는 마땅한 장소가 없으면 깨진 큰 항아리를 물속에 넣어 만들기도 하지만 자연적인 웅덩이만 못하다. 웅덩이를 돌이나 흙으로 막을 때 밑 부분은 고기가 드나들 수 있는 충분한 공간을 확보해야 한다. 그리고 안에는 솔가지와 볏 짚을 충분히 채운다.

원하는 것을 얻고자 한다면 그만한 공을 들여야 한다. 벽을 막을 때 성의 없이 대충 하다 보면 물속이라 쉽게 무너질수 있다. 그러기에 벽이 무너지지 않도록 정성을 들여야 한다. 어느 한 곳이라도 무너지면 모든 것이 수포가 되기 십상이다. 그렇게 만들어 놓은 어리통에는 겨울에 추위를 이기고자 고기들이 그 속으로 많이 들어온다. 들어올 때는 마음대로 들어 왔으나 나갈 때는 마음대로 못 나간다. 그러니 그 고기들은 그물에 들어온 고기나 다를 바 없었다. 날씨가 추워지고 얼음이 얼면, 얼음을 깨고 물속에 들어가, 고기가 드나들던 공간을 막고 볏 짚과 솔가지를 끄집어내면 말 그대로 물 반 고기 반이다. 손발이 시려 벌벌 떨면서도 고기를 잡아 통에 담을 때는 추운 줄도 몰랐다. 그러나 영하의 날씨에 차가운 물에서 고기를 잡는다는 것은 참을 수 있는 상당한 인내가 필요했다.

누가 시킨다고 하는 일이 아니었다. 쌀쌀한 바람에 새파래진 입술, 새빨개진 손으로 고기가 들어있는 통을 들고 돌아올 때의 뿌듯함이란 체험한 사람만이 느낄 수 있지 싶다. 그런 뿌듯함을 안고 빨래터를 지날 때는 그냥 지나치지 못한다. 필요한 만큼 나누어 준다. 나누고도 충분하기 때문이다. 나누고 나면 확실히 기분이 좋아진다. 나눔으로 마음은 한결 뿌듯해지고, 발걸음도 가벼워진다. 나눔 자체가 추위를 녹이게 했다.

그렇게 잡은 붕어, 잉어, 쏘가리 등으로 매운탕이나 찜 등 맛있는 요리를 만들었으며, 특히 민물 게가 많이 잡히는데 참게로 만든 게장은 밥도둑이라 할 만큼 일품이었다. 지금이야 많이 변해 어떤지 알 수 없으나 그때는 훌륭한 먹거리였다.

어리통 옆에서 칼바람을 맞으면서도 고기 잡던 그때가 그립다. 어쩌다 두 자가 넘는 가물치가 잡히면 고모님 손이 분주해진다. 조카의 몸보신을 해 준다며 큰 가마솥에 물을 많이 채워 가물치를 통째로 넣고, 찹쌀과 인삼, 대추, 밤, 마늘 등과 알지 못하는 한약재를 넣고 온종일 고신다. 그러면 뿌연 국물이 꼭 사골을 고아놓은 것처럼 우러난다. 얼마나 정성이 들어간 진국인가. 한방에서도 효능을 인정한 그 보약을 맛없다고 투정 부린 생각을 하면 죄를 지은 것처럼 죄송하고 송구한 마음뿐이다.

조카라고는 딱 나 하나이니 얼마나 사랑스러웠을까. 응석을 부려도, 잘못해도 혼내기보다는 품으로 안으셨다. 어질고 자애로운 품성을 지니셨기에 마을에서도 무엇이든 나누려 하고, 어려움에 부닥친 이웃을 가족처럼 도우셨다. 마음도 마음이지만 물질로 어려움을 함께하는 잔정이 많았다. 하물며 조카한테야 무슨 말이 필요하겠는가. 간식으로 인절미에 조청, 깨강정에 산자, 곶감에 고구마 말린 것 등 항상 푸짐했었다. 그렇게 받으면서도 왜 감사할 줄 몰랐던가.

당연한 듯 그래도 무엇이 부족했던가. 없는 것을 해달라고 조르면 귀찮아하실 테지만 내색하지 않고 "아이쿠! 내 새끼 조끔만 참아!" 하셨다. 그러니 여름은 여름대로 겨울은 겨울대로 다른 곳에서 느낄 수 없는 향수가 서렸다. 측량하기 어려운 정을 생각하면 생각할수록 은혜로운 시간이었다.

사골국물

사골국물은 소의 뼈나 고기를 고아 우려낸 국물이다. 옛날부터 기운이 없으면 보양식으로 각 가정에서 만들었다. 진한 국물에 파만 종종 썰어 넣어도 고소하고 맛이 있었다. 소금 간에 후춧가루를 뿌려 흰밥을 말아 깍두기나 김치를 걸치면 다른 반찬이 필요 없었다. 맛도 맛이려니와 몸이 건강해진다 해서 예나 지금이나 변함없이 즐겨 찾는다.

50~60년대 어렵게 살던 시절에는 큰맘 먹어야 구경할 수 있는 음식이었는데 지금은 일반 가정에서는 시간이 많이 들고 번거롭다며 기피하고 사골을 잘 고아 먹지 않는다. 물론 스피드 시대를 살아가는 삶의 문화에서 장시간 고아야 하는 일은 시간 낭비라고 생각할 수도 있겠다.

요즈음 사골은 설렁탕 곰탕 음식점에서 맛있는 육수를 얻기 위해 식당마다 비법을 쓴다고 한다. 요리사는 자기만의 독특한 맛을 내려고 많은 시간을 들여 연구하고 나름의 비법을 개발하고 있다. 맛있는 음식점은 서비스가 좀 부족하더라도 개의치 않고 손님들이 찾아다닌다.

설렁탕이나 곰탕의 차이점은 뼈를 갖고 육수를 내느냐, 고기를 갖고 내느냐가 다르다. 설렁탕은 사골을 오래도록 고아 육수를 내서 뽀얗고, 곰탕은 양지나 사태고기를 오래도록 고아 육수를 내므로 사골육수보다 맑다. 그러나 지금은 사골에 양지나 사태를 같이 넣어 육수를 냈을 때 더 고소하다는 요리사들도 있어 구분이 모호해지고 있다.

사골국물을 이용한 탕은 한식을 취급하는 식당에서는 빼놓을 수 없는 메뉴다. 오랜 세월 동안 꾸준히 찾는 사람이 많은 것은 서민적이면서 식단이 간단한 점도 간접적인 배경이 되지 싶다.

어느 유명한 저널리스트가 자신의 부친이 운영하는 곰탕집을 소개했다. 곰탕집은 50년대를 풍미했던 이름만 들어도 알 수 있는 집이었다. 워낙 유명한 식당이었으나 그 영업방침은 생소했다. 그 음식점의 영업 철학은 일반 식당과는 거리가 멀었다. 우선 영업시간이 11시부터 15시까지이다. 주류도 취급하지 않았으며 준비한 음식이 다 소진되면 그 시간으로 영업을 마감했다.

그의 부친께서는 어떻게 하면 돈을 벌까가 아니라 어떻게 하면 맛있는 음식을 만들까를 고심했다고 한다. 그래서 밤새도록 장작을 지펴 육수를 만들고, 그렇게 만든 육수가 떨어지면 손님을 더 받지 않았다고 했다. 한 번 세워놓은 원칙은 흐트러지거나 변경되지 않았다. 그러니 손님이 줄을 서서 기다리는 것은 어쩌면 당연한 일일 수도 있었다. 손님이 많으면 이치로 보아 돈을 많이 벌 수 있을 것이라 생각할 수 있다. 그러나 그의 부친은 돈을 벌려고 이 일을 하는 것이 아니라 자식들 배고프지 않게 하고, 교육만 시키면 된다는 남다른 철학을 갖고 계셨다. 어찌 신선하지 않겠는가.

그 글을 읽으면서 내가 만약 식당을 한다면 꼭 그대로는 할 수 없으나 할 수 있는 부분은 꼭 한 번쯤 시도해 보리라는 마음을 가졌다.

그런데 뜻대로 안 되는 것이 세상사였다.

공항 한식당을 운영할 때의 일이다. 식당에서 매일 사골 고는 솥에 불이 꺼지지 않았다. 그분의 철학은 따라갈 수 없어도 손님에게 맛없다는 소리를 듣지 않으려고 정성을 기울였다. 정성을 다하면 방법이 보인다고 했던가. 좋은 재료를 아끼지 않았다. 성의 없이 성급하게 하다 보면 진국을 얻지 못할 것 같아 하루 종일 불을 지폈다. 상황에 따라 알고 있는 그대로 하다 보니 차츰 인정을 받게 되었다. 어찌 사골국물뿐이겠는가. 일상의 삶이나 인간관계도 열과 성을 합한, 정성을 들인다면 무슨 일이나 원만히 이루어질 수 있으리라.

메뉴에 설렁탕이나 곰탕은 없어도 의외로 많은 양에 사골 국물이 필요했다. 갈비탕, 육개장, 해장국 등에 쓰기 위해서다. 갈비탕을 처음에는 고기 국물로만 했는데 요리사의 기지로 약간에 사골국물을 섞었더니 맛이 더 좋다고 했다. 좋다는데 머뭇거릴 필요가 없었다. 시험적으로 손님에 반응을 보았는데 기대보다 호응이 좋아서 '하면 되는구나.'라는 생각을 했다. 해장국은 사골국물만으로 끓여 내놓았는데 반응이 너무 좋아 주메뉴로 자리 잡았다. 그러한 덕에 단체식사에서도 빠지지 않을 정도로 인기가 있었다.

음식은 역시 맛이었다. 맛이란 변하지 않으며 누구를 속일 수도 없다. 내 입에 맛이 있으면 다른 사람 입에도 맛있게 되어 있다. 오죽해야 맛을 귀신같이 안다고 했을까. 그만큼 맛이란 누구 입에 맛있고, 누구 입에 맛없고 할 수 없다는 것이다. 음식이 맛이 있고 없고는 사골국물이 좌우했다. 당연히 어떻게 하면 사골육수를 잘 뽑을까 고심을 하고 주방에서도 항상 세심한 주의를 기울였다.

그런데 IMF라는 달갑지 않은 이방인이 식당 손님들의 발걸음을 모두 멈추게 했다. 그 여파는 사골국물에 관심을 쓸 수 없었다. 어떻게 하면 장사를 잘할까가 아니라 무엇부터 어떻게 줄여야 적자 폭을 줄일 수 있을까가 고민이었다. 인원이나 영업시간, 재료나 공과금 등을 얼마나 더 줄여야 하는가에 대해 고심하느라 초심 때의 영업 철학은 까맣게 잊어버리고 있었다.

그런데 어느 날인가 손님으로부터 불평이 들어 왔다. 아마도 전에 자주 들르셨던 분이지 싶었다. 불평의 요지는 요즈음 해장국 맛이 없다. 맛을 보고 손님에게 내느냐. 맛 좀 보고 장사하라는 짧은 불평 충고였다.

장사는 이윤추구가 목적이다. 남아야 장사할 맛이 난다. 손해 보려고 장사하는 사람은 없다. 그런데 IMF의 여파는 이윤추구라는 목적을 송두리째 앗아갔다. 그러다 보니 적자 폭이 늘어난다는 이유로 음식 맛은 강 건너 불 보듯 했다. 그런데 고객이 처방전을 주신 것이다.

불평하는 고객이 최고를 만든다 했는데 정신이 바짝 들었다. 잠시 지난 시간을 반추해 보니 IMF 후유증으로 손님이 줄어들다 보니 해장국뿐 아니라 주방에 전혀 신경을 쓰지 않았다. 영업을 접을까 말까를 망설였기 때문이리라.

자존심에 대한 감정의 소용돌이가 자성의 눈을 바로 뜨라고 강요하고 있었다. 고객의 말이 모두 맞는 말인데 마음이 왜 불편할까? 음식에 맛이 손님을 좌우한다는 평범한 진리를 이윤추구라는 그림자가 가리어 중요한 것을 놓치고 있었다. 손님이 없으면 식당도 필요치 않다는 것을 잊고 있었음이다. 문을 닫을 때 닫더라도 열었으면 최선을 다 했어야 했다.

지붕에 기와 한 장이 깨지면 대들보가 썩는다 했던가. 사골 좀 아끼려다 모든 고객에게 외면당할 수 있는 오류를 범했음이다. 요리사들은 벙어리 냉가슴 앓듯 말도 못 하고 쓸모없는 뼈를 고고 있었던 것이다. 변명의 디딤돌도 없었다. 어디서부터 잘못된 것일까는 이미 답은 나와 있었다. 내 주머니 새는 것만 보았고 영업이 잘못 되어가는 것을 몰랐으니 불평을 들은 건 당연했다.

좋은 약은 입에 쓰다 하지 않았는가, 쓴소리에 귀 기울이라는 울림이 너무 크게 들려 은혜라는 생각이 가슴을 파고들었다.

조개가 실수했어요

재래시장 안에 자리하고 있는 허름한 식당. 늦은 점심을 먹으려고 들어갔다.

낡은 식탁 2개, 앉으면 쓰러질 것만 같은 의자 8개가 반기면서 앉으란다. 봄기운이 가시지 않아 그리 덥지 않은 날씨지만 주방 불기운 때문에 틀어놓은 선풍기가 덜덜덜 곧 숨이 넘어갈 듯 인사를 한다. 흑백 TV도 아는 체를 한다. 제일 소란을 피우는 오래된 냉장고가 뜻밖에 얌전했다. 골동품 같은 기기들이지만 자주 들르다 보니 그들도 니 맘 내 맘 알아주듯 친밀감이 느껴졌다.

주방 겸 계산대를 책임지고 계시는 할머니께서 이렇게 늦은 시간까지 뭐 하느라 점심을 걸렀느냐며 추궁하지만 싫지가 않다. 그 말에 대답이나 하듯 칼국수 두 개를 주문했다. 맛있게 빨리 해 달라는 말을 빼놓지 않았다.

"알았당께, 바쁠수록 살살해, 급한 밥은 체한 당께, 숨은 쉬고 살아야지." 하신다. 구수한 사투리가 싫지 않아 손님 많았느냐고 말을 걸면 입을 다무신다. 필요 없는 말은 하지 말라는 것이다. 우리가 살아가는 환경이 급변한다 하지만 이곳은 시간이 정지된 느낌이 든다. 사회가 교과서라 했던가, 이곳에서는 난 척하지 말아야 한다.

은연중 느끼는 것이지만 주름진 얼굴이나 투박한 손에서 느끼는 세월의 흔적이 궁금해 어쩌다 농반 진반으로 연로한 연세에 이렇게 힘든 일 하시느냐고 물으면 한숨으로 답을 대신하셨다. 그 한숨에서 남모르게 속앓이를 삭혔을 지난날의 연륜이 그대로 전해지는 듯했다. 그러나 그 한을 드러내지 않고 항상 부드럽게 자식처럼 편하게 대해 주셨다. 굴곡진 인생길에 어찌 시련과 고난의 사연이 없을까만 그 사연이 그대로 칼국수 맛에 우러나는 것 같았다. 맛은 담백하면서도 자주 먹어도 싫증나지 않을 정도로 일품이었다.

젓가락과 잘 어울리는 음식, 조개를 넣어 국물을 우려낸 후, 호박과 감자를 채 썰어 넣고 끓여, 쪽파를 잘게 썰어 다진 마늘과 청양고추, 참기름으로 만든 양념장을 곁들여 주신다.

맛이 없을 수 없다. 뜨거워 후–후 불면서 먹으면 이마에 땀이 송골송골 맺힌다. 흐르는 땀을 닦으면서 한 그릇 비우고 나면 마음이 넉넉해진다. 재료가 많이 들어간 것 같지도 않은데 입에 당기는 것을 보면 할머니 손맛이 아닌가 싶었다. 식사 때는 손님이 많아 기다려야 하나 때가 좀 늦으면 항상 자리가 있어 종종 찾는 곳이다. 그날도 직원 작업복을 구매하러 나갔는데 생각보다 시간을 많이 허비했다. 그래서 점심을 거를까 하다가 시간도 충분하고 해서 들어갔었다.

아무 사념 없이 식사가 나오기를 기다리는데 음식 나올 시간이 평소보다 늦다고 생각되었다. 애써 싫은 내색 안 하려는데 숨길 수 없는 이기심이 자꾸 채근하라 보챘다. 생각 따로 맘 따로라 했던가. 생각은 기다리자 하는데 말문이 문을 열었다.

할머니 칼국수 아직 안 되었어요? 왜 이렇게 늦어요, 빨리 주세요. 재촉하는데 대답이 없으셨다. 그런데 저 표정은 뭐지? 할머니 표정이 알 듯 모를 듯 이상했다. 분명 보통 때와는 달랐다. 순간 말을 잘못했나. 좀 더 참을걸. 신중하지 못한 듯해 무슨 말인가 하려다 멈췄다. 평소의 표정은 온화하고 부드러운데 왠지 차갑고 애잔함이 묻어 있었다. 당황한 빛도 엿보였다.

"왜 그러세요?"

잠시 말이 없더니, "에이! 조개가 실수했어…."

"예? 조개가 실수하다니요?"

"아! 글쎄 죽은 조개가 뻘을 머금고 있다가 입을 벌렸어. 끓여 놓은 육수도 없는데 지랄이네." 덤덤한 말투지만 허전함과 애틋함이 배여 있었다.

"어떻게 한당가? 끓여 놓은 육수가 없어 시간이 좀 걸리것는디?"

시간을 보니 여유가 있었다.

"그러세요."

음식을 기다리는 동안 조개가 실수했다는 말의 의미를 연상하는데 묘한 생각이 들었다. 전에도 다른 곳에서 한 번 경험한 적이 있었기에 이해를 빨리할 수 있었다. 전에는 칼국수를 먹다가 갑자기 국물이 시커멓게 되어 몹시 불쾌했었다.

식사하다 말고 나왔으나 주인인들 보이지 않은 조개 속을 어찌 알 수 있었으랴. 사람이 한 실수라면 탓이라도 하련만 이건 탓할 수도 없는 일이었다. 장사는 상도가 있어야 한다지만 죽은 조개가 산 음식에 해를 끼친 도는 어떻게 물어야 할까?

언제부터 칼국수에 조개를 넣었는지는 모른다. 그러나 살아 있는 조개라야 한다. 허나 조개가 입 다물고 있으면 살았는지 죽었는지 어찌 알 것인가. 모를 일이다. 세상사가 다 마찬가지일 것이다. 경험하지 못하면 어느 하나도 알 수 없음이다.

한 끼의 식사를 해결하기 위해 들어와 할머니의 표현대로 조개가 실수해서 시간적 여유를 더 갖게 되었다. 육수부터 새로 끓여야 하니 느긋하게 기다릴 수밖에 없었다.

기다리는 시간에 시장이나 한 바퀴 돌고 오겠다며 나서서 천천히 걷는데 세상은 바라보는 시각 따라 다르게 보인다고 했던가. 매일 오가는 시장이었지만 모든 것이 새롭게 보였다. 이리 달라 보일 수 있을까? 스스로 의아했다.

생선가게에서는 비린내가 풍기고, 토종닭을 싸게 판다고 써 붙인 곳에서는 계분 냄새가 풍겼다. 방앗간의 앞을 지나면서는 고소한 참기름 냄새가 코끝을 자극했다. 설렁탕 국물 끓이는 커다란 솥에서는 김이 모락모락 오르고, 잡화를 파는 할머니 가게 라디오에서는 뽕짝 가락이 간드러지게 흘러나왔다. 그 앞을 지나는 사람들의 발걸음이 가벼워 보였다. 노점상 좌판의 순대도 그렇고, 야채를 펼쳐놓고 시들지 않기를 바라는 아주머니 모습도 다시 보였다. 다시 들어가는 칼국수집 간판 글씨도 색이 바랬다. 한 번도 헤아리지 못했는데 새롭게 인식되었다.

모자란 것 같았으나 모자라지 않았고, 사소한 것 같았으나 사소하지 않은 소중한 것들이 존재했다. 구하고자 하면 무엇이든 구할 수 있는 만물상 같았다. 아직 상혼에 인정이 서려 있는 곳이었다. 그 좁은 길을 자전거 한 대가 곡예 하 듯 사람을 이리저리 피하며 지나는 것을 보면서 삶의 굴곡이 저와 같지 않을까 하는 생각이 들었다.

다시 들어와 앉으니 할머니가 육수를 끓이기 위해 조개를 솥에 쏟는 소리가 좌르르 들렸다. 문득 저들의 생명은, 저들의 대화 소리가 들리는 것 같은 착각을 일으켰다.

새로 끓이려는 물속에서 조개들이 속삭인다.

밑바닥에 있는 놈이 뜨거워지는데, 너희들은 어때? 하고 묻는다.

'나도 뜨거워져, 숨이 막혀 죽을 것만 같아.'

'그러자, 나도, 나도, 나도….'

그리고 조용해진다.

칼국수 육수를 우려내기 위해 솥 속에 들어 있는 조개들이 물이 뜨거워짐에 따라 몸부림치는 것을 인간이 어떻게 알겠는가. 살려 달라 애원한들 어찌 듣겠는가. 뜨거우면 뜨거울수록 참기 어려워 몸부림을 치다 인간에게 육수라는 국물을 선물로 안기고 생을 마감할 것이다.

그 희생으로 맛을 살린 칼국수를 먹으며 아! 잘 먹었다. 참! 맛있다고 한다.

만약 그들이 인간의 소리를 듣는다면 무어라고 할까?

'인정사정없는 놈들, 지들이 조개 맛을 알면 얼마나 알아, 나만큼도 모르면서, 맛있게 잘 먹어라.'라고 할 것인가?

이 식당에 처음 왔을 때가 생각난다. 모든 것이 지저분하다며 위생이 이렇고 저렇고 혼자 깨끗한 척했던 때가, 그때 한 끼 식사도 못할 것 같았는데 맛에 이끌려 다니다 보니 어느 순간 고향에 계신 할머니를 떠올리게 했다. 위생을 논할 수 없는 초라한 농촌 부엌에서 주름진 할머니의 손으로 음식을 만들어주시면, 무엇이든 맛있다고 먹었던 어린 시절이 겹쳐졌다.

할머니가 새로 끓인 칼국수를 주시면서 조개는 싱싱해야 해, 그래야 육수가 잘 우러나고 맛이 있어, 하시는데 늦은 데 대한 미안함이 스며있었다.

새로 끓여주신 칼국수가 더 맛있는 것 같았다. 칼국수를 먹으며 조개가 실수했다는 말을 다시 떠올렸다. 유머는 아니더라도 아무나 흉내 낼 수 없는 입담이었다. 엉겁결에 튀어나온 말일 수도 있으나 변명을 뛰어넘는 재치였다. 재치 속에 뼈가 있는 듯해 기억 속에서 지워지지 않았다.

2

박하사탕과
여권

다시 오게나

20대 젊은 시절, 처음으로 강풍에 흔들리는 나무처럼 어려운 난경에 처했을 때이다. 처지마다 다를 수는 있겠지만 조그만 사업이라고 하던 것이 눈앞의 이익만 좇다 보니 어디서 잘못된 지도 모르게 잘못되어 궁지에 몰리게 되었다. 그렇게 되자 생각이 좁아지고 판단력마저 흐려졌다. 살아가며 남에게 피해를 주지 않으려 했는데 그 믿음까지 깨지게 되어 허탈함은 배가되었다.

생계유지마저 위협받고 자력으로 회생할 수 없자 주변에서도 고개를 돌렸다. 모두 외면하니 더 이상 어찌해볼 방도가 없었다. 긍정적인 자세로 성실하면 꿈을 이룰 수 있겠다 싶었는데 결과는 뜻대로 되지 않아 절망의 늪에 빠진 것이었다.

사람이 사람 노릇하기 힘들다고 하더니 그 속을 지나고 있었다. 이럴 수도 저럴 수도 없는 막다른 길에서 선택한 길이 생소한 호텔 직원이었다.

몸도 마음도 지쳐 있을 때 조급한 마음으로 모집 광고를 뒤적이다 낯선 문을 두드리게 되었다. 지금까지 살아온 문화와 전혀 다른 길은 자욱한 안개 속을 들어가듯 캄캄한 터널 속으로 들어가는 기분이었다. 더구나 호텔을 바라보는 시선이 곱지 않을 때여서 마음 한구석은 어두운 그림자가 드리우고 있었다.

그래도 입사 시험은 치러야 하니 규정에 따라 검증받고 평가받아 문턱을 넘었다. 문턱은 넘었으나 처음 가는 길이기에 직업에 대한 자부심이나 사명감 같은 것조차 없었다.

유능한 직업인이 되려는 노력보다는 시간 메꾸기에 급급했다. 그러니 분위기에 적응하지 못하고 직원들과도 서먹서먹해 어색한 행동은 한동안 지속되었다. 주눅이 든다거나 기가 꺾인 것은 아니지만 왠지 어눌하고 초조한 마음은 인내의 한계를 시험하고 있는 것 같았다. 마음은 잘해보겠다는 다짐을 하지만 몸이 따라주지 않았다.

내가 처음하는 호텔 일이 서툰 것은 당연했는데 나이 어린 선임자로부터 지적을 받으니 심사가 뒤틀렸다. 이를 어쩐다. 힘을 합하고 마음을 모아야 하는 일인데 기름과 물처럼 따로 놀고 있었으니 지적받는 것도 당연한 결과였다. 그런데도 현실을 수용하지 못하고 불안한 늪에서 헤어나지 못했다. 하려고 하면 어려운 일도 아니련만 지적을 받으면서까지 이 일을 꼭 해야 하나라는 부정적인 생각이 똬리를 틀고 있었기에 항상 좌불안석이었다.

그렇게 몇 주 지나고 보니 내 마음에 변화가 일었다. 어차피 시작한 직업이니 기왕이면 잘해 내야겠다는 생각으로 바뀌었다. 그것이 나를 이기는 길이라 생각되었다. 그후로 열심히 일하기 시작했고 1년이 훌쩍 지났다. 일도 조금은 몸에 배어 능숙해졌다.

모르는 것을 배우며 따라가려 했을 때는 잡념이 발을 붙이지 못했는데 조금씩 시간적 여유가 생기니 틈만 나면 1년 전접었던 사업이 치고 올라왔다. 그때 조금만 더 버텼으면 그위기를 충분히 벗어날 수 있었을 텐데, 하는 미련이 불쑥불쑥일어났다. 다시 한번 도전해보자는 마음이 되어 결국 호텔을 그만두겠다는 생각에 이르렀다.

더디더라도 천천히 가라 했는데 전에 했던 실수를 만회하겠다는 급한 마음은 자신을 제어하지 못했다. 큰일이 되었든 작은 일이 되었든 어려움을 극복할 수 있는 확고한 신념이 있어야 하는데 다시 해보겠다는 의지 하나만으로 호텔을 떠나겠다는 마음을 굳혔다.

어찌 생각하면 무모한 결정이었다. 그러나 그때 생각은 안 해보고 후회하는 것보다는 일단 해보고 혹여 또 잘못되더라도 후회하지 않겠다는 마음이 앞섰다. 나름 의지를 갖고 결국 호텔을 떠나려는 사직서를 썼다. 불필요한 고집은 버려야 하거늘 끌어안고 살았던 것 같다. 혹여 자신 앞길에 걸림돌이 될 수 있다는 감각마저도 결여된 결정이었다. 옳고 그름을 판단하기에는 경험이나 경륜이 세월에 길들여지지 않은 나이였다.

사직서를 제출하고 3일이 지났을 때다. 마음이 어수선하고 갈피를 잡지 못해 심란할 때 J상무님께 호출을 받았다. 자리에 앉자 차를 권하더니 J상무님께서 물었다.

"호텔을 그만두려는 이유가 무엇인가?"

"호텔에 입사하기 전에 정리하지 못한 것이 있습니다."

"근무하면서 정리할 수는 없나?"

"근무하면서는 정리할 수 없어서요. 그동안 진심으로 감사했습니다."

인사를 하고 일어서려는데 J상무님께서 다시 자리에 앉으란다. 잠시 침묵을 지키시더니 입을 여셨다.

"무슨 일인지는 묻지 않겠네. 나가서 일을 정리하고 다시 오게나. 퇴사하는 직원에게 다시 오라는 말은 자네가 처음이네. 한 번 퇴사한 직원은 다시 채용하지 않는다는 사규(社規)도 있지만…."

J 상무님은 더 말을 잇지 않았다. 아마도 살아오신 경륜에서 무엇인가 예감을 하시지 않았나 싶었다. 분수에 만족할 줄 알아야 하는데 그러지 못한 점이 엿보였을 수도 있었다.

사람을 믿는다는 것, 사람은 겪어보아야 안다는데, 남보다 30분 일찍 출근하고 30분 늦게 퇴근한 것이 그분에게 믿음을 준 것일까. 인정받았다는 것에 많은 위로가 되었었다.

늦게 입사한 사람으로서 실수하지 않으려고 열심히 일했다. 실수는 자아(自我)를 잃는 것이다. 자아를 잃는다는 것은 경쟁 속에서 낙오된다는 것이다. 즉 실수는 방심하는 데서 오는 적극성 부족이라 할 것이다. 한 번 실수하게 되면 모든 일을 다 잘못한다는 인식을 심어 줄 수 있다. 때문에 한순간도 무료한 시간을 보내지 않으려 했다. 아마도 그러한 노력이 신뢰로 이어지지 않았나 싶었다.

진심 어린 한 마디는 뒤숭숭하고 산만했던 마음에 안정을 가져오게 했다. 설사 다시 시작하는데 가로막는 장애가 있다 할지라도 그 장애를 극복할 수 있다는 용기를 갖게 되었다. 마음을 가다듬고 그렇게 하겠노라고 약속하고 호텔을 떠났었다.

세상사가 뜻대로 이루어진다면 걱정할 일이 뭐 있겠나. 시련은 이겨내라고 있다 하지만 전력투구했음에도 돌파구를 찾아 나가는 데는 미치지 못했다. 불필요한 고집을 끌어안고 나갔던 일은 결국 다시 실패를 안겨주었다.

"다시 오게나." J상무님과의 약속은 너무 빨리 찾아왔다. 다시 찾아뵈었을 때 웃으며 "잘 왔다."라고 하신 한마디는 부담을 크게 줄여 주었고 1년 만에 다시 입사하게 되었다. 사규에 걸려 신입사원으로서 다시 입사해야 하는 까다로운 절차도 넘겼다. 그때를 어찌 잊을 수 있겠는가.

그 도움은 인생 절반을 호텔에 머무르게 한 계기가 되었다. 지금은 고인이 되셨지만 그때 신뢰할 수 있도록 이끌어주셨던 신념은 지금 내 마음속에 바람막이가 되어 "아무리 가까운 거리라도 한발 한발 내디뎠을 때 도달할 수 있다는 말씀과 함께" 믿음으로 자리하고 있다.

그 후 10년이 넘는 세월을 동행했고, 삶을 살아가는 내 인생에 커다란 전환점이 되었으며, 어떤 어려움 속에서도 좌절하지 않고 사람이 사람답게 산다는 것, 부족함 속에서도 만족할 줄 아는 것이 얼마나 소중한 것인가를 알아가는 계기가 되었다.

인연 따라 오고 가는 것이 인생이라지만, 헤어지며 다시 만나자는 불투명한 약속은 막연한 기대에 의한 것이었다. 약속은 믿음이 받쳐주어야 하고 믿음은 말과 행동이 같았을 때를 이름이다. 모든 사람이 다 그렇지는 않겠지만 아침에 한 약속을 저녁에 뒤집는 경우가 허다한데 지키지 않아도 크게 책임을 탓할 수 없는 약속이었음을 반추해 보면 어느 것과도 바꿀 수 없는 은혜로운 배려였다.

핑크레이디와 스크루 드라이버

핑크레이디. 정열적인 숙녀라는 의미를 담고 1912년 태어났다. 뜻에 맞게 아름답고 우아한 여인을 연상케 한다. 감미롭고 달콤하면서 약간의 계피 향을 풍기며 칵테일글라스에 담긴 고운 빛깔은 애주가를 사로잡기에 충분했다. 예전에는 연인들 사이에 많은 사랑을 받고 즐겨 찾는 칵테일로서 인기가 높았다.

인기가 있다는 것은 호감이 간다는 것이다. 좋은 술 마시는 사람, 나쁜 술 마시는 사람 따로 있는 것은 아니지만 칵테일을 처음 접하는 사람들은 생소한 글라스에 담겨진 우아하고 고상한 색깔에 호기심이 일었을 것이다. 우아하고 고상함을 풍길 수 있도록 하는 기술은 바텐더의 역할이다. 바텐더

손에서 조화를 부려 태어나는 칵테일을 보면 마술을 보는 것처럼 깊은 울림에 감동하게 된다. 지금이야 칵테일 문화가 발달되어 대중화가 되었으나 60년대는 흔히 접할 수 없었으며 일부 계층의 전유물처럼 여겼으니 아무나 마실 수 있는 술은 아니었다.

같은 재료로 시각적 예술적 감각을 느끼게 한다는 것이 어찌 쉬운 일이겠는가. 그렇게 만들어진 칵테일이라도 목을 타고 넘어가는데 거부반응 없이 상큼한 기분이 들게 한다는 것은 더 어려운 일이다. 마셔서 기분 좋아야 하고 또 마시고 싶은 끌림이 있어야 한다. 그게 어디 칵테일 뿐이겠는가.

세상 이치가 모두 다 그런 것은 아니지만 사람도 항상 만나고 싶고, 만나면 편한 사람이 있다. 말을 주고받으면서도 부담이 없는 사람, 늘 웃음이 떠나지 않는 사람이 있다. 그 시절은 그러한 사람을 조미료 같은 사람이라고 했다. 살아보니 그러한 사람을 누가 싫어하겠는가. 핑크레이디도 그러한 끌림이 있었다.

스크루 드라이버, 여러 의미가 있지만 플레이보이(Play Boy)로 통했다. 6온스 글라스에 담긴 그대로 본다면 오렌지

주스이지 칵테일이라고 생각할 수 없었다. 무색, 무취, 무향인 보드카가 함유되어 알코올 도수를 유지하고 있으니 술이 분명하거늘 맛은 술과 거리가 먼 음료로 오인되기 십상이었다. 그래서 '여인을 홀릴 수 있다'는 닉네임도 얻었는지 모르겠다. 엉뚱한 욕심이 있는 남자에게는 유혹의 도구로, 술이 약한 여성에게는 반갑지 않은 음료 같은 술이었다. 세상사 양이 있으면 음이 있고 음이 있으면 양이 있는 이치를 극명하게 보여주는 술이 스쿠르 드라이버이다.

60년대 후반에는 막걸리와 두꺼비 소주가 주류를 이루었다. 그중에서도 '홍탁'이라 하여 막걸리 한잔에 홍어 한 점이면 울고 웃는 인생을 논했고, 쓴 두꺼비 한잔에 깍두기 한 조각이면 어려운 나라 살림을 걱정하는 멋쟁이 술꾼이 많은 시절이었다.

그 시절에 처음으로 스탠드바가 선을 보여 외국어에 익숙하지 않은 주당들에게 쓰리세븐이니, 쓰리나인이니 하는 간판이 네온사인의 후광을 받으면서 한동안 인기를 끌었다. 막걸리 대신 위스키 한 잔에 서양 문물을 아는 척하고, 두꺼비 소주 대신 브랜디 한 잔에 국제정세 돌아가는 이치를 탓하고,

이름도 생소한 칵테일 한 잔에 연인들과의 사랑을 속삭이고, 마음 약한 여성들은 그 분위기에 마음을 열었다.

술이란 인간사에 빼놓을 수 없는 음료이다. 좋은 일이 있어 즐겁다고 한 잔, 어려운 일을 당했다고 괴로워서 한 잔, 만나서 반갑다고 한 잔, 헤어지니 섭섭하다고 한 잔, 논에 물꼬를 터 주듯 대화의 꽃을 피울 수 있도록 분위기를 만들어 주는 매력의 음료다.

추운 겨울 어느 날 처음으로 칵테일 바를 찾았을 때이다. 은은한 조명 아래 쉐이커를 상하좌우로 흔드는 바텐더의 몸놀림과 손놀림이 너무나도 멋있어 황홀한 듯 바라보았다.

바라보고만 있어도 흥미진진했다. 글라스에 술을 채우는데 아슬아슬하게 넘칠 듯 넘칠 듯했지만 넘치지는 않았다. 칵테일글라스 속으로 빨려 들어가는 빨강, 파랑 원액의 액체에 눈을 뗄 수 없었다. 내친김에 나도 저 바텐더처럼 칵테일 주조법을 배우고 싶어졌다. 그러나 쉽지 않았다. 칵테일을 배우려면 기초적인 지식도 필요했지만 우선 영어가 뒤따라야 하는데 영어 실력이 부족하니 애초에 길이 아니었음에도 매력은 긴 여운을 남겼다.

그래서일까. 매일 해가 저물기를 기다렸다. 참새가 방앗간 찾듯 몇 년은 그 문턱을 넘나들었던 것 같다. 한동안 칵테일 그늘을 벗어나지 못했다.

해 저물기를 기다리는 마음이 조금씩 희석되어 갈 즈음 바텐더와도 친숙해져 눈빛만 마주쳐도 상대방의 의중을 헤아릴 수 있게 되었다. 그렇게 되고 보니 속사정이야 어떻든 대화가 통하고 마음속 이야기를 하게 되었다. 훌륭한 바텐더는 되기도 어렵지만 칵테일의 깊이를 모두 이해하는 것은 더욱 어려웠다. 칵테일 주조법을 몇 가지 배웠다고 척하다가는 체면만 구긴다. 모자람도 문제지만 쓸모없는 넘침은 더 문제다. 조금 알았다 해서 내세우지 말라는 뜻이 내포되어 있음이다.

바텐더의 자격을 취득하려면 영어는 기본이지만 세계 각국에 명주도 많이 알아야 한다. 술의 특성이나 성분에 따라 조화를 이룰 수 있는 기능도 습득해야 했다. 다양한 고객의 성미를 포용하고 이해하려는 너그러움도 갖추어야 한다. 어찌 생각하면 만능이 되어야 가능한 분야이다.

칵테일은 겉으로 보는 것과 다르게 안으로 파고들어 살피다 보니 알아갈수록 사람의 마음을 살피는 것처럼 어렵게 느껴졌다. 결과보다는 과정이 중요하다는 것, 부자재 한 방울이 어떠한 영향을 미치고, 디스플레이 하나가 무슨 의미를 부여하는가에 대한 가치를 어렴풋이나마 마음에 새길 수 있는 시간들이었다.

그즈음 핑크레이디, 스크루 드라이버 외에도 가정에서 쉽게 마실 수 있는 진 토닉과 탐 카린스 만드는 법을 배웠다. 어렵지 않았기에 남 앞에 아는 척하며 우쭐하곤 했었다. 지혜롭지 못한 처사였으나 무엇을 잘못하고 있는지조차 스스로는 자각하지 못하는 우를 범했다.

칵테일에 면면을 알아가면서 알코올 앞에서는 경거망동하지 마라, 유혹하는 경계를 넘어가지 마라, 자제하고 절제하는 것을 배워라, 내세우고 자랑하지 마라, 상대를 과소평가하지 마라, 알코올은 거짓이 없다 등등 마신만큼 취한다는 것도 스스로 알게 했다.

칵테일이 다 좋은 면만 있는 것은 아니다. 칵테일도 술은 술이다. 가볍게 시작해서 자칫 과음으로 이어지는 경우가 있다. 인기가 있어, 색깔이 좋아, 향기가 좋아, 달콤한 맛이 좋아 마시기 시작했으나 마시다 보니 스스로를 자제 못 해서 일을 그르치기도 하니 그 속에 인생의 희로애락이 스며있는 듯하다.

흥미 있는 칵테일 하나씩 가르쳐 주는 매력에 호주머니 가벼워지는 줄 모르는 것까지는 좋았다. 그래도 그때는 훈훈한 인정과 믿음이 있었다. 한 잔 술에 취해 실수하더라도 덮어주고 감싸주며 나누려는 마음도 있었다. 술은 잘 마셔야 본전이라 했으니 손해를 보지 않으려면 항상 적당히 마셔야 하리라. 그 적당히가 어렵지만 말이다. 술 향기 가득 풍기는 그 시절이 가끔 그리워진다.

대부계약

어떻게 해야 하나?

며칠째 고심하고 해답을 얻기 위해 나 자신에게 수많은 질문을 던졌다. 그러나 뾰족한 답이 없었다. 지금 해야 할 일이 무엇일까? 생각을 바꾸면 길이 보인다는데 어떻게 바꾸지?

필요한 땅을 확보하기 위해 주변 땅을 물색할 때이다. 용도에 맞는 대지가 있어 매입하려다 보니 어려움이 한둘이 아니었다.

100여 평 되는 대지였는데 오래된 집 한 채가 덩그러니 자리 잡고 있었으나 밖에서 보면 사람이 살지 않는 폐허처럼 느껴졌다. 안성맞춤이라 생각되어 매입하려고 부동산에 의뢰하니 고개를 흔들었다. '그 땅 사기 힘들 것입니다.'라는 답만 메아리처럼 돌아왔다.

이유를 물어도 시원한 답을 들을 수 없었다. 다른 부동산도 거의 똑같은 대답이었다. 낭패였다. 안성맞춤이라는 생각은 성급한 결정이었다. 그래도 포기할 수 없었다. 세상사 살다 보면 사람도 꼭 필요한 사람이 있듯이 그 땅은 반드시 매입해야 할 땅이었다.

정보를 수집할 수 있는 인맥은 다 동원했다. 주변 사람들로부터 귀동냥해서 듣고, 친분이 있는 분에게 조언을 들었다. 종합해 보면 우선 부동산 중개사가 개입하면 일이 더 어려울 것이란 말에 공감이 되었다. 정확한 이유는 모르지만 소개업 관계자의 고개 흔듦과 귀띔을 이해할 수 있었다.

소유주는 혼자 사는 연세가 많은 할머니였다. 고집이 있는 데다 누구와 말 섞기를 싫어했다. 외출이 잦지 않으니 언제 나갔다 언제 들어오는지를 본 사람이 드물었다. 항상 문이 잠겨 있으니 계신지 안 계신지 잘 알 수도 없었다. 더구나 귀가 밝지 않아서 아무리 밖에서 인기척을 해도 잘 듣지 못한다는 것이다. 아들이 '가뭄에 콩 나듯' 다녀가지만 본 사람이 별로 없다고 했다. 주변 사람들 이야기로는 쉽지 않을 것이란 의견이 지배적이었다.

　세상은 시장바닥의 어수선한 부딪힘 속에서도 구하고자 하는 것이 있다면 얻을 수 있다는데 일단은 부딪쳐보자. 시도도 안 해 보고 물러선다는 것은 우매한 처사라 여겨졌다. 협상은 줄다리기해서 이기는 것이다. 조금 손해를 보더라도 최선을 다한다면 의외로 매듭이 풀릴 것이란 긍정적 희망으로 마음의 준비를 단단히 했다.

　그런데 하늘을 봐야 별을 딸 수 있지, 주인을 만나야 이야기라도 할 수 있을 텐데 만나는 일부터 쉽지 않았다. 여러 방면으로 접촉을 시도했으나 여의치 않았다. 수시로 찾아 문을 두드렸으나 응답이 없었다. 번번이 발길을 돌리며 생각했던 것이, 정말 살고 계시나 하는 의문이 들 정도였다. 그러한 의문은 차라리 포기할까. 매입자금도 충분치 않은데, 사서 고생하는 것은 아닌가. 며칠이나 지났다고 초심이 흔들렸다.

　그러나 뜻이 있는 곳에 길이 있고, 정성을 다하면 하늘이 돕는다지 않는가. 초심을 실천하자라는 생각으로 자주 들르는데 하루는 외출해서 들어오는 할머니와 마주쳤다. 얼마나 반갑던가. "안녕하세요." 하고 인사를 드리니 한발 물러서며 경계를 한다. 그러면서 대뜸 볼일 없으니 가란다. 대화조차 꺼려 했다. 그렇다고 물러나 기회를 놓칠 수는 없었다.

최대한 공손하게 할머니 보려고 몇 번 왔는데 안 계셔서 그냥 돌아갔다는 이야기를 드리니 경계를 좀 푸시는 것 같았다. 무슨 일이냐고 물었다. 할머니의 귀가 어두우니 자연 말소리가 커졌다. 그래도 찾아간 연유를 자세히 말씀드렸다. 그랬더니 정말 부동산에서 온 것 아니냐며 따지듯 물었다. 그렇다고 대답하며 찾아온 목적을 가감 없이 설명했다. 겉으로는 강한 듯했으나 홀로 사는 세월의 그림자를 엿볼 수 있었다. 다만 부동산과의 불편했던 무엇이 있는 것 같았으나 더 이상 묻지 않았다.

살뜰히 챙겨주는 사람 없이 무관심 속에서 홀로 사시는데 익숙해진 듯했다. 그러한 모습이 한 편으로는 짠하고 안쓰럽게 느껴졌다. 저만치 흘러간 시간은 몸 따로 마음 따로 인 듯 잠시 호흡을 고르더니 아들과 상의해서 아들에게 연락하게 하겠노라고 전화번호를 받아주셨다. 그리고 한 마디 덧붙였다. 부동산 끼고 오지 말란다. 말씀대로 하겠노라고 답했다. 예측하지 못한 결과였다. 지금까지의 빈번하게 찾았던 일들이 결과를 맺는 것 같아 조바심 냈던 마음을 떨칠 수 있었다. 한 발짝도 나갈 수 없었을 것 같은 큰 벽을 넘은 것 같아 마음이 한결 가벼워졌었다.

그런데 산 넘어 산이라 했던가. 큰 산 넘으니 더 큰 산이 버티고 있는 것을 전혀 예상하지 못했다. 그 후 아들을 만나 땅 매입 절차를 모두 끝내고 서류를 검토하다 보니 또 다른 걸림돌이 있었다. '알박이땅'이라고 해야 하나, 대지 한가운데 몇 평 안 되는 도유지가 버티고 있었다. 이 땅 때문에 부동산과 마찰이 있었던 것은 아닐까 하는 의구심이 일었다.

아들이 타지에 있어 할머니께 말씀드리니 걱정하지 말란다. 아들이 공직에 있으니 그 부분은 해결해 줄 것이란다. 할머니 말씀을 못 믿는 것은 아니었으나 돌다리도 두드리며 건너라 했듯이 아들과 통화를 했다. 아들도 그것은 큰 문제 아니니 자신이 해결해 준단다. 공무원 신분이니 무슨 문제 있겠냐 싶어 단서를 달아 매매계약서에 도장을 찍었다. 그러나 혹시나 했던 염려가 발목을 잡았다.

국유지 '알박이땅'을 매입하는 일이 쉽지 않았다. 시간은 나 몰라라 흐르는데 해결 기미가 보이지 않아 아들에게 전화를 하면 조금만 기다리라는 메아리였다. 하는 수 없이 목마른 사람이 우물 판다고 몇 군데 알 만한 사람을 만나서 조언을 들어보니 등기 당사자가 아니면 어렵다는 중론이었다. 스스로 택한 길이니 탓할 수도 없고 돌이킬 수는 더더욱 없었다. 어떻게든 해결을 해야만 했다. 실마리를 풀려고 시간이 없다는 아들을 불러내어 마주 앉았다. 어떻게든 일을 풀어보려고 만든 자리가 더 불편하고 불안한 자리가 되었다.

자신이 공직에 있다 보니 자리를 비울 수 없어 이곳에 자주 올 수 없는 상황이다. 자신도 빨리 해결하고 모친을 모셔가고 싶은데 지금 상태로는 문제 해결이 어렵다. 이렇게 어려울 것 같았으면 처음부터 매각을 하지 않을 것인데 잘못했다며 필요하면 직접 해결하여 이전하고 그렇지 않으면 해약해 줄 테니 선택을 마음대로 하란다. 색깔도 없고 보이지 않는 마음이지만 그 마음이 편치 않았다. 결국 '알박이땅'이 저해요인으로 등장했다.

처음부터 다시 시작한다는 생각을 가졌지만, 신뢰가 깨진 것 같아 마음은 개운치 않았다. 그래도 매입해야 한다는 강한 의지는 꺾이지 않았다. 그 마음이 통했을까. 여러 방면으로 길을 찾는 도중 어느 지인과 우연히 차 한 잔을 마시다가 독백 같은 하소연을 했는데 반짝이는 정보를 주었다. 도유지이지만 시에서 관리하는 경우가 있으니 시청을 찾아가 보라는 것이다. 지푸라기라도 잡고 싶은 마음이었기에 서둘러 찾아갔는데 그곳에서 모든 실타래가 다 풀렸다. 시원스러운 주무계장님의 대답은 사막에서 찾은 오아시스였다.

벌써 오랜 세월이 흘렀다.

도의 땅을 불하받기 위해 어려움에 부닥쳐 있을 때 그 길을 쉽게 가르쳐 주었던 윤 모씨. 공직자로서 너무 존경스러웠다. 그 땅은 도유지지만 관리는 시에서 하고 있었다. 면적은 불과 몇 평 되지 않았으나 매입하고자 하는 대지 한가운데 조그만 땅이 왜 그리 커 보였을까.

시간만 흐르고 계약 해지까지 생각해야 할 상황에서 구세주를 만난 셈이다. 민(民)이 알지 못하는 국유지 상식에 대해 매입하는 과정을 소상히 가르쳐 주셨다. 그때 국가가 소유하고 있는 재산을 사용하기 위해 맺는 대부계약이라는 생소한 말을 처음으로 들을 수 있었다.

매듭을 풀려면 먼저 대부계약을 맺어야 한다기에 대부계

약을 맺고 기다렸다. 초조한 시간은 빠르게 지나갔다. 많은 비용이 들어가리라고 예상했는데 알려준 길을 따라 수입인지 몇 만 원으로 그 어려운 일이 해결되었다.

그때를 기억하면 고맙고 감사하다는 말 외에는 할 말이 없었다. 어떤 상황보다 어려운 상황에서 만난 소중한 인연은 그분이 정년퇴임을 하고 세월은 많이 지났어도 서로가 마음을 주고받는 사이가 되어 몇 년 전까지 명절 때면 찾아보는 은혜로운 사이가 되었었다.

그때 자칫 일을 그르쳐 도중하차했다면 어떠했을까. 여러 형태로 어려움이 많았을 아차! 한 순간이었다. 지금도 상상을 하면 느끼는 바가 많아 작은 희열을 느끼게 한다.

1% 행운

사람들은 운이 좋았다는 말을 곧잘 한다. 운이 없다, 운이 나쁘다는 말보다는 분명 듣기 좋다. 운이란 무슨 일을 하든 평균보다 더 좋은 결과가 나왔을 때 하는 말이다.

행운과 운의 차이는 뭘까. '행운'은 사전에서 좋은 운수라 했다. '운'이나 운수는 사람의 힘을 초월한, 인간의 능력을 초월한 천운을 이름이니 같은 의미이다.

행운이란 예상치 못했는데, 기다리지 않았는데 뜻밖의 기쁨이 찾아온다거나, 생각지 않은 선물을 받는다거나, 때로는 횡재한 후 운이 좋았다는 말을 한다. 횡재한 후 운이 좋았다는 경험은 자칫 요행수를 바라는 마음을 갖게 할 수도 있기에 반드시 경계해야 할 일이다.

행운은 어떻게 오는 것일까? 노력 없이 하늘에서 뚝 떨어지는 것은 아닐 것이다. 노력한 만큼 결과가 이루어졌을 때는 운이라는 말을 하지 않는다. 노력한 것보다 더 나은 결과를 가져왔을 때 운이 좋았다거나 행운이었다는 말을 한다. 반대로 원하는 결과를 얻지 못했을 때 운이 없었다며 자위를 한다. 그렇다면 행운은 어떠한 목적을 바라고 열과 성을 다했을 때 생각지 않은 결과에서 오는 것이라 할 수 있지 싶다.

오래전 호텔에 근무하면서 경험한 일은 분명 행운이었다. 그때의 심경을 어떻게 표현해야 가감 없이 드러낼 수 있을까? 결과는 행운이었으나 과정을 반추해 보면 숨쉬기 어려울 정도로 참담했던 순간순간의 연속이었다.

그날도 평소와 다름없이 일찍 출근했다. 그런데 피부에 민감하게 스며드는 싸늘한 공기가 심상치 않았다. 그 공기는 직원들의 표정에서 읽을 수 있었다.

"무슨 일 있어?" 하고 물으니 대표께서 사무실에서 기다리고 계신단다.

"무슨 일로?"

모두 애써 감정을 드러내지 않으려고 했으나 얼굴에서 읽을 수 있었다. 무엇인지 알 수 없으나 일반적인 일은 아니라는 느낌이었다. 무거운 마음으로 사무실에 들어서니 직원들은 아직 출근 전이었다. 대표님 혼자 심각한 표정으로 신문을 응시하고 계셨다. 다가가자 대뜸 "이 신문 봤어요?" 하며 조간신문을 내밀었다.

"아직 보지 못했는데요."

"일을 이렇게 처리하면 어떻게 합니까. 잘 살펴보세요."

대표님이 신문을 툭 던져주었다. 약간은 격한 음성에 불편한 심기를 드러내다가 감정을 애써 억누르시는지 아무 말씀도 없이 사무실을 나가셨다. 싸한 바람이 지나는 것 같았다. 무슨 일인지 감이 잡히지 않았으나 가슴이 철렁했다. 숨 고를 사이도 없이 건네받은 신문을 살폈으나 문제가 될 만한 기사가 눈에 띄지 않았다. 분명 무슨 일이 있는 것인데 무엇일까? 앞으로 일어날 일에 대한 육감은 마음을 불안하고 초조하게 만들었다. 어떤 문제가 꼬였을까? 혼자였지만 싸한 분위기는 몽고 지방에서 확장한 한랭전선이 사무실을 감싸는 것 같았다.

신문을 처음부터 다시 펼쳤다. 정치면, 사회면은 연관된 기사가 눈에 들어오지 않았다. 그리고 문화면을 펼쳤을 때 모공사 입찰공고가 실려 있었다.

'아! 이것이구나' 하고 입찰공고를 살피던 나는 '아니! 이럴 수가?' 자신도 모르게 신음을 토해냈다. 억장이 무너진다고 했던가. 착오라고 하기에는 너무나 큰 실수였다. 실수가 아니다. 돌이킬 수 없는 과오였다. 먹을 수 없는 떡을 먹겠다고 덤빈 것이다. 그것도 1년여 시간을 보내면서 내 것이 될 수 없는 것을 내 것으로 만들겠다고 허송세월한 것이나 다를 바 없었다.

이를 어쩐다. 눈앞이 캄캄해졌다. 시련은 스스로 판 무덤이었다.

C국제공항 개항 1년여를 앞둔 시점이었다. 어느 신문을 보다가 공항 내 외식사업에 대한 광고가 눈에 띄었다. 마침 식음료를 보강하려는 마음을 갖고 있던 차에 기회다 싶었다. 국제공항이라는 단어 하나에 판단력이 흐려졌다.

기회는 놓치지 않아야 한다는 지나친 욕심과 한 번쯤 도전하고픈 욕망이 내 눈을 멀게 했다.

해봐라, 될 것이다, 연못을 만들어야 고기가 모인다지 않는가 하는 속담도 일조해 마음을 부풀게 했었다. 한 마디로 멈추고 생각하게 할 브레이크가 풀려버린 것이다. 원한다고 이루어지는 일도 아니련만 손익에 대한 검토도 없이 풀린 브레이크를 멈출 수가 없었다. 어쩌면 익지 않은 과일을 따겠다는 욕심이 앞섰음과 같다.

그런데 방향이 틀린 건 아니었다. 외식산업의 관심이 높아지면서 패러다임이 바뀌고 있는 시점이었다. 그러기에 먼저 정보를 수집하고 시장조사를 하여 계획을 세우는 데까지는 나쁘지 않았다. 그럼에도 면밀한 준비 과정 없이 사업계획을 세워 결재를 받은 것이 화근이 되었다. 결재받기 전에 좀 더 신중했어야 했는데 그렇지 못했음이다.

1년을 준비했다. 준비하면서 소요예산이나 기간은 문제가 되지 않았다. 인테리어와 집기 비품, 도시가스 사용 여부 등도 염려할 것이 없었다. 그런데 세부적인 계획을 세우면서 공항 공사의 지침을 구체적으로 확인하지 않은 실수를 범했다. 그 지침 하나가 1년 준비한 모든 것을 물거품으로 만들어버렸다.

용서할 수 있는 실수가 아니었다. 그 허탈함이란….

추상적인 생각으로 선뜻 사업을 하겠다고 나선 꼴이 되었다. 솟구치는 감정은 접어두고라도 준비하면서 들인 시간, 비용 등등 한순간에 무력해진 심정은 말로서는 표현할 수 없었다. 도면을 그리고 서울을 오가며 정보를 수집했다. 여행사 등을 상대로 홍보하며 회사에 도움이 될 수 있겠다는 꿈에 부풀었다. 그런데 반드시 확인했어야 할 핵심을 놓친 것이다.

그 실수는 너무나 큰 충격으로 다가왔다. 누가 실수를 성공의 지름길이라고 했을까. 잘못을 거울삼아 다시 도전해 볼 수 있는 실수가 아니었기에 처참함이란 배가되었다.

입찰공고를 다시 확인했다. 입찰 참가 자격란을 보고 또 보았으나 전국 관광호텔 1급 이상이었다. 2급인 우리 호텔은 참가 자격 미달이었다. 참가 자격도 없으면서 1년여를 허송세월했다. 회사자금을 축내고 시간을 허비하며 회사에 누를 끼쳤으니 당장 사표 쓰고 그만두라 해도 할 말이 없었다. 충분히 그럴만한 사건이었다.

참 곤혹스러웠다. 비난받아 마땅했다. 변명으로 감춰질 수 없었다. 꿈은 산산조각이 되었다. 잘못을 인정하고 용서를 구한다고 용서될 수 있는 국면이 아니었다. 할 수 있는 것은 아무것도 없었다. 그날은 하루가 어떻게 지나갔는지 모르게 지나갔다.

그런 상태에서 상당한 시간이 흘렀다. 회사에서도 사표 내라는 지시가 없었다. 바늘방석과 같은 마음이 조금씩 희석되어 갈 즈음, 병도 앓을 만큼 앓으면 나을 때가 있듯이 스스로 치유될 무렵이었다. 대표님은 용서할 수 없을 만큼의 잘못이었음에도 묵인하고 넘겨주셨다.

멀게만 느껴졌던 입찰일이 다가왔다. 1년여를 공들인 노력이 자꾸만 다시 생각났다. 어느 호텔에 낙찰이 될까 궁금했다. 생각이 많아졌다. 식당이 아니면 스낵이나 기타 자격 제한 없는 곳이라도 입찰하여 볼까 하는 마음으로 입찰 현장을 찾았다. 아마도 미련이라는 욕구가 남아서였을 것이다.

입찰일, 공사 사무실, 입찰 장소에 1시간 전에 도착했다. 입찰 장소를 확인하고 1년여를 다니면서 얼굴을 익혔던 공사 직원들과 인사를 나누었다. 지난 시간들을 반추하며 이륙하는 비행기에 시선을 돌렸다. 가만히 눈을 감았다.

눈발이 날리기 시작했다. 입찰 시간이 40여 분 남았다. 눈발이 굵어지기 시작하더니 금세 함박눈으로 변했다. 함박눈은 짧은 시간에 폭설이 되어 입찰 시간 30분을 남기고 주변을 모두 백색의 공간으로 만들어버렸다. 탈바꿈된 설경은 욕심을 비우고 청렴하라고 이르는 것 같았다. 한 폭의 수묵화를 연상케도 했다.

갑자기 내린 폭설로 모든 교통이 두절되었다. 입찰에 참가한 업체는 눈이 내리기 전에 도착한 M호텔 한 곳 뿐이었다. 어쩔 수 없이 입찰은 유찰되고 말았다.

모든 입찰이 취소되고 별다른 소득도 없이 돌아오는데 착잡하기가 이를 데 없었다. 괜한 시간을 낭비했다는 소회도 일었다.

그런데 가느다란 한 줄기 빛이 비치게 된 것은 C공항 현지 입찰 때였다. 상황이 변할 수 있다는 미묘한 기류가 형성되기 시작한 건 현지 입찰에 도지사와 언론의 입김이 작용했다. C시에 공항이 개항하는데 지역 업체가 운영해야 되지 않겠느냐는 의견이 반영되어 전국 입찰에서 지역 제한을 하여 C도 내 업체로 선정기준이 정정되었다. 도내 관광호텔 1급 이상만 입찰 참가 자격이 주어져서 근본적으로 변화된 것은 없었다. 그러나 상황은 끊임없이 변할 수 있다는 막연한 생각이 들었다. 티끌 만한 불씨가 점화될지도 모른다는 예감이 있었음일까. 시간 낭비인 줄 알면서도 공항 입찰 장소에 또 다녀왔다.

그런데 입찰일 오후 5시, 공사로부터 전화가 왔다.

"꼭 식당을 해보시겠습니까?"

"예!"

대답은 간단했다.

오후 5시 30분 도관광과로부터 식당을 꼭 해보겠느냐는 공사와 똑같은 질문을 해 왔다. 물론 "예!"라고 답했다.

20여 분이 지난 후 공사로부터 또 전화가 왔다. 내일 조간신문을 보라는 내용이었다.

그 하룻밤이 참 길게 느껴졌다. 다음날 조간신문을 살폈으나 별다른 기사가 없어 보였다. 재차 주의 깊게 더듬는데 자세히 보지 않으면 눈에 띄지 않을 만큼 아주 작은 단축 입찰 공고가 실렸다. 거기에 입찰 참가 자격이 도내 2급 이상 관광호텔로 조정되었다. 조그만 성공에 자족(自足)하지 않고, 조그만 실패에 좌절하지 말라. 주어진 여건을 무기 삼아 길을 개척하고 뜻을 세워 최선을 다하라는 메시지를 받는 것 같았다. 그러나 행운이라는 것도 그저 오는 것이 아니었다. 분명 하겠다는 씨를 뿌렸기에 싹이 튼 것이다. 씨 뿌리지 않았는데 싹이 틀리는 만무하다. 이루고자 하는 목적이 있다면 남들보 다 몇 배의 열정을 갖고 정성을 다해 준비하고 공을 들이고 기다려야 한다. 그랬을 때 행운도 따라 올 수 있다는 것을 이르는 것 같았다.

그렇게 해서 따낸 공항식당 운영권, 1년여를 무지(無知)하 게 다녔던 99%의 노력의 결과가 아니었나 싶었다. 입찰에 성공할 수 있었던 것은 아마도 1%의 행운이 가져다준 은혜로 운 선물이었다.

간절한 기도

일상 속에서 하는 일이 잘못되어 애를 태우는 경우가 종종 있다. 그 애를 태우는 경우가 나와 무관하면 아무리 큰 문제라 해도 그대로 지나치지만 조금이라도 얽혀 있으면 차마 도외시할 수 없어 속을 끓일 때가 있다. 그런데 직접 연관된 문제로 위기에 봉착하게 되면 그 답답한 심정은 헤아리기가 어렵다.

귀로 듣지 않고 말로 하지 않아도 눈으로 보면 현실을 직시할 수 있다. 그런데 눈앞에 펼쳐진 현실을 보고 어떻게 해야 할 줄 몰라 안절부절, 우왕좌왕할 때가 있다. 불안, 초조, 애가 타는 순간에 넋이 나가 일을 그르치기도 하지만 모든 것을 초월해 그 순간을 슬기롭게 넘기기도 한다. 가능과 불가능은 종이 한 장 차이라고 하지만 그 종이 한 장 차이가 우리의 삶에서 수많은 애환을 남기어 연민을 느끼게도 하고 신경을 곤두세우게도 한다. 그 상황이 사고로 이어져 곤경에 처한 경우라면 답답한 심경을 넘어 속이 쓰리고 아플 것이다.

호텔에서의 일상은 한마디로 설명하긴 어렵다. 이질적인 여러 업종이 하나가 되어 움직이기 때문에 가끔은 뜻밖의 일로 당혹스런 경우가 종종 있다. 대부분은 고객과의 마찰에서 불협화음이 일어나지만 때로는 종사원 간의 다툼이 원인이 되기도 한다. 그러기에 항상 긴장을 늦출 수 없고 곳곳을 두루 살펴 자주 점검해야 한다.

그날은 봄이 오는 것을 느낄 만큼 따뜻했다. 나목에서 움트는 새싹도 유심히 보아야 보이지만 싱그러움을 느끼기에 충분했다. 머지않아 봄나물도 다투어 나오게 될 것이다. 바람도 쏘일 겸 의자를 밀치고 사무실을 나와 순찰을 돌았다. 주차장을 돌아보고 현관 쪽으로 향하는데 기계실과 연결된 비상구 계단에서 이상한 소리가 들렸다. 신음 같기도, 누구를 부르는 소리도 같았으나 분간하기 어려웠다.

어떠한 경우이든 곤란한 역경에 처했을 때 대처할 수 있는 능력은 지혜로운 힘이다. 그 힘이란 곤경에 처한 위기 상황을 바로 볼 수 있어야 한다. 원인을 알아야 방법이 보인다는 뜻이다.

자세히 살피려고 지하 계단 쪽으로 가까이 갔을 때 하마터면 넘어질 뻔했다. 그런 때를 당하면 아무리 주의한다 해도 자칫 실수하기 십상이다. 신경을 곤두세우고 좀 더 가까이 갔을 때 무엇인가 있었다.

어두운 계단에서 움직이는 물체가 있었다. 신음은? 지하 계단이고 어두워서 제대로 보이지는 않았으나 누군가를 부르고 있는 것이었다. 온몸에 소름이 돋았다. 음침하여 겁도 나고 두렵기도 했으나 좀 더 가까이 다가갔다.

아니, 이럴 수가! 처절한 몸부림이었다. 아 아, 믿기지 않는 처참한 모습이 눈에 들어왔다. 움직이니 생명체다. 새까만 물체가 기어 올라오는데 사람인지, 유령인지 분간이 가지 않았다. 아마도 심장 약한 사람이라면 숨이 멎었을 것 같다.

"전무님! 전무님!"

실낱같은 목소리가 들렸다. 가느다란 음성은 분명 전기 이주임이었다. 그리고 그는 그 자리서 푹 쓰러졌다. 순간 내

정신은 어디로 갔는지 모른다. 그리고 얼마나 시간이 흘렀는지는 알 수가 없었다. 정신을 차려 보니 병원 응급실 밖에서 중얼거리고 있었다. 제발 목숨만, 목숨만 살려 달라고 애원하고 있는 나 자신을 발견했다. 얼마나 간절히 기도하고 있었기에 간호사가 옆에서 부르는데도 몰랐을까.

아마도 지금까지 살아오면서 그때처럼 간절히 기도한 기억은 없다. 시간의 흐름도 정지된 것 같았다. 우리는 살아가면서 잠시 후의 순간도 내다보지 못하고 어려움을 당하는 경우가 많지만, 그날 같은 당혹스러운 경우는 흔치 않을 것이다.

애써 정신을 차리고 간호사를 따라 환자가 누워 있는 곳으로 가서 담당 의사를 만났다. 환자는 하얀 시트 위에 눕혀있는데 새까맣게 탄 잠바, 하얀 붕대로 감싼 얼굴에 눈은 감고 있는데 무슨 생각이 있겠는가. 그냥 세상에 내팽개쳐진 존재에 대한 현실을 어떻게 받아들여야 할지 난감했을 것이다. 마음속으로 빌고 또 빌었다. 목숨만 살려달라고. 무작정 살려달라고 빌었다.

의사가 다가와 환자와 어떤 관계며 어떻게 되느냐고 물었다. 질문에 답하고 어떻게 이곳까지 왔을까? 기억을 더듬어 보았다. 애써 기억을 떠올려 보았지만 흥건히 젖은 몸만이 그 시간을 대변해 주고 있었다.

우리 직원인데 캄캄한 지하 계단에서 쓰러져 있는 것을 보았을 때 너무 놀란 나머지 그 뒤 어떻게 병원까지 왔는지 기억이 없다고 했다.

"조금만 늦었더라도 생명이 위험했을 텐데 고비는 넘겼습니다."라는 담당 의사의 말이다. 옆에 있던 간호사가 "어디서부터 업고 오셨어요. 정말 큰일 날 뻔했어요. 수술을 해야 하니 따라오셔서 입원 수속을 밟으세요."라고 했다.

'생명에는 지장이 없다'는 말에 정신을 차릴 수 있었다. 순간 2개월 전에 이 주임이 사표를 제출했을 때가 떠올랐다. 좋은 곳에 자리가 있어 이직을 하겠다고 했다. 급여도 그렇지만 근무환경이 좋아 가야겠다는 그를 극구 만류했다. 당장 그가 없으면 쉽게 사람을 구할 수도 없지만 놓치고 싶지 않았다. 회사로서도 너무 필요한 사람이라 부인에게까지 전화를 걸어 겨우 설득하여 사표를 반려했다. 그런데 만약 잘못되었다면 부인도 그렇거니와 그의 가족을 어떻게 대할까 하는 생각이 미치자 등줄기에 땀이 흘렀다.

우리 사회에는 근무 여건이 좋은 곳이든 좋지 않은 곳이든, 직책이 높든 낮든, 급여를 많이 받든 적게 받든 세 부류의 사람이 있다. 꼭 필요한 사람, 있어도 좋고 없어도 좋은 사람, 꼭 필요치 않은 사람. 그러한 사람 가운데 이 주임은 우리 호텔에서 없어서는 아니 될 꼭 필요한 사람이었다. 사람이 원만한데다 기술이 좋아 전기 부서를 총괄하면서 기계실 쪽도 도움을 주어 믿음이 가는 직원이었다. 그런데 사고를 당하게 되었다.

6시간의 수술을 끝내고 담당 의사의 소견을 들었다. 6개월을 치료해야 한다. 그리고 절대 안정이 필요하다. 조심 또 조심해야 한다. 준수사항을 철저히 지켜라. 그리고 조금이라도 시간이 지체되었다면 환자의 생명에 지장은 없었다 하더라도 완치하는데 어려움이 많았을 것이라는 소견을 덧붙였다. 돌이켜 생각해보니 호텔에서 병원까지 거리가 짧은 거리는 아니었다. 그 거리를 업고 뛰었다는 것이 머릿속에 그려지지 않았다. 그리고 기억에 없는 시간도 스스로가 납득되지 않았다. 일반적인 상식으로 판단했을 때 도저이 이해가 되지 않은 부분이다. 아마도 그때의 행동은 인간의 초능력이 아닌가 싶었다. 사람이 죽고 사는 것은 천명이라 하지만 초능력의 힘과 기도의 힘은 상식을 초월해 또 다른 한계를 엿볼 수 있었다.

사고는 380V 고압으로 용접하는 과정에서 합선되어 일어난 실수였다. 몸은 작업복인 두꺼운 잠바 덕에 보호되었지만 손은 목장갑이 견디지를 못해 군데군데 화상 자욱이 그때를 대변했고, 얼굴도 화상으로부터 피하지 못했다. 천만다행으로 치료가 잘되어 오히려 젊어졌다는 느낌을 받았다.

전기쇼크는 대부분 살 수 없는데 어떻게 생존할 수 있었는지 기적이라고 했다. 간절한 기도의 힘이라고 믿고 싶다. 어찌 은혜롭지 않겠는가.

박하사탕과 여권

박하사탕은 허브 종류의 하나인 페퍼민트에서 추출한 박하유(薄荷油)를 넣어 만든 사탕이다. 입에 넣으면 특유의 화하는 박하향이 입안을 상쾌하게 감싼다.

박하는 동의보감에서도 여러 효능을 인정하지만, 일상생활에서 쉽게 접근할 수 있는 것은 치약이나 은단 그리고 사탕 등에서 많이 상용되고 있다. 특히 구취와 구충에 효능이 있다 해서 약용으로 많이 쓰였으나 지금은 식문화가 발전하면서 차를 비롯한 먹거리 등에 첨가물로써 다양하게 쓰이고 있다.

처음 박하 잎과 만났을 때는 지인이 허브농장을 개원했을 때이니 오랜 세월이 흘렀다. 식물의 잎에서 그렇게 다양한 향이 난다는 것도, 약이나 향료로 이용되는 식물이 그렇게 많다는 것도 처음 알았다.

박하 잎을 처음 보았을 때 다른 화초와 다를 게 없었다. '이게 무슨 박하야.' 했다. 그런데 잎을 따서 손가락으로 비벼 냄새를 맡으니 천연 박하향이 향긋하게 풍겨서 신기했다. 식물을 전공하는 사람이 아니더라도 박하 향은 충분히 후각으로 전해져 음미할 수 있었다. 자연 향의 진수를 느끼는 듯했다.

향을 맡고 보니 박하 잎이 달리 보였다. 속 다르고 겉 다르다는 말을 많이 하는데 향을 맡기 전에는 잡초는 아니더라도 일반 풀과 다를 바 없었는데 향을 맡고 난 후는 고급 화초로 보이는 것이었다. 아마도 전혀 모른 상태에서 풀과 함께 있었으면 누구든 잡초라 해도 믿었을 것 같았다. 모르면 배워야 한다지만 천지에 널려져 있는 식물을 자기 주관대로 규정지어서는 안 된다는 것을 새기는 계기가 되었다.

박하사탕은 상점이나 마트에서 사서 맛볼 수 있지만 손쉽게 접할 수 있는 곳이 식당이다. 식후에 하나씩 드실 수 있도록 서비스 차원에서 준비한 일종의 디저트이다. 입에 넣으면 향이 입 냄새를 희석시켜 상쾌한 기분이 들게 한다. 그래서 한 번 섭취해 본 사람은 그 매력에 다시 찾는 사람이 적지 않다.

아마도 날로 심해져 가는 경쟁사회에서 손님을 끌기 위한 고육지책의 홍보물일 수도 있다. 그러나 홍보물일지라도 주고자 하는 마음이 있어야 한다. 남이 하니 따라 한다는 생각도 할 수 있으나 중요한 것은 주인의 배려가 없이는 불가능한 일이다.

공항식당을 운영할 때이다. 일반 식당과 달리 여행객을 상대로 영업해야 하기에 시간과의 싸움이다. 그곳은 시간적 여유를 갖고 식사하러 들어오는 손님은 거의 없다. 성급한 분들은 주문하고 1~2분이 지나면 주문한 음식 나오지 않는다고 독촉한다.

음식도 정이 담겨 있어야 한다. 그래서 손맛이라 하지 않은가. 그런데 너무 독촉을 받다 보면 정성을 담을 수가 없다. 그런데 조금이라도 소홀하면 손님의 혀는 귀신같다. 어찌 음식뿐이겠는가. 인간관계도 다르지 않을 것이다.

비행기 탑승 시간이 가까워지면 손님이 몰려들어 복잡해진다. 복잡한 시간은 의외로 짧다. 비행기가 이륙하고 나면

정적이 감돌 만큼 조용해진다. 비행기 시간 따라 밀물 썰물처럼 들고 나는 손님의 행렬은 반복된다. 얼마나 감사한 손님인가. 그러나 손님 때문에 일한다는 말은 하지 않는다. 누구를 위해서 일하는 것이 아니고, 나 자신을 위해서 일할 뿐이다. 어떻게 살아야 잘 사는가를 생각하며 고객의 말에 귀 기울이며 나름 시간을 아껴 식사를 내려고 애를 쓰지만 때로는 손님의 기호에 맞지 않을 때가 있다. 그럴 때는 어김없이 불평불만이 돌아온다.

그러한 불평불만을 최소로 줄이고자 아무리 작은 일이라도 그 일에 정성을 다한다. 박하사탕을 준비해 놓는 것도 그 연장선상에서 실천하기 위해서다. 한 알의 박하사탕이 식사한 손님의 혀끝에서 상큼한 향기로 남아 좋은 인상을 받기를 원하는 마음씀이었다.

박하사탕을 싫어하는 분도 계시지만 대부분 나가면서 하나씩 입에 넣는다. 손님 중에는 자신의 것처럼 생색을 내기도 하고, 어느 손님은 사실인지는 모르나 박하가 충치를 예방하고, 소화에 좋다면서 두 개씩 입에 넣는 분도 있었다. 의학적인 면은 모르더라도 멘톨이라는 성분은 세균을 억제하고 구취 개선에 일조한다고 하니 설득력이 있는 말인 것도 같다.

박하사탕을 보면 항상 떠오르는 기억이 있다. 계사년 1월 어느 일요일 아침 공항식당에서의 일이다. 아침 시간은 손님이 꽤 많다. 많은 탑승객이 수속을 마치고 시간을 재며 식사를 한다. 그러니 식사하고 나서 여유를 갖고 시간을 보내는 사람은 거의 없다. 그날도 그렇게 분주하게 손님이 들고 날 때였다.

바쁜 걸음으로 들고나는 사람들 사이에 식사를 마치고 나오는 분이 계셨다. 나이가 지긋한 분이 한 손에 서류 가방을 들고 한 손에 여권을 들고 계산대 앞으로 다가왔다. 잘 먹었다며 카드로 계산을 마치더니 박하사탕을 하나 입에 넣고 미소를 지으며 나가셨다. 웃는 모습이 참으로 인자해 보였다.

어떠한 삶을 살았기에 저리도 선해 보일까? 멋스러웠다. 부드럽고 따뜻하다는 생각도 들었다. 내면이야 알 수 없지만 외모로 풍기는 인품에서 호감이 갔다. 대접을 받고 싶다면 자신에 인품을 가꾸라는 말이 있듯이 선한 모습이 상대의 마음을 끌기에 충분했다. 이마에 주름살이 몇 줄 더 있고, 검버섯이 몇 개 더 있으면 어떠랴. 더구나 상대를 존중하려는 언행이 몸에 밴 분 같았다. 닮고 싶다는 생각이 머릿속을 맴돌 때 다른 손님이 "이봐요, 계산 안 해요?"했다. 그리고 다른 두 분 손님의 계산을 마쳤을 때다.

박하사탕 용기 옆에 여권이 눈에 띄었다.

주변을 살펴보았으나 주인이 없다. 방금 카드로 계산한 분의 것이 아닌가 하고 사진을 보니 틀림이 없었다. 한 손에 가방을 들고 한 손에 여권을 들었으니 아마 박하사탕을 입에 넣으려고 여권을 놓았다가 사탕만 입에 넣은 후 그냥 나간 것이었다. 머리가 희끗한 그분도 세월을 묶어두지 못했기에 망각이라는 무형의 실체가 흔적을 남겼음이다.

공항은 대단히 북적거리고 수선스럽다. 특히 아침 시간은 탑승객이 많으므로 그만큼 위험 요소도 많다. 여권을 잃고 당황해할 노신사의 모습이 떠오르자 마음이 조급해졌다. 서둘러서 여권을 갖고 손님을 찾으면서 탑승구 쪽을 살폈다. 노신사가 눈에 띄었다. 그분은 의외로 어찌할 바를 몰라 하거나 놀란 모습이 아니었다. 아주 태연했다. 줄을 서서 기다리는데 여권을 손에 쥐고 있다고 여긴 모양이었다. 노신사에게 다가가 조용히 여권을 내밀었더니 깜짝 놀라셨다. 그때서야 자신의 손에 여권이 없음을 알고 연신 고마워했다. 과한 인사를 받으니 오히려 쑥스럽기까지 했다. 그래서 즐거운 여행이 되시라는 인사를 남기고 돌아왔다. 그런데 묘한 것은 당연히 해야 할 일을 한 것뿐인데 기분이 좋아지다니 선행은 하고 볼 일이다.

물건을 놓고 가는 사람들이 있어 종종 찾아드린다. 그로 인해 답례 인사를 받곤 하는데 다양하다. 어느 분은 당연하다는 듯 형식적으로 인사하는 분이 있고, 고마운 뜻을 충분히 전해 주는 분도 있다. 그러나 노신사같이 과분한 예를 표하는 분은 많지 않다.

실수는 예고하고 오는 것이 아니다. 그런데 실수하고 나면 당황해 어려움에 직면하게 된다. 실수로 인한 상처가 크면 클수록 정신적인 갈등과 고통도 감내하기 어려울 때가 있다. 언제 어디서 무슨 일이 일어날 줄 모르고 살아가는 것이 우리네 삶이다. 오늘의 실수가 내일의 꿈과 희망이 되었으면 싶었다.

살면서 사소한 것 때문에 큰 것을 잃을 때가 있다. 건강도, 명예도, 재물도, 신용도 그렇다. 그 원인을 살펴보면 항상 정신줄을 놓고 살았다는 말을 많이들 한다.

아차! 했을 때는 늦다. 항상 자신이 처해 있는 위치를 바로 알아, 정신을 차려 살피고 또 살필 일이다.

얼음 스테이크

수박이나 멜론 같은 과일을 샀는데 겉과 속이 달라 속상할 때가 종종 있다. 겉이 그럴듯해 보였는데 막상 쪼개 보면 설익거나 너무 익었거나 맛이 별로여서이다.

살면서 겉과 속이 달라서 속은 기분이 들 때가 있다. 누군가에게 그럴 듯한 포장의 선물을 받았는데 실제 내용물은 기대에 못 미쳐서 실망하는 경우, 식당에서 모형 음식을 보고 주문했는데 맛이 없는 경우, 비싼 값을 치르고 사 온 물건이 용도에 비해 실익이 부족한 경우 등등 수없이 많다.

그럴 때 마음 편할 사람은 없을 것이다. 그런데 고의로 한 일인가, 모르고 실수로 한 것인가에 따라 차이가 크다. 실수였다면 도덕적 가치 기준이지만, 알고 그런 짓을 했다면 이건

양심의 문제이다.

어느 날 딸기 한 상자를 샀다. 보기도 좋고 먹음직스러웠는데 집에 와서 펼쳐보니 윗줄 아랫줄의 상품이 현저하게 달랐다. 이걸 상인의 실수라 할까, 고의라 해야 할까. 상술이라고 치부해도 괜씸했다. 속았다는 감정이 일어 반품할까 갈등했으나 그만두었다. 얄팍한 상술로 판 가게 주인보다 확인하지 않고 사온 나의 실수도 있으니까.

40여 년 전 식음료에 관계할 때 양식당에서의 일이다. 새로 직원들을 뽑아 업무를 분담시키고 실무교육을 하고 있었다. 한 직원이 찾아와서 강의 중인 나에게 귓속말을 하는데 알아들을 수가 없었다. 교육생들에게 조금 미안했지만, 강의를 잠시 중단하고 밖으로 나가 상황설명을 들었다.

일본 손님이 스테이크를 주문하여 내놓았는데 맛을 본 손님이 역정이 대단하다는 것이다. 언어가 통하지 않으니 무슨 이유인지를 모르겠다는 것이다. 직원들이 외국어가 익숙하지 않아서 손님의 불평을 알아들을 수도 없었고 화내는 표정으로도 짐작을 못하겠다는 것이었다. 직원을 먼저 보내놓고 강의를 잠시 중단했다.

양식당으로 가는데 처음으로 스테이크를 접했던 생각이 스쳤다. 연인처럼 느껴지는 두 분이 양식당에 들어오셨다. 테이블에 앉아 메뉴를 살피더니 스테이크 둘, 하나는 Rare(레어), 하나는 Medium(미디엄) 그리고 크림수프 하나 야채수프 하나 하는 것이었다. 양식에 대한 이해가 부족할 때이니 "예?" 대답은 했으나 속으로 답답했다. '레어는 뭐고 미디엄은 뭐람? 스테이크면 스테이크이지.' 입속에서만 맴돌았었다. 그리고 선임에게 물으면서 체면이 뭐라고, 당당하지 못했다. 모르니 배우는 것이 아니던가. 70년대 나의 스테이크 인연은 그렇게 시작되었다.

일본 손님은 화가 잔뜩 나 있었다. 직감으로도 예삿일은 아닌 듯싶었다. 고객은 일본에서 비즈니스를 위해 오신 손님이었다. 우선 사과부터 했다. 그리고 정중하게 무슨 일이냐고 물었다. 입을 다물고 노려보는 차가운 얼굴에서 의혹, 실망, 분노 등이 표출되었다.

잠시 숨을 고르더니 노기 서린 음성은 테이블 위에 놓여 있는 스테이크를 가리키며 고오리(얼음), 고오리라고 연거푸 힘주어 말했다. 손가락으로 가리키고 있다고 하지만 삿대질에 가까운 지적이었다. 분위기로 사태의 심각성은 파악했으나 표면상으로는 자꾸 '왜?'라는 의문이 들었다.

'왜, 스테이크를 얼음이라고 하지?' 이해가 되지 않았다. 스테이크가 겉보기에는 멀쩡했고 먹음직스럽기조차 했다. '무슨 문제가 있단 말인가? 얼음을 달라는 말일까?' 여전히 의문이 들었지만 다시 한번 미안하다고 정중하게 사과했다.

원인을 규명하기 위해 포크와 나이프를 들어 먹음직스러운 스테이크를 잘라보니 이게 무슨 조화인가? 겉은 멀쩡한데 속은 정말 얼음이나 다름없었다. 겉 다르고 속 다른 스테이크였던 것이다.

일본인 손님에게 어떻게 처신해야 하는지 참 난감했다. 그분께 고개를 들 수가 없이 부끄러웠다. 차라리 남의 눈에 띄지 않게 그 스테이크를 숨겨 버리고 싶은 심정이었다.

적당히 타협할 수 있는 사안이 아니었다. 상식 이하의 떳떳지 못한 일이 발생한 것이었다. 난감하다는 말이 적절한 표현이지 싶었다. 수습할 수 있는 실수가 있고, 수습할 수 없는 실수가 있다. 수습할 수 있는 실수라면 긍정적인 마음으로 빠르게 해결하라. 절대 흑백 논리로 접근하지 말라는 지침이 길을 제시해 주었다.

잘못을 인정하고 진심으로 사과를 했다. 잘못을 인정한다고 해소할 수 있는 사안은 아니었으나 고객의 처지가 되어서 수습방안을 제시했다. 식사는 호텔에서 제공하는 것으로 하고 메뉴는 원하는 음식으로 다시 해 드리겠다고 제안을 했다. 더불어 모든 직원에게 정중하게 사과하게 했다. 요리사를 불러 손님에게 사과하고 잘못을 시인하게 했다.

진심이 통했을까. 노기 서린 분노의 표정이 풀리는 듯했다. 잠시 숨을 고른 손님이 "다이죠부(괜찮다), 다이죠부." 하는 것이었다. 그는 이런 경우는 처음이다. 직원들이 불쾌하게 대하여 더 화가 났었다는 말을 했다. 그것은 언어부족에서 비롯된 듯했다.

수습한 후에 원인을 찾아보았더니 식자재 해동(解凍)에 대한 체계적인 교육이 부족했다. 영하 40도 이하로 얼려있는 고기는 바로 사용할 수 없다는 것을 신입사원은 몰랐다. 냉동된 고기를 해동하지 않고 바로 프라이팬에 올려 열을 가하면 표면은 검은 듯 갈색을 띠어 잘 구워진 것처럼 보이지만 속은 피막 현상의 영향으로 열이 전도되지 않아 일정 시간 얼려있는 그대로 유지된다는 것이 숙지되지 않았던 것이다. 고의성은 없었지만, 녹지 않은 스테이크는 이렇게 인생의 쓴맛을 경험하게 했다.

스테이크로 사용하려면 정확한 해동 시간이 정해져 있는 것은 아니지만 약 10~12시간 동안 청결한 공간을 마련해 자연 온도에서 위생적으로 해동을 시켜야 한다. 그러한 것을 모른 신입사원의 실책이 이후 직원들의 귀한 교육 자료가 되었다.

신입사원을 교육 시키지 못한 책임이 제일 컸다. 가장 큰 원인은 냉동 육류를 해동할 때의 주의점, 스테이크는 해동된 안심으로 미리 준비하는 과정을 자세히 가르쳐야 함에도 제대로 교육시키지 못한 내가 책임을 감수해야만 했다.

냉동실에 있는 모든 제품에 대해 해동 방법 매뉴얼을 다시 만들었다. 실수를 방지하기 위한 수칙을 만들어 또다시 어처구니없는 잘못이 반복되지 않도록 했다.

겉과 속이 다른 경우가 어디 과일이나 음식뿐이겠는가. 겉과 속이 다르다는 말은 사람의 마음을 두고 말과 행동이 다름을 꼬집어 비유한 말이기도 하다. 그래서 사람 속내를 알 수 없다는 말을 많이 하고, 열 길 깊은 물 속은 알아도 한 길 깊은 마음속은 모른다는 속담이 회자되는 것도 같은 맥락일 것이다.

호텔에서 고객에게 실수한다는 것은 용납되지 않는다. 고객의 불평불만을 미연에 예방하지 못하면 상당한 곤욕을 치러야 한다. 대가도 톡톡히 지불해야 한다.

녹지 않은 스테이크 사건은 이후 우리 양식당에서 실수를 반복하지 않게 하려는 좋은 교훈이 된 사건이었다. 신입사원 및 정기교육 때면 단골 강의 자료로 이용해 여러 유형의 실수를 예방할 수 있는 지침서가 되었다.

참으로 아차! 하는 순간에 터진 뼈아픈 실수였다.

찻잔 속에 흐르는 향기

어둠이 가시지 않은 여명, 다른 때에 비해 좀 일찍 집을 나섰다. 딱히 일찍 출근하지 않아도 되련만 항상 마음을 바쁘게 하는 습관에서 벗어나지 못하는 건 무엇일까.

어찌 생각하면 좋을 수도 있으나 직원들 처지에서 보면 반길 수만은 없을 것이다. 그러나 어쩌랴. 그래야 마음이 놓이는 것을. 나름 세상 살아가는 이치라고 여겼다. 혹자는 수당이 더 나오는 것도 아닌데 부지런 떨 일 있느냐 하겠지만, 손해될 일 없고, 늦어서 허둥대는 것보다야 백번 낫다. 서둘 일이 없으니 '다음에 하지'라면서 미루는 일은 없을 것이다.

호텔 현관문을 열고 로비에 들어서니 프런트와 마주하고 있는 커피숍에서 은은한 커피 향이 밀어를 속삭이듯 다가왔다. 감성을 흔드는 구수한 냄새가 후각을 자극한다. 향기가 온몸을 포근하게 감싸는 느낌이 들어 새벽의 피로가 싹 가시는 듯하다. 순간 업장을 둘러보기 전에 커피부터 한잔할까 하다가 고개를 흔든다. 늘 하던 대로 하자. 먼저 할 일과 나중에 할 일이 있지 않은가. 우선순위를 가리는 것은 아니지만 순리를 따르는 것이 합리적인 판단이라 생각되었다.

업장을 살피는 데는 그리 많은 시간이 걸리지 않는다. 업장마다 영업 준비에 여념이 없다. 자신들의 영역에서 맡은 바 책임을 다하느라 내가 옆에 가까이 가도 모른다. 몰입해서 일하는 모습이 믿음직스럽다. '수고한다'는 말이 나도 모르게 튀어나온다. 눈인사와 함께 고개를 끄덕이는 답례를 받고 자리를 떴다. 오□□□□□ □□에게 도움이 □□□□□□□ □ 알기 때문이다. 열심히 한 만큼 분명 시너지 효과가 날 것이다.

흐뭇한 기분에 사무실로 가려다가 조금 전 감성을 흔들었던 커피 향을 따라 다시 커피숍으로 발길을 돌렸다.

오픈 시간까지 여유가 있었다. 커피숍 주방에 들어서며 직원에게 "오늘따라 커피 향이 더 좋은데 재료가 다른가?"라면서 말을 건넨다.

"아닙니다, 원두를 갈 때 들어오셔서 그렇게 느끼신 것일 겁니다. 원두를 갈 때면 분말이 날리거든요. 그때 향이 좀 짙게 퍼집니다."

"그래! 그 커피 맛 좀 볼까."

커피 마니아는 아니지만, 한 잔씩 마시다 보니 커피의 쓴맛과 특유의 향에 입맛이 길들여지는 것 같다. 매번 느끼는 것이지만 모닝커피를 한 모금 넘기고 나면 구수한 끝맛이 묘하게 끌어당기는 마력이 있다.

아직은 조용한 커피숍, 커피숍을 전세 낸 듯 넓은 공간에 혼자 앉아 있다는 것도 남들이 누릴 수 없는 호사이지 싶다. 혼자이니 누구와 부딪칠 일도 못 볼 것, 못 들을 것도 없다. 창가 쪽에 앉아 밖을 내다보지만 오가는 사람이 없다. 느긋하게 커피잔을 입에 댔다. 너무 뜨거워 멈칫했다. 향을 음미하면서 한 모금 마시는데 그 향기에 편승해 처음 커피를 접했던 순간이 떠올랐다.

꺼지지 않은 불씨처럼 살아난 기억이지만 커피를 처음 맛보았던 때가 언제인지는 다 잊혔다. 다방이었다는 것은 기억에 남아 있다. 아는 분을 따라 들어간 곳은 실내가 밝지 않았다. 커피를 시켜주셨는데 꼭 '탕약' 같았다. 한 모금 마셨는데 왜 그리 쓴 것일까. 입에 빗장을 걸지 않았으면 엉뚱한 소리가 나올 뻔했었다. 지인이 눈치를 챘음일까. 설탕과 우유를 넣어야 한다며 시범을 보였다. 설탕도 황설탕이었다. 설탕과 우유를 넣고 저으면서 탕약도 아닌, 이 쓴것을 왜 돈 주고 마시는 것일까? 돈이 아깝다는 생각을 했다. 그런데 설탕을 넣고 맛을 보니 전혀 달라졌다. 밥이 탄 숭늉에다 설탕을 탄 것 같기도 하고, 감초를 달인 한약 같기도 하고, 하여간 처음이라는 수식어가 필요한 맛이라고 기억되었다.

세월이 흘러 커피에 대한 상식이 쌓이면서 그 가치에 대한 인식도 달라졌다. 또 믹스커피가 나오고 시장 점유율이 높아지면서 우리 삶 속에 깊숙이 파고들었다. 커피를 마시지 않는다고 어찌 되는 것도 아니건만 사회활동을 하는 사람들, 직장 생활하는 사람들이 하루에도 몇 잔씩 마시면서 없어서는 안 될 존재로 부각되었다. 만남을 약속할 때면 으레 '커피 한잔 하자'는 말이 인사처럼 되었으니 한국 사람들 커피 인심은 세계적이라 할 수 있을 것이다.

또 다른 생각은 나라를 사랑하는, 애국하는 마음이었을까? 한때 '커피 한 톨도 생산되지 않은 나라에서 너무하는 것이 아닌가. 이리 커피를 소비해도 되는가?'라는 생각을 했었다. 그때 원두커피 향이 아무리 좋다 한들 녹차나 백련차 같은 국산차에 비할까. 국산차 홍보요원도 아니면서 국산차 예찬론을 펼치면서 너나없이 커피 찾는 것을 경계하기도 했었다.

백년차, 국화차, 오미자차 등은 나름의 고상함이 배어 있다. 사람 또한 다르지 않지 싶다. 사람마다 갖추고 있는 인격이나 인품에 따라 그 사람의 품격이 다르게 나타나며, 언행에서 풍기는 향기가 그 사람의 마음을 이심전심으로 느낄 수 있기 때문이다.

그런데 세월이 흐를수록 원두커피는 저변확대되어 일상에서 없어서는 아니 될 차로 자리 잡았다. 그 흐름을 틈타 커피 바리스타까지 교육하여 커피 전문점이 많이 생겨나고 있으니 변하는 세상을 따라가기가 버겁다.

지금 마시고 있는 커피도 이런 시류에 편승한 영업 중 하나이다. 커피 찻잔에 인생이 다 담겨 있는 듯했다. 쌀 한 톨이 밥상에 오를 때까지 과정이나 커피 한 알이 생산되어 앞에 놓인 커피 한 잔이 될 때까지 과정이나 인생 살아가는 과정이 원하는 것을 얻고자 하는 하나의 길이라 여겨졌다.

커피를 마시면 잠을 이루지 못하는 사람이나 극소수의 커피 기피자들을 제외하면 커피는 이제 우리의 삶 깊숙이 뿌리내리어 모두의 사랑을 받고 있음이다.

커피는 아프리카 에티오피아의 한 목장의 양치기에 의해 발견되어 세월이 흐르면서 변화에 변화를 거듭하며 지금까지 눈부시게 변모를 거듭했다고 한다. 따라서 커피숍도 많은 변화와 발전을 하였고 고객들의 사랑을 받으면서 외국에서 오신 바이어들의 미팅 장소로, 사업상 만남의 장소로, 때로는 맛선을 보거나 데이트 장소로, 예외적이긴 하나 간단한 식사를 할 수 있는 장소로도 활용되고 있다.

커피에 얽힌 상상에 나래를 펼치는데 그때 손님 두 분이 들어오시면서 하는 대화가 생각을 멎게 했다.

한 분이 커피숍이 작다고 불평을 한다. 그러자 다른 한 분이 "크면 어떻고 적으면 어떻냐, 네가 끌어안고 살 것도 아니면서, 쪼그만 게 없으면 관광호텔 허가가 안 난다, 아냐? 쪼그만 해도 있으니 관광호텔 명찰을 단 것 아닌가."라면서 아는 체한다. 나도 속으로 '맞습니다. 커피숍이 없으면 관광호텔 허가가 안 납니다."라고 맞장구쳤다.

차 전문가들의 말을 빌리면 커피나 차의 종류도 다양하지만 마시는 장소에 따라 맛이 다르다고 한다. 그 차 맛이 그 맛이겠지 달라야 얼마나 다르겠는가, 하지만 분위기 따라 인적이 없는 조용한 암자나 산사에서 맑은 공기와 함께 마시는 차와 소음이 심한 도심에서 마시는 차 맛은 확연히 다르다고 한다. 기왕이면 좋은 장소에서 향기가 넘치는 차를 마신다면 세파에 찌든 삶이 녹여지고 마음을 맑게 하지 싶었다.

십인십색이 드나드는 커피숍은 어쩌면 인생을 배울 수 있는 좋은 장소가 아닐까.

커피숍은 만남의 장소이다. 그 만남에 웃고 우는 인생의 발자취가 이루어질 것이다. 좋은 만남도 있을 것이고, 희망찬 만남도 있을 것이고, 약속된 만남도 있을 것이고 우연한 만남도 있을 것이다. 그 만남이 찻잔에서 흐르는 향기를 공유하며 아침을 열면 풍요로움이 가득한 하루가 되지 싶었다.

계절을 앞서가는 엔지니어

겨울 끝자락, 싸늘한 기운이 남아 서성이는데 봄바람이 살며시 그 기운을 밀어낸다. 따뜻하고 포근했다. 햇빛이 가득 내리는 것만으로도, 봄은 이미 온 것 같았다. 가만있지 못하도록 들쑤셔 놓은 마음 따라 문을 나섰다.

만물이 소생하는 기운을 느끼며 맑은 공기에 편승해 가까운 공원을 거닐었다. 나목 몇 그루에 작년에 피었다가 떠나지 못하고 끈질기게 남아 있던 낙엽들이 미풍에 더 버티지 못하고 흩날린다. 흩날리는 낙엽이 희끗희끗한 머리카락을 스치면서 당신도 자연의 섭리에 밀릴 날이 얼마 남지 않았으니 연약한 풀뿌리라도 조심하라, 넌지시 이르는 것 같았다.

그 풀뿌리에서 새싹들이 파릇파릇 돋고 있었다. 그 사이를 개미들이 부지런히 움직이기에 장난삼아 툭 건드리니 재빠르게 땅 밑으로 사라졌다. 자연의 숨결을 느끼기에 모자람이 없었다.

나무들이 새싹을 틔우기 위해 보이지 않은 물오름이 시작되고, 농부들은 씨 뿌리기 위해 준비를 서두른다. 겨울옷 들여보내고 산뜻하고 가벼운 옷들을 꺼내 손질해야 하는 일 또한 게을리할 수 없는 시기이기도 하다. 그런데 이때쯤 제일 바쁜 사람들이 있다. 냉방을 준비하는 엔지니어의 손길이 바빠진다. 이들이 계절을 앞서가는 사람들이 아닐까 싶다. 많은 엔지니어가 있지만, 호텔 기계실에서 냉동기를 취급하는 기사를 빼놓을 수 없다. 그들은 눈앞에 보이지는 않으나 누구보다 계절에 민감하다.

봄은 세월이 갈수록 변덕이 많아졌다. 기후변화의 탓도 있으나 삼한사온도 실종되어 종잡을 수가 없다. 봄이다 하면 눈이 내리고, 눈이 내리니 아직 겨울에 끝자락인가 하면 초여름 같은 더위가 찾아와 인사를 한다. 그럴 때마다 기사들은 변덕에 대응하느라 볼멘소리가 높아진다. 애를 쓰며 진땀 빼는 그들이 애틋하다.

기사들은 냉동기 점검을 위한 시기를 예측하느라 머리를 싸맨다. 점검 시점이 빨라도 늦어도 문제가 발생한다. 일찍 끝내 놓고 기다리면 된다고 하지만, 그것 또한 어렵다.

냉난방 겸용 기계는 미리 냉방으로 전환했다가 계속 기온이 낮아지면 난방할 수 없게 되고 객실에서는 불평 민원이 들어온다. 진퇴양난이라는 말이 이 경우에 적합하지 싶다.

냉동기를 사용하는 곳은 수없이 많다. 대부분 초여름이 되면 바로 가동하지만, 호텔은 겨울 끝자락에 여름을 준비해야 한다. 봄이 지나는 길목에 적당한 시기를 보아 냉난방 전환을 해야 하니 봄의 변덕에 민감할 수밖에 없다.

그때도 그랬다. 기상대 예보로 보아서는 충분한 여유가 있다고 생각했는데 더위가 갑자기 들이닥쳤다. 어제와 오늘 기온이 순간 변한 것이다. 이런 경우에는 발등에 불이 떨어진 격이다. 여유를 갖고 준비하던 기사들에게 비상이 걸렸다. 한순간도 우물쭈물할 시간이 없었다.

사람들은 눈앞에 보이는 것이 전부라고 생각할 수 있으나 보이지 않은 곳에서 일하는 사람들이 의외로 많다. 호텔 기계실은 아무나 들어갈 수 없다. 그곳에는 수많은 기계장치가 설치되어 있는데 냉동기는 전문기사만이 취급하게 되어 있다. 매년 반복되는 정기점검이지만 금년에는 예년보다 일찍 냉동기 보수를 시작했는데도 예상보다 기간이 많이 소요되었다. 그런데 더위가 너무 빨리 찾아와서 기계실 기사들에게 비상이 걸렸다.

수고할 그들이 걱정되어 기계실을 찾았다. 기사들이 기계와 한 몸이 되어 일하느라 내가 가까이 갔는데도 알아차리지 못했다. 기계에 노크하니 깜짝 놀라 쳐다보았다.

"잘 되어 가나?"

갑작스러운 방문에 움찔하더니 이내 "예! 잘 되어 갑니다. 조금만 더 손을 보고, 냉매를 보충하면 끝날 것 같습니다." 한다.

"생각보다 시간이 많이 걸리네."

"기계 아닙니까. 수질이 좋지 않아 부식이 빠른 것 같습니다. 배관도 그렇지만 동체도 문제가 있습니다. 금년 가동하는 것은 문제가 없으나 내년에는 전체적으로 보수해야지, 그렇지 않으면 수명도 보장하기 어렵습니다."

"그래! 동고동락하며 함께한 세월이 얼마인데 사람만 나이를 먹는 것은 아니겠지. 더구나 사람도 나이 먹으면 고장이 나거늘 하물며 기계인데 항상 그대로일 수는 없잖은가. 전체적인 보수를 하려면 비용이 만만치 않을 텐데?"

"그렇지요. 그래도 새로 시설을 바꾸는 비용보다는 덜 들 겠지요."

"차차 생각해 봅시다. 작업을 끝내고 시간이 나면 구체적으로 보수범위, 작업 기간, 소요 예산, 협력업체 등 총체적인 계획을 세우도록 검토해 보세요."

"예! 그렇게 하겠습니다."

다른 해에 비해 좀 일찍 시작했으니 얼마나 다행인가. 어렵고 고된 일을 하면서도 앞을 내다보는 주인의식에 감사한 마음이 들었다. 기계실 구성원 모두 열심인 모습에 흡족했다.

내가 어떻게 해야 도움이 될 수 있을까. 저들에게 일하는 자긍심을 심어주려면 무엇부터 해야 할까를 생각해 보았다.

어떠한 상황에 처하더라도 흔들리지 않고 일할 수 있는 환경을 만들어주고, 인정하고 존중해주며 힘을 실어주어야 했다. 힘을 실어준다는 것은 비탈길 오르는 리어카를 밀어주듯 어려움 찾아 알게 모르게 밀어준다면 힘을 얻을 것이다.

기계가 돌아가다 부품 하나라도 잘못되어 갑자기 멈추면 이중고를 겪게 된다. 사고를 미연에 방지하려면 하루 이틀 늦더라도 완벽하게 하는 것이 최선이다. 그래서 심적 부담을 덜어주려는 마음으로, 빈틈없이 하되 천천히 하라고 격려했다.

그들의 얼굴을 보니 굵은 땀방울이 작업복을 적시고 있었다. 굵은 땀방울이 꼭 눈물을 흘리는 것 같아 우스갯소리로, "일하기 싫어 우는 거야, 힘들어서 우는 거야?" 하고 장난말을 했다. 그랬더니 대답 대신 작업복 소매로 눈 주위에 흐르는 땀을 훔치는데 소매에 묻었던 검은 기름이 눈 주위를 새까맣게 묻혀 더 웃음을 자아내게 했다. 검은 기름이 묻은 얼굴을 대하며 수고하라는 인사를 하고 자리를 떴다.

서로 아끼고 힘이 되는 믿음이 더 중요하다. 혼자보다는 함께해야 능률이 오르듯이 기계도 전체가 튼튼해야 탈이 나지 않고 효율이 좋다. 때문에 은연 중에 설비투자에 대한 개인 의중을 털어놓은 것이리라.

그렇다. 아무리 기계라도 어느 한 곳이 고장을 일으키면 연결된 모든 기능은 중지할 수밖에 없다. 호텔도 다르지 않다. 어느 한 곳에 이상이 생기면 전체가 마비를 일으킬 수 있다. 특히 기계실에 이상이 생기면 모든 부서가 영향을 받아 어려움을 겪게 된다. 그 중심에 엔지니어들이 수고하고 있음이다. 어찌 은혜롭지 않겠는가.

이제는 용서하리라

그해 여름은 기억에서 지우고 싶었다.

『세상을 보는 지혜』라는 책을 읽는 중에 "서(恕 : 용서할 서)라는 말을 자주 떠올릴 필요가 있다."는 글에서 지워졌다고 생각했던 기억이 불현듯 떠올랐다. 여전히 그를 용서하지 못한 채 내 안에 머물고 있었다.

그에 대한 분노가 다 사라진 줄 알았는데 깊숙이 도사리고 있다가 불씨처럼 살아난 것일까. 나 스스로에게 수없이 용서라는 명분을 내세우며 상황을 정리했는데 마음 한 구석에는 응어리가 그대로 남아있는데도, 삶의 수레바퀴 따라 살면서 애써 잊고 지냈던 것이 아니었나 싶다.

믿음과 약속도 깨는 사람을 '의리를 저버렸다'고 한다. 큰

일이든 작은 일이든 그런 처지에 있게 되면 감정은 다르지 않다. 물론 상황 따라 사람 따라 다르고, 세상일이 뜻대로 되지 않아 약속을 못 지킬 수도 있다. 약속을 지키지 못할 때는 나름의 이유도 있었을 것이다. 그렇더라도 약속이 어그러졌을 때 상대는 그에 대한 이미지가 좋을 수가 없다.

83년도 여름 일이니 세월이 많이 흘렀다.

지방에 P호텔을 운영해 달라는 제안을 받았었다. 안면이 없는 분이다. "어떻게 알고 찾아오셨느냐?"고 물으니 동종업종에 계신 분이 추천하셨다는 것이다. 호텔 내부에 사우나를 신설해야 하는데 내가 그 분야에 관해서 잘 안다고 소개했다는 것이다. 추천해 주신 분과는 조금 아는 사이였다. 내가 몇 군데 사우나를 만들었는데 그때 관계를 맺었던 현장 사람들의 입을 통해 전해진 듯했다. 이따금 내가 사우나 분야에 관하여 대단한 전문적 노하우라도 있는 양 문의를 해 오곤 한다. 그럴 때마다 싫은 내색 않고 성실히 대답해 주었더니 내가 전문가인 양 알려진 듯하다.

호텔 운영에 대한 제안을 정중히 거절했다. 그런데 내게 어떤 믿음이 있었는지 구체적인 조건을 제시하며 재차 함께

하자고 간곡히 청을 하였다. 의외의 파격적인 제안이었다. 재물에 현혹되지 말고 분수를 지키라 했는데 마음이 흔들렸다. 스스로 그만한 그릇이 되는가 반문해 보았다.

기회는 항상 오는 것이 아니다. 기회가 왔을 때 잡아야 한다는 명분을 내세웠다. 신중하게 한 번 더 생각하려는 의지가 맥없이 무너졌다. 변화를 시도해 보는 것도 나쁘지 않을 것 같다는 결정을 내리기까지는 많은 시간이 걸리지 않았다. 스스로 세속적 이익을 추구하는 것 같아 씁쓸한 면도 없지 않았으나 마음을 굳혔다.

문제도 있었다. 사우나 공사를 시작해서 여름이 끝나기 전에 오픈할 수 있도록 해 달라는 주문이었다. 공사를 내 손으로 한다면야 문제가 되지 않겠지만 업자가 해야 하는 것이었기에 쉽게 대답할 수 없었다. 그래서 승낙하기 전에 나와 함께 일했던 시설팀 확인부터 했다. 다행스럽게도 인맥이 하나도 흩어지지 않고 그대로 있었다. 오픈 날짜에 맞추려면 상당히 빠듯했다. 그렇더라도 중간에 돌발 변수만 없다면 무리 없이 끝낼 수 있을 듯했다. 사우나를 오픈한 후에는 내가 직접 영업해야 한다는 것도 부담이 되었으나 감수해야 할 부분이었다.

단풍이 올라오는 시점에 사우나를 개관해야 한다는 의견에 동의하고 계약서에 날인까지 했다. 간단한 인수인계와 업무 파악은 시간이 오래 걸리지 않았다.

의뢰인의 적극적인 협력으로 모든 업무가 일사천리로 이루어졌다. 공사도 바로 시작되었다. 한여름에 하는 공사는 쉽지 않았다. 나는 인부들이 열심히 일하시기에 공정만 체크하고 부실시공에 대한 것만 체크하는 수준이었다. 공사는 순조롭게 잘 되고 있었다.

그런데 공사가 마무리되어가는 시점에서 열심히 일하는데도 공정이 조금씩 늦어지고 있었다. 이때 한 번 더 경계했어야 하는데 그냥 지나쳤다. 애초 설계할 때부터 50일 공정으로 하여 10일 정도의 여유를 두었다. 회의할 때마다 내가 쌓은 경험을 바탕으로 그때그때 문제를 해결해 나가면서 공사는 진행되었다. 힘들더라도 고객이 움직일 수 있는 동선, 종업원이 움직이는 동선, 비품을 관리해야 하는 부분을 능률적이고 편리하도록 배치했다.

인생이 부대끼며 사는 것이라고 하지만 중요한 것은 누구와 일을 하느냐에 따라 결과가 다르게 나타난다. 일을 시작하면서 의뢰인은 서울에 사업체가 있었기에 내게 모든 것을 위임한다고 했다. 다만 관리인으로 현장에 단순 업무를 처리할 때 필요한 인척 한 사람을 선정해 대리케 했다. 설계 따라 공사하는 과정에서 그 대리인과 약간에 불협화음이 있었기에 찜찜하기는 했으나 큰 문제는 없었다. 다행히 모든 준비를 마친 것이다.

개관을 하루 남겨놓고 마지막 점검하기 위해 모였다. 현장 관계자들은 이마에 흐르는 땀을 훔치며 서로를 격려했다. 오픈 일자를 맞추기 위해 서두른 점은 있었으나 다들 애를 썼다. 50여 일을 야간작업까지 하면서 달려왔으니 피로한 기색이 역력했다. 시운전하기 위해 기계실에 모인 모든 시선은 배전판으로 집중되었다. 현장 소장의 손이 떨리는 것 같았다. 스위치를 올리는 순간이었다.

픽! 픽! 하는 소리와 함께 배전판에서 불꽃이 튀었다. 모두는 깜짝 놀랐다. 작업하는 사람들이 웅성거리기 시작했다.

이를 어쩐다. 당혹스러워 이러지도 저러지도 못해 불안하고 초조한 감정이 밀려들었다.

전기 기사는 이곳저곳을 점검하더니 어디엔가 합선이 되었다는 것이다. 못마땅한 표정이다. 빨리 찾으라는 고함이 여기저기 오고 갔다. 애타는 시간은 기다리지 않았다. 원인을 찾기 위해 테스터기가 분주히 움직였다. 그렇게 또 시간이 흘렀다.

한참 후 기사는 알 듯 모를 듯 얼굴이 일그러진 표정으로 내장 공사한 것을 뜯어야 한다는 결론을 내렸다. 기계실에 이상이 없으니 분명 배선에 문제가 있다는 것이다.

이런 날벼락이…. 어디서부터 어떻게 잘못되었단 말인가. 갑자기 불길한 예감이 스쳤다. 혹시 하는 생각이 머리를 떠나지 않았다. 내일 오픈한다고 광고 전단지까지 배포했으니 어찌해야 하나. 개관 일자를 맞추겠다는 강박관념으로 너무 서두른 탓이라 여겨졌다. 좀 더 세심하게 살폈어야 했는데 화를 자초한 것만 같았다. 하루만 더 여유를 가졌더라면 하는 때늦은 후회가 일었다.

내일 오픈에는 차질이 불가피할 듯했다. 내일 오픈을 못하더라도 위험한 뇌관은 반드시 찾아야 했다. 희생을 치르더라도 처음부터 점검을 다시 하자는 생각으로 의견을 모으고 점검 파트를 나누었다.

기다리는 시간은 빨리 가고 점검하는 속도는 왜 그리 더딘 걸까. 그렇게 몇 시간이 속절없이 흘렀다. 그때 큰 소리가 들려왔다. 휴게실 쪽이었다. 새벽 1시가 지나고 있었다. 기사는 한 벽면을 가리키며 이 안에 이상이 있다는 소견이었다. 마감한 벽면을 뜯어야 한다고 했다. 무슨 말이 필요하겠는가. 즉시 뜯으라고 지시했다. 말끔히 마감한 내장재를 뜯는데 어찌 속이 쓰리지 않겠는가. 무엇보다 원인을 찾는 것이 급선무였다.

내장재를 뜯어내던 기사가 큰 소리로 불렀다. 모두가 한곳으로 모였다. 기사는 흥분해서 한 지점을 가리켰다.

누가 이런 짓을? 배선된 전선 중앙에 대못이 박혀 있었다. 공사를 모두 끝내고 고의로 저지른 만행이었다. 서로들 눈치를 보며 웅성거릴 때 순간 누가 했을 것이란 추측이 갔다. 소름이 돋았다. 자신도 모르게 깊은 신음만 토해냈다. 전혀 예상치 못한 현실 앞에 어안이 벙벙했다. 그 대리인의 소행이라 짐작하고 그를 찾았다. 눈에 띄지 않았다.

혈안이 되어 그를 찾는데 누가 내 팔을 잡아끌었다. 전기

기사님이셨다.

　세상을 살아가는데 경륜을 가볍게 보지 말라 했듯이 전기 공사를 총괄했던 나이 드신 기사님께서 "모든 걸 덮어라. 참아야 개관하는 데 지장이 없다. 그래도 원인을 찾았으니 밤새 마감하면 내일 개관할 수 있지 않겠느냐? 불이 나지 않은 것만을 다행으로 알자."라며 내게 조언하는 게 아닌가. 세상을 살다 보면 어떤 결정을 위한 선택을 해야 할 때가 있다. 어떤 선택을 하느냐는 자신의 몫이었다. 휴, 하고 내쉰 긴 한숨이 모든 것을 대변하는 것 같았다.

　오픈 날짜에 맞춰 무사히 개관할 수 있었다. 그런데 누울 자리 보고 발을 뻗으라 했던가. 그 후로도 그들과 관계는 복원되지 않았다. 있을 곳이 아니라는 생각에 나 스스로 그곳을 떠났다. 무엇을 얻고자 함이었던가. 반추해 보니 그것 또한 욕심이었지 싶었다.

　세월이 많이 흘렀다. 용서한다고 달라지고 용서 안 한다고 달라질 것이 무엇이랴. 내려놓으면 될 것을. 용서란 자기가 자신을 용서하는 것이라 하지 않은가. 뒤돌아보지 마라. 과거를 바꿀 수는 없다. 과거는 과거일 뿐이다.

3

도전은
아름답다

합격통지서

　지천명에 받아든 합격통지서.

　아득한 기억 속에 묻혔던 젊은 시절의 꿈, 세월과 부딪치
며 책하고 멀어진 지 얼마이던가. 관심이 없었다면 거짓말일
것이다. 내놓고 말을 못 했을 뿐이다.

　그렇게 잊고 살았는데 지중한 지인의 권유로 오랫동안 멈
추었던 학업을 계속하고자 만학의 도화선에 불을 붙였다. 뇌
한구석에 따분하게 갇혀있던 향학열이 푸른 신호등을 켜고
다시 길을 건너라 하니 어찌 기쁘지 않겠는가. 꺼지려던 불씨
가 살아나는 것처럼 꼬였던 실타래의 끝이 풀리기 시작한 것
이다. 기회는 항상 오는 것이 아니다. 기회가 왔을 때 거머쥐
어야 한다. 두 번 다시 오지 않을 것 같았던 만학의 기회는

가슴을 일렁이게 하고도 남음이 있었다.

격변하는 환경에 잘 대처할 수 있는 능력을 키우고자 하는 것은 노소가 따로 없다. 나이 들었다 해서 뒷짐 지고 있으면 뒤처질 수밖에 없다. 알기 위해서는 배워야 한다. 세상을 살아가면서 눈에 보이는 영역은 한계가 있다. 그 영역을 멀리 보고 넓게 살피고자 배우는 것이 아니던가. 눈에 보이는 것과 보이지 않는 차이점이란 어두운 방에 그대로 있는 것과 전깃불을 켜는 것과 같음이다.

기회가 되어 대학을 가겠다고 의지를 세웠을 때 많은 생각을 했다. 쉽지 않을 것이란 생각도 했다. 어찌 근심 걱정이 없었겠나. 그러나 배우려는 사람과 단념하는 사람의 차이는 크다. 어려움에 처했을 때 그 상황을 슬기롭게 이겨낼 수 있느냐 없느냐와 다를 바 없기에 용기를 냈었다. 그 용기는 스스로 선택한 길이기에 보람을 찾고자 강해져야 한다고 다짐했다. 그렇게 해서 받은 통지서였다.

합격통지서는 한 장의 종이지만 미래를 살아가는데 멀리 내다볼 수 있는 안목을 넓히고, 지성인으로서 가꾸어야 할 덕목도 키워야 한다는 명령서였다. 이 종이 문서 한 장에 수

많은 사람이 웃기도 하고 울기도 한다. 간발의 차이를 종이 한 장 차이라는 말로 표현하는데 그로 인해 운명이 바뀌기도 한다. 또한 그 증서 한 장에는 남모르게 흘리는 땀과 눈물이라는 노력이 숨어 있음을 간과해서는 안 된다.

그런데 합격통지서는 풀어야 할 많은 숙제를 동시에 안겨 주었다. 주어진 여건은 무엇 하나 만만치 않았다. 나이도 부담이 되는데 직장인으로서 감내해야 할 책임감도 등한시할 수 없었다. 여러 여건을 감안할 때 가슴을 조이는 중압감은 실로 컸다.

우선 직장을 다니면서 학업을 이어나갈 수 있느냐. 대학이라는 문턱을 넘기 위해서는 제일 큰 관문이 직장이다. 오너를 설득하여 승낙을 받을 수 있느냐. 대학에 다니겠다고 했을 때 다른 데 정신 팔지 말고 일에나 열중하라고 하면 멈추어야 한다.

다행히 오너의 승낙을 받았더라도 직원들의 동의도 필요하다. 나이 들어 공부하는 나를 탐탁하게 여기지 않는 직원도 있을 것이다. 모두가 같을 수는 없지 않은가. 동료들의 협조 없이는 분명 후유증이 따를 것이다. 일부 부정적인 시선을 달게 받을 각오를 한다 하더라도 문제는 더 있었다. 가족의 동의도 필요했다.

이 모든 문제가 다 잘 해결되어도 근무시간과 수업 시간을 어떻게 조절하느냐가 남아 있다. 야간에 수업을 듣고 주간에 모든 업무를 차질 없이 수행할 수 있을까. 하나같이 쉽지 않은 일이다. 그러나 하려고만 한다면 방법은 보인다고 했다. 지레 겁먹고 미리 염려하고 속을 태울 필요는 없었다.

기회가 주어졌을 때 그 기회를 잡는 것도 앎이고 능력이다. 피할 수 없으면 부딪치면서 도전하고 뜻을 펼치기로 했다.

다행히 오너의 승낙은 생각보다 쉽게 이루어졌다. 잘해보라는 격려까지 받고 보니 눈가가 촉촉이 젖었고 감사하다는 말로 고마움을 표했다. 이제 좀 더 자신감을 갖고 가족에게 조심스럽게 이야기를 꺼냈다. 혹여 못마땅한 표정이 보이면 그대로 포기하겠다는 다짐도 했는데 가족의 성원은 절대적이었다. 입학금도 서로 부담하겠다며 나서는 게 아닌가. 새로운 힘이 솟았다.

이제 남은 것은 동료들이다. 멋쩍고 어색한 표정으로 말을 꺼냈는데 의지가 대단하다며 오히려 격려해 주니 쑥스럽기까지 했다.

모든 우려가 사라지니 떳떳하게 등록할 수 있었다. 이제 어느 곳에서든 필요한 인재가 되리라, 미래의 꿈을 꾸게 되었다.

대학합격통지서는 미래는 예측하는 것이 아닌 꿈을 향해 끝없는 항해를 시작하는 출발선이라 여겼다. 도중에 멈추지 않고, 변화에 수긍하며 어려운 고비를 하나하나 넘을 때, 꽃이 피고 알찬 열매를 맺을 것이라는 희망의 나래를 펼쳐보았다.

어두운 길에 아무리 귀한 보석이 떨어져 있다 하더라도 밝음이 없으면 볼 수 없듯이 세상을 살아가는데 시비이해의 이치를 알고자 해도 밝음이 필요하다. 밝음과 어둠은 동전의 양면처럼 항상 함께 하지만 어둠이 있기에 밝음이 있다는 것을 알아야 한다.

그 밝음을 찾기 위해 배우고자 하는 것이다. 그러기에 합격통지서는 잘 보고, 바로 듣고, 옳은 말을 하도록 배우라는 명령서였다.

도전은 아름답다

새내기

새내기는 대학 신입생에게 수식어처럼 쓰이지만, 회사나 단체에 갓 들어간 신입사원에게도 붙여주고 있다. 첫인사, 첫 만남, 첫 출근, 첫 등교 등 처음이라는 의미를 속에 지니고 있다.

세상에 태어나 새로운 길을 가려면 배우지 않고는 옳고 바른 길을 갈 수 없다. 그러기에 모든 사람이 새로운 학문을 찾아 단계를 높여가며 배우려 하고 능력을 키우려 한다. 그러나 배우고 싶다 해서 다 기회가 주어지는 것은 아니다. 반드시 때가 있는데 그때를 놓치지 않아야 한다. 한번 때를 놓치면 다시 기회를 잡기란 쉽지 않다.

새내기란 대학 신입생을 대변하는 참신함, 싱싱함, 씩씩하고 진취적인 기상을 품고 있다. 젊은이의 꿈을 발산하는 현장이기도 하다. 사람답게 살기 위한 새로움을 개척하는 현장이기도 하다. 그러한 현장에 지천명이 넘은 나이에 지중한 인연의 도움으로 기회가 되어 새내기로서 만학의 길을 걷게 되었다.

대학, 얼마나 동경의 대상이었던가. 얼마나 가고 싶은 곳이었던가. 그러나 나에게는 그 길을 갈 수 있게 허락되지 않았었다. 많은 세월이 흐른 후 새내기로서 만학의 길을 걷게 되었으니 어찌 감회가 없겠는가.

입학식이 있던 날이다. 만학의 길이 쉽지 않으리란 예상은 했으나 현실의 벽은 더 높은 것 같았다. 입학식! 꼭 참석하고 싶었다. 살아온 날보다 살아갈 날이 많지 않으므로 아무리 바쁘더라도 몇 시간정도는 낼 수 있겠지 했다. 그런데 세상사는 그 시간을 허락하지 않았다. '새내기로서 출발했으면 되었지 무슨 욕심을 더 부리느냐. 중요한 것은 네 마음이다.'라고 이르는 것 같았다. 마음은 콩밭에 있었지만, 몸은 삶의 질서를 거스를 수 없었다. 입학식이란 삶의 종점이 아니기에 수행

자의 심정으로 서운함을 달래야 했다. 나름의 기쁨을 누리고
자 했는데 사회인으로서 지켜야 할 사명, 도리에서 벗어날
수 없었다.

입학식에 참석 못한 섭섭한 마음에서 빨리 벗어나야 했다.
일시적인 상황에 얽매이지 않고 주어진 여건에 최선을 다하
자, 소극적인 삶보다는 지향적인 삶을 살 때 더 발전이 있을
것이다. 앞으로 이보다 더 어려운 일도 있을 것이다. 성급한
판단일 수는 있으나 수업이 야간이기에 험난한 고비는 풍선
앞에 가시처럼 도처에 도사리고 있었기에 나의 학업은 결코
순탄치 않을 것이란 예감이 들었다.

첫 수업 날이다. 혹여 하는 생각에 많은 염려가 되어 조금
일찍 출발했다. 학교까지는 승용차로 1시간 30분 정도 운전
을 해야 했다. 처음이기에 고속도로로 길을 잡았다. 톨게이
트를 통과하자 마음이 안정되어서일까. 앞으로 펼쳐질 대학
생활을 머릿속으로 그려보았다.

이미 씨는 뿌려졌다. 어떻게 가꾸고 꽃을 피울 것인가? 떠
오르는 생각 따라 사유하기를 몇 번이나 반복했는지 모른다.
허나 막상 학교 정문이 보이자 아무 결론도 없이 생각들은

그림자 사라지듯 뇌리를 떠났다.

황량한 교정은 작년에 개교했다지만 아직도 건축이 끝나지 않아 공사 현장 같았다. 생소한 강의실에 첫발을 내디뎠다. 무심하려 했으나 왜 그리 설레고 떨렸던가? 두려움이나 불안은 마음먹기 달렸다고 하지만 모두가 익숙하지 않으니 초조했다. 교실에서 서로의 눈인사도 없이 빈 자리를 잡았다.

나는 조용히 강의가 시작하기를 기다렸다. 기다리는 시간이 왜 그리 길게 느껴졌을까. 그때 학우들의 속삭임을 전혀 눈치채지 못했다. 후에 들은 이야기지만 문을 열고 들어갈 때 모두가 교수님이 들어오시는 줄 알았단다. 졸지에 교수님 소리를 들을 뻔한, 해프닝 때문에 그 순간 웃음을 참을 수 없었다.

그때 강의실에서 수업 시작을 기다리며 새내기라는 말을 처음 들었다. 잠시 멍해졌다. 젊은이들만의 신조어나 비속어도 배워야 함을 숙지하게 되었다. 그뿐 아니다. 제일 어린 학우와는 30년이라는 세월의 차이가 있으니 세대 차이를 극복하는 것도 하나의 과제였다. 괜스레 얼굴이 화끈거리는 것 같았다. 멋쩍기도 하고 거북하기도 한 속내를 드러낼 수 없었고, 순간 내가 학업을 계속할 수 있을까, 꼭 이 길을 가야 하나, 하는 의문을 품었다. 그러면서도 내가 선택한 길이니 달게 받아들이자. 어려운 여건이지만 화살은 이미 활을 떠났다. 주어진 조건들을 잘 활용하여 잘 적응하고 동행하는 학우들과 목적지에 무사히 안착할 수 있도록 해야 한다는 명제를 스스로 주지시켰다.

그렇게 시작한 첫 시간, 야간 수업을 받기 위해 모인 23명. 3~4명을 제외하면 모두가 내 자녀들보다 어린 나이였다. 그 3~4명조차 나보다는 한참 어리다 싶었다. 설렘보다는 어딘가 모르게 행동이 부자연스러웠다.

교수님은 출석을 부르기 전에 자신을 소개하고 말을 이었다. 여러분은 백지상태입니다. 그림을 그리는 것은 여러분입니다. 어떻게 그리든 자유입니다. 그러나 설계를 잘못하여 지우고 다시 세우는 우를 범하지 않았으면 합니다. 시작이 중요한데 여러분은 시작을 너무 잘하셨습니다. 시작을 잘하였으니 절반의 성공은 이룬 셈입니다. 그러니 각자 자신을 소개하고 포부가 있다면 서로 공유했으면 좋겠다며 신상 발표하는 시간을 가졌다.

제일 많이 하는 말이 열심히 배우겠다, 최선을 다하겠다, 노력하겠다 등등 일상적인 말이었다. 그중 한 젊은 학우가 여행사 사장이 되겠다고 했고, 또 한 학우는 관광학도로서 장래에 대한 꿈을 펼치면서 꼭 호텔 사장이 되겠다고 밝혀 많은 박수를 받았다. 그런데 호텔을 운영하는 중역으로서 왜 마음이 편치 않았을까.

연장자라고 순서가 제일 마지막이었다. 짧게 해야 한다고 다짐했다.

"천 리 길도 한 걸음부터라 했습니다. 처음 시작하기가 어렵지, 일단 시작했으니 열심히 하여 끝을 아름답게 유종의 미를 거두는 모두가 되었으면 좋겠다."라는 말로 마무리를 했다. 그러나 스스로 한 말을 책임질 수 있느냐는 내면의 물음에 왜 물음표를 던졌을까.

강의 내내 가슴속 깊은 곳에서 올라오는 한숨을 제어하기란 참으로 힘들었다. 힘들지 않은 일이 어디 있으랴만 이건 아닌데 하는 마음이 몇 번이고 고개를 쳐들었다. 주체할 수 없는 감정은 새로운 희망보다는 자신에게 다시 한번 생각하라 다그치는 것 같았다.

수업을 끝내면서 교수님은 삶의 묘약은 자신감이라고 했다. 이룰 수 있는 목표를 설정해 멈추지 않아야 한다. 한 계단 한 계단 오르다 보면 반드시 마지막 계단을 밟게 되고 마지막 계단을 밟는 자만이 웃을 수 있고 승리자가 된다. 다 같이 승리자가 되자며 수업을 끝냈다.

그림을 그린다는 것

야간 수업이기 때문에 출발할 때는 날이 어둡지 않으나 하교할 때는 사뭇 달랐다.

어두워서 사물이 잘 보이지 않는 것도 문제지만 졸음이라는 마가 괴롭혔다. 이러다가 뭔 일 나지! 머리로는 정신을 차리라고 채근하는데 눈꺼풀은 모르쇠다. 밀려오는 졸음이 두렵기도 했지만, 옆에 주차하여 잠깐 눈을 붙일만한 공간이 마땅치 않았다. 라디오를 크게 틀어 졸음을 물리치려고 할 때 오토바이 한 대가 굉음을 내면서 옆을 추월해 가는데 깜짝 놀랐다. 마비되었던 정신이 제자리를 찾았다. 휴! 하는 한숨이 절로 나왔다.

정신이 제자리를 찾자 수업 중에 교수님이 그림을 그리는 것은 자유라는 말이 떠올랐다. 그림을 그린다는 것은 붓을 든 사람의 몫이다. 잘 그리고 못 그리는 것은 타고난 재능도 중요하지만 얼마나 정성 들여 노력하느냐에 달려 있을 것이다. 기초를 어떻게 다지느냐, 부여받은 시간을 얼마나 잘 사용하느냐, 창조적인 상상력은 언제 동원할 것인가, 미래는 누구와 열어 갈 것인가 등등은 모두 긍정적 사고가 바탕이 되어야 한다는 등 원론적인 생각들이 들고 나기를 반복했다.

그림은 누구나 그리지만 처음 시작하려면 허술하고 어설프다. 잘 그리든 못 그리든, 크게 그리든 작게 그리든, 여백을 많이 남기든 꽉 채우든 누구도 관여할 수 없다. 창의적인 구상을 하고 구체적인 계획을 세워 원하는 이미지를 나타내 좋은 결과를 이끌어낼 수 있는 설계는 자신의 역할이다. 또한 여백이 많아야 좋을 수도 있고 여백 없이 꽉 채워야 흡족할 수도 있지만, 설계 대로 목표를 달성하는 것도 남이 대신할 수 없음이다. 그러기에 그려가는 과정에서 얻고자 하는 본질을 면밀히 연구 검토하여 모순점이 나타나지 않도록 시작을 잘해야 한다.

시작이 중요한 것은 그림을 그렸다가 잘못되었다고 지우면 그 흰 여백은 이미 본질을 벗어난 것이다. 그 바탕이 아무리 깨끗하다 하더라도 처음과 같은 여백은 아닐 것이다. 그것은 인생에서 스치고 지내 온 나날이 잘못 살았다 하여 다시 되돌릴 수 없음과 같음이다. 시인 괴테가 "첫 단추를 잘못 끼우면 마지막 단추를 끼울 구멍이 없어진다."라고 했듯 모든 일에 있어서 시작하는 첫 출발의 중요성에 대해 강조한 말일 것이다. 그림은 가르치는 대로 배우고 배운 대로 생활에 적용하여 스스로 살아가는 과정을 잘 만들어낸다면 원하는 바 그림이 완성될 것이다. 쉽지만은 않을 터 포기하지 않고 따라간다면 결과가 말해 줄 것이다. 따라가 보자.

글을 한 번 써보세요.

첫 강의가 끝났을 때다. 나이가 제일 많다고 맨 먼저 교수님이 상담을 하자고 했다. 사회에서와 정반대의 입장에 서게 되었다. 귀가 길이 멀다고 회피하거나 거절할 수도 없었다. 서먹서먹했지만 자리를 마주하고 앉았다.

면담하려면 신상 문제, 인간관계, 사회적인 배경 등을 물을 줄 알았는데 호텔 운영하는 데는 어려움이 없습니까? 단 하나의 질문이었다.

몇 마디 대답하고 나니 의외의 제안을 하였다.

"글을 한 번 써보세요."

"예? 글을요, 에이? 안돼요. 쓸 줄 몰라요."

"다들 못써요. 그러나 김 전무님은 한이 많아서 쓸 수 있어요. 한 달에 한 편씩 써 오세요. 어떤 것이든 좋아요."

"수업 받는 것도 어려운데 어떻게 글까지 써요?"

"할 수 있습니다. 해 오세요. 대신 제 수업은 다른 리포트는 요구하지 않겠습니다."

흔들리는 마음을 눈치챘음일까? 솔직히 밝히고 학교를 포기해야겠다는 말을 하려고 기회를 엿보았는데 말을 꺼내지도 못하고 숙제 아닌 숙제를 제안받았다.

교수님이 내준 숙제에 대해 며칠을 생각하는데 새내기가 되기 1년여 전 잘 아는 법사님께서 글을 한 번 써보라 했던 기억이 또렷이 생각났다. 알고 하신 말씀이었을까? 그러나 머리가 따라주지 않아 강의 받는 자체도 어려운데 아니다 싶었다. 출석하는 것 또한 어려움에 하나이다. 업무에 지장을 주지 않고 출석하려면 근무 시에 배로 노력해야 한다. 더 어려운 것은 공부도 좋고 수업도 중요하지만, 회사를 등한시할 수 없음이다. 모든 것이 그에 우선할 수는 없었다.

그러기에 수업보다 중요한 업무가 생기면 수업을 빠져야 한다. 그런 내가 어떻게 학점을 채울 수 있을까? 끝없이 이어지는 사념은 강의시간에도 계속되었다. 그뿐인가 강의가 시작되고 조금만 지나면 졸음이 찾아온다. 잠이 인간의 생리작용이라 하지만 조는 모습을 젊은 학우들에게 보인다는 것 자체가 마음이 편하지 않았다. 정신을 차리려고 애쓰지만, 뜻대로 되지 않을 땐 자괴감마저 들었다.

직장에서도 매일매일 넘어야 할 장애물이 하나둘이 아니기에 글을 쓴다는 것은 불가능으로 여겼다. 누구나 시작은 잘하고 시작을 할 때는 끝을 잘 맺으려는 각오로 하지만 제대로 되지 않는 것이 세상 이치가 아니던가.

학교생활에서도 어려운 점이 어디 한두 가지뿐이겠는가?

리포트 제출도 만만치 않은데다 시험도 많은 부담이 되었다. 그러한 것을 모두 감안하고 참작해서 글을 써보라 권하니 거절할 수 없었다.

수많은 고민 끝에 한 번 해보자. 가다 중지하더라도 변화는 필요하다. 변화는 그 누구도 대신할 수 없다. 자신이 해야 한다. 누구도 자신에 삶을 대신 살아주지 않을 터, 자신만이 자신을 변화시킬 수 있다는 것을 깨달았다면 망설이지 말자. 산을 넘으면 또 산이 나올 수 있으나 넘고 넘으면 흔적이라도 남을 것이다. 그렇게 다짐하며 교수님의 제안을 받아들이기로 했다.

두려워하지 말자. 할 일을 찾아 길을 가면 끝이 있을 것이다. 희망이 없는 나무에서는 열매가 열리지 않는다. 가치 있는 일이라고 여겼으면 희망을 갖고 도전하자. 도전은 아름답다. 튼실한 열매가 맺기를 염원하며 달리다 보니 1년 후, 수필가로 등단했으니 얼마나 감사한 일인가.

학보

새내기로 들어가 학보를 만들기 위해 원고를 모으고, 정보를 수집하고 분석하며 미래의 청사진을 세웠을 때 얼마나 뿌듯했던가. 그런데 시간이 지나 원고청탁을 받고 보니 또 다른 새내기의 체험을 하는 것 같아 그때 기고한 글을 다시 옮겨보았다.

보고 싶은 사람을, 보고 싶을 때 본다는 것은 기쁨이지요. 기쁨과 만족을 공유할 수 있다면 행복이 아닐까요? 며칠 전 방송에서 금년에는 제비를 구경하기가 힘들다는 보도가 있었습니다. 그래서 주변을 살펴보았지요. 역시 보이질 않았습니다. 제비가 돌아온다는 사실보다는 하루하루 살아가는 생활의 삶이 처마 끝의 봄 손님을 잊게 했나 봅니다. 강남 갔던 제비가 돌아온다던 3월 3일이 훨씬 지나 5월 초를 맞이하면서도 볼 수 없다는 건 생태계의 이변이라고 여겨졌습니다. 한 해가 가고 새봄이 오면 꽃 소식과 함께 나타나던 제비가 금년에는 언제쯤 눈에 띌지 모르겠네요.

아마도 강남 제비를 잊고 살았듯이 삶의 현장 속에서 우주의 리듬을 잃고 살았던 것 같습니다. 그러나 진실은 침묵 속에서 깨우치는 것이 아닐까요. 최선을 다해 노력하고 때를 기다린다면 언젠가는 무엇이든 이룰 수 있다는 진실 말입니다.

동문회보가 발행된다는 반가운 소식이군요. 바쁘게 살아가는 일상생활을 핑계 삼아 몇 번인가를 미루었던 회보가 다시 세상에 드러난다니 기쁘군요. 회보발간을 기대하며 소중한 시간을 할애하여 보내주신 옥고들이 빛을 보게 되어 감사합니다.

어려운 여건 속에서도 보이지 않게 뒤에서 힘을 실어주신 교수님의 도움으로 동문회보 3호 얼굴을 마주할 수 있게 된다니 뿌듯한 마음과 함께 무거운 마음 또한 지울 수 없습니다. 이미 6호 정도는 나와 있어야 할 시점에 뒤돌아보니 흘러버린 시간이 짧지만은 않군요. 보고 싶은 얼굴들, 하고 싶은 이야기들, 매년 한 올 한 올 엮고 싶은 마음이었는데 어느 것 하나 채우지 못하였군요. 다시 시작해봅시다. 노력한다고 다 성공하는 것은 아니지만 노력하지 않는 사람이 성공하는 경우는 없다고 합니다. 소중한 인연들의 새로운 소식을 전하는 매체로서 서로 합력하고 힘을 모아 도전한다면 아름다운 꽃과 열매를 맺을 것입니다.

모닥불의 추억

모닥불 하면 따뜻함이 느껴진다. 추위에 열악한 환경에서 시린 손이라도 녹이고자 피우는 불이다. 썰렁한 몸에 온기가 전해지면 그 순간만은 최고의 선물이 될 수 있음이다.

수은주는 영하로 내려가 오를 줄 모르고, 세찬 바람은 멈출 줄 모르는데 가림막도 없는 노상에서 장사하는 노점상들은 조그만 모닥불이 견뎌내기 어려운 괴로움을 이겨 나가게 하는 수단이 될 것이다. 새벽시장을 보다 보면 모닥불을 만나게 되고 자신도 모르게 불 앞으로 다가간다. 활활 타는 불 앞으로 손을 내민다. 손이 조금 따뜻해지면 얼굴을 문지르고 귀를 감싸면 온몸에 온기가 퍼지는 것 같아 그 순간만은 추위로부터 벗어나는 것 같아진다.

이른 시간에 하루의 일과를 시작하기 위해 문밖을 나서는데 삭풍이 동행하자며 옷깃을 펄럭이게 했다. 옷 속으로 찬기가 파고들며 정신을 차리라고 한다. 어둠이 아직 스러지지 않아 달빛이 길을 밝히며 '인생사가 다 시련이며 고통이다. 그러나 참아가며 이겨내는 것이 삶이다. 그래도 할 수 있는 일이 있음에 고마워하라.'라고 이르는 것 같았다. 혼자 생각하고 혼자 상상하며 '그래! 열심히 하자.' 마음을 추스르며 차에 시동을 걸었다.

차를 몰고 시장 입구에 이르니 이른 시간인데도 차가 많았다. 다들 주어진 하루를 열심히 살아가기 위해 같은 심정으로 나온 것이리라. 시장 앞 공사 현장에서 모닥불을 피우며 많은 사람이 불을 에워싸고 있었다. 따뜻함이 느껴졌다. 부지런한 사람들이다. 저 모닥불과 같은 따뜻한 사람이라면, 직업에 귀천을 떠나 자신들의 소임을 다하고 저마다의 인생을 잘살고 있음이다.

새벽인데도 주차하기가 어려웠다. 공간이 좁은 곳이 있어 신경을 곤두세워 주차를 했다. 주차하고 필요한 물건을 찾아 살피는데 추위를 이겨내려고 피운 모닥불이 시장 안에도 여기저기 있었다. 그러나 객이 다가가 같이 쬐기에는 공간이 너무 좁다. 모닥불은 저들에게 추위를 이기는 큰 힘이 될 것이다.

기온이 내려갈수록 모닥불의 위력은 더할 것이다. 더구나 동트기 전의 추위는 입김을 보고 알 수 있다. 노점상들은 모닥불에 시린 손끝을 녹이다가 손님이 찾을 것 같으면 동작이 경주하는 선수처럼 빠르다. 그리고 일을 보았다 싶으면 바로 모닥불 곁으로 다가선다. 손님 오가는 데 따라 분주하게 움직이고 있음이다.

공사 현장이나 노점상들에게 모닥불은 어떤 의미일까. 단순히 따뜻함을 넘어 삶의 일부이지 않을까 싶었다. 불을 마주하고 있으면 그 순간만큼은 맹목적이 되어 신분에 대한 귀천도 없을 것이고, 시시콜콜 따지는 사람도 없을 것이다. 어디에도 끌리지 않고, 있고 없음도 알 수 없는 순수함이 불꽃 속에 녹아 있다는 생각을 하게 했다. 그 따뜻함으로 그들의 삶의 무게가 조금은 가벼워졌으면 하는 사유를 하는데 지난 날 의미가 다른 모닥불에 대한 추억이 꺼지지 않고 되살아났다.

거미줄같이 얽힌 사회 속에서 한 치 앞도 보이지 않는 세파에 흔들리며, 파도에 휩쓸리듯 빠른 세월의 물살 따라 살다가 거미줄을 끊고, 사회의 높은 담을 넘어 밖으로 외출을 하였을 때이다.

밤이 깊었었지. 창밖을 보니 별빛마저 구름에 가려 어둠이 짙게 드리웠었다. 지천명이 넘은 나이에 만학을 한다고 편입해서 자식 같은 나이의 젊은 친구들과 오리엔테이션을 간다고 생각하니 마음이 설레기도 했지만, 한편 두려운 생각에 잠을 이룰 수 없었다. 젊은 그들과 잘 어울릴 수 있을까, 혹여 실수라도 한다면, 여러 감정이 뒤엉켜 떠나지 않았었다. 내 마음이었지만 내 맘대로 다스려지지 않았다.

오리엔테이션은 교육의 연장선상이다. 적당한 교육과 적절한 훈련은 사람의 성품과 인격을 원하는 방향으로 성장시켜주는 활력소가 된다. 그러한 덕목을 키우고자 하는 것은 흠결 없이 살고 싶어 하는 인간의 욕구이다. 얻고자 하는 결과를 원한다면 그만큼 노력하고 인내해야 한다는 의미다.

꼭 오리엔테이션이 필요 하느냐는 질문에는 생각마다 다를 수 있으나 긍정적인 면으로 하나의 기폭제가 될 수 있었다. 모르는 부분, 부족한 부분을 채우고 알아가는 학습의 연장선상으로 지식을 지혜로 바꾸는 좋은 경험이 된다. 나도 그런 경험을 하고자 편입생으로서 장태산자연휴양림으로 동행했다.

신입생과 편입생을 위한 오리엔테이션, 자연과의 만남을 통해서 교수와 학생, 학생과 학생 사이의 어색함을 줄이고, 새로움에 적응할 수 있도록 기본적인 소양 교육, 필수적인 사전교육을 통해 소통하는 기회를 갖고 학교생활을 원만히 할 수 있도록 배려하는 행사가 아닌가 싶었다.

장태산자연휴양림 입구에는 그림 같은 호수와 외래수종 메타세쿼이아가 줄을 맞춰 질서를 지키라고 이르는 듯했다. 가문비나무 등과 소나무, 잣나무가 잘 어울려 이국적인 풍경이 어서 오라 반기는 것도 같았다. 저물어가는 석양 노을이 호수에 스며들어 점점 사라져가자 섭섭하다는 마음도 들었다. 너무 늦은 탓에 전망대에서 낙조를 바라볼 수 없는 것과 장군봉, 행상 바위 등 기암괴석이 있다는데 그곳까지 올라가지 못해 빼어난 멋진 절경을 볼 수 없어 아쉬움으로 남았다.

멀리 보면 산이 보이고 가까이 보면 동식물이 보인다고 했는데 숲길에 접어들자 생소한 이름 모를 나무들이 많았다.

따뜻한 바람이 불어오면 앙상한 가지에 새 움이 틀 것이다. 그 새싹이 자라 녹음이 우거지면 훨씬 더 싱그럽고 생동감 또한 더할 것이다. 더구나 도심에서 그리 멀지 않으니 방문하기 수월한 장점도 있다. 사회에서 해방된 젊은 혈기들의 꿈을 발산하기에 안성맞춤이었다. 지금은 안전 등을 내세워 모닥불을 피울 수 없지만, 그 시절은 묵인되어 아름다운 추억을 엮을 수 있었다.

그때 피워진 모닥불, 메마른 감정에 모닥불은 자신의 마음을 비춰주는 것 같았다. 평상심을 가지려고 해도 들뜬 마음을 제어하기 힘들었다. 장작이 타면서 나는 연기 냄새는 모질고 거센 어려움을 이겨내라는 메시지 같은 향기였다.

활활 타는 불길은 무엇이든 다 녹일 수 있는 용광로 같았다. 눈에 거슬리거나 꼴 보기 싫은 것, 원망하는 마음이라도 넣으면 다 녹아내릴 수 있겠다 싶었다. 쓸모없는 것이라도 태우고 나면 한 줌 깨끗한 재가 될 텐데 하는 마음도 일었다. 그 불꽃에 빠져들어 또 다른 세계를 맛보았던, 꿈과 희망에 부풀어 나만의 사고(思考)를 했던 추억 속에 필름을 돌려보았다.

젊은 학우들과 불꽃이 튀는 모닥불 앞에서 도란도란 이야기하며 본 밤하늘은 정말 아름다웠다. 하늘에 펼쳐있는 별들은 40여 년 전 보았던 별과 다름이 없었을 텐데 새롭게 보였고, 사회에서 맛볼 수 없는 환한 표정들이 매우 인상적이었다.

학생들을 위한 모닥불은 폭죽처럼 불꽃이 높이 오르면서 밤하늘을 밝게 수놓았다. 그 주위에 모인 학생들은 모두 조심하며 신중했다. 무엇을 얻고, 무엇을 찾으려고 그곳에 모였었을까? 자신의 미래에 대한 꿈과 희망을 찾고자함일까. 명검도 활활 타는 불 속에서 만들어지듯이 활활 타는 모닥불이란 하나의 공간 속에서 서로 호흡하며 마음을 주고받고, 차한 잔, 막걸리 한 잔 마시면서 서로를 이해하고 공감하며, 아마도 다름 속에서 하나를 만들어 가는 깨달음의 시간이지 싶었다.

교수님보다 세월을 더 축냈기에 처음에는 어색했지만 학생의 신분이니만큼 더 현명하게 대처해야 한다는 생각이 퍼뜩 들었다. 모든 것을 내려놓고 서로의 결속을 다질 수 있는 시간이 되도록 노력했다. 어느 순간, 어느 환경에서도 높이 오르는 불꽃처럼 열정이 식지 않았으면 하는 바람도 가져보았다.

오십여 년의 세월을 보내고 시작한 만학. 회사에서 근무하며 공부하는 건 쉬운 일은 아니었다. 하물며 젊은이들과 동행하며 함께한 오리엔테이션. 그곳에서 모든 학생과 빙 둘러서 밤하늘의 별을 보는 것만도 과분하다 여겼다. 그런데 세월에 연륜이 쌓였다고, 활활 타오르는 모닥불 중앙 가까이로 이끌어주는 젊은 풋풋한 손을 잡았을 때, 형언할 수 없는 감정은 지금도 어떠한 전율이 느껴지는 듯했다.

이 행사로 학생들에게 미치는 영향은 얼마나 될까? 학생들이 교수님에게 얼마나 가까이 다가갈 수 있을까? 자연에서 태우는 저 불꽃으로, 화합하고 협력하는 것이 얼마나 중요한가를 터득하는 계기가 되었으면 싶었다. 공동생활에서 체험한 경험이 앞으로 펼쳐질 미래의 대학 생활에 자양분이 되었으면 하는 마음도 있었다.

겁이 많아서일까. 불길이 오르면서 불꽃이 톡톡 튀는데 주변의 나무로 옮겨붙을까 내심 두려웠었다. 그렇지만 시간이 지남에 따라 두려움은 호기심으로 변해 이내 진행자가 이끄는 대로 따라 웃고 즐겼던 때를 생각하니 영원히 맛볼 수 없는 멀어져 간 시간이었다.

서서히 동이 트기 시작했다.

모닥불 속에 타고 있는 물건들은 쓸모없이 버려진 것들이다. 그러나 그 불꽃은 다르다. 불꽃은 향기가 없으나 뜨겁게 발산하는 빛에 따스함이 스며있다. 노점상들이나 건축 현장에서 모닥불과 함께 하는 사람들이 그 따뜻하고 훈훈한 기운을 받아 행복한 하루 아니 은혜가 넘치는 일생으로 이어졌으면 하는 마음을 가져보았다.

학위 수여식

하루를 찾았다. 분명히 있었는데 찾으니 그 하루는 어제가 되었다.

그 어제 무엇 하며 지냈나를 살폈더니 또 오늘이라는 하루가 정신 차리라 추궁을 한다. 오늘 하루쯤 작동하지 않아도 좋으련만 노랫말처럼 세월은 고장도 없다. 하기야 지금도 이미 과거가 되었으니 지금이라는 순간이 헛수고하지 말란다. 원망하고 탓해야 부질없다는 것을 가르치고 있었다. 남을 탓하면 내 마음이 불편해지고, 남에게 잘하면 내 마음 또한 편안하고 흐뭇해진다는 것을 알란다. 그 하루는 참으로 감사한 하루였다.

고장도 없는 하루가 있었기에 지나는 길목에 전문학사라

는 건널목도 건너고, 경영학사라는 역사(驛舍)에서 땀과 눈물로 얻은 결과만큼 소중한 것이 없다는 것을 터득했다. 아마도 정보를 모으고 스펙을 쌓는 귀중한 시간이었지 싶었다. 새싹 돋고 비바람에 떨어지는 낙엽을 보면서 고정된 시공(時空)이 아니었다는 참뜻을 이해할 수 있는 시간이었다. 그렇게 쉼 없는 세월이라는 열차에 편승해 열심히 달리다보니 경영학 석사 학위를 수여하는 만학의 종착역에 다다르게 되었다.

지천명을 지나 여섯 해가 지났다. 시작도 없고 끝도 없다는 학문의 길이지만 이제는 멈춰야 했다. 허락 받은 시간을 충분히 활용해 여기까지 온 것만으로도 스스로 격려를 해 주고 싶었다. 지나온 과정은 마지막 역에 일단 내려놓고 더 채울 수 있는 공간을 비워두는 것이 옳을 듯했다. 그래야 앞으로 배우면서 비워둔 공간을 채우고 멀리 바라보며 갈 수 있을 것이다. 보다 가치 있게 산다는 것은 높아져야겠다는, 더 갖겠다는 욕심을 내려놓는 것이다. 설사 갖을 수 있는 것이 있더라도 양보하는 마음을 키워야 했다. 그것이 배운 보람일 것이다.

새로운 도전은 나이와 무관하다. 세대마다 배우는 것이 다르고 가는 길이 다르기 때문에 상황에 따라 모색해야할 것이다. 그래야 모르는 것을 알게 된 새로운 지식이 뇌에 들어가 쓸모없는 잡다한 먼지를 밀쳐내고 남게 될 것이다.

C대학원 후기 학위 수여식. 어렵고 힘든 긴 여행을 잘 마칠 수 있어 마음이 후련했다. 학위를 받는다는 것은 또 다른 전문분야의 세계로 진입하는 것이다. 변화의 새로운 여정을 시작하는 출발점이다. 변화를 받아들일 줄 알아야 한다. 구태의연하게 과거만 고집하고 있으면 발전할 수 없다.

지금보다 가치 있는 삶을 살아가기 위해서 받아들일 것은 받아들이고 버릴 것은 버려야 한다. 그러기 위해 차별화된 새로운 요소들을 찾아 연구하여 기대치를 향상시키는 파발마의 기점이 아닌가 싶었다.

알아간다는 것이 어떤 의미를 담고 있을까.

관광산업이 굴뚝 없는 산업이라는데 그 분야에 얼마나 기여할 수 있을까? 지금까지 심사숙고하며 갈등하고 고민했지만 미래에 대한 추측이나 기대는 어느 누구도 답해줄 수 없는 관심사였다. 예리한 관찰력이나 판단력을 갖고 있더라도 배워 소화할 수 있는 잠재력이 스스로에게 있을까? 반문했을 때는 미래에 대한 꿈이 풍선처럼 부풀었다. 쉽게 결정할 수 없는 상황에서 7년의 세월에 열매를 맺는 순간이 그나마 다행이지 싶었다.

젊었을 때 최선이라고 했던 일들이 나이 들어보니 최선이 아니었다. 디지털 시대 변화에 따르려면 배워야 했다. 과거를 다 버리라는 것이 아니라 시대에 따라 변화를 받아들일 줄 아는 지혜가 필요했음이다.

이마에 땀방울이 서로 먼저 떠나겠다고 한다. 말복이 지나 떠오른 태양은 흐르는 땀방울에 경주를 시킨다. 머리카락이 희끗희끗해진 시점에 흐르는 땀에 의미를 되새겨본다. 맑은 날도 있었고 흐린 날도 있었다. 마음이 편안한 날도 있었고 애가 타는 날도 있었다. 억장이 무너질 것 같은 마음이 요동치며 속을 끓이던 때가 한 두 번이 아니었다. 다행히 절박함 속에서도 한눈팔지 않고 현재에 충실하려고 했다. 포기하고 싶었을 때도 있었지만 희망이라는 끈을 놓지 않았다. 그렇게 달려온 학위수여식이니 어찌 회한이 없겠는가.

학위 수여식이 2시이니 시간 맞추어 학교로 가겠노라고 가족들과 약속을 하고 출근을 했다. 매일 반복되는 업무를 하면서도 떨림이 느껴지는 감정은 숨길 수가 없었다. 직원들이 축하한다는 말을 건네 올 때마다 감사하면서도 조금은 부담스럽고 쑥스러운 마음을 숨길 수 없었다.

가족들의 기다리는 모습이 눈에 아른거렸다. 서둘러 출발했다. 차 속에서 이제부터 또 다른 시작이다 는 생각이 들었다. 일상생활에서 대화하다 말문이 막히기라도 하면 답답해지는 것은 인지상정이다. 그럴 때는 속사정을 누가 알겠는가만 스스로 왜소해진다. 그러나 아무래도 한 가지라도 더 알면 당당하고 떳떳해지는 것이 인간의 심리인가보다. 마음이 풍선처럼은 아니지만 그래도 부풀었다. 미지의 세계로 한발 다가선다는 느낌도 지울 수 없었다.

식장에 도착하니 많은 분이 기다리고 있었다. 주위 분들에게 피해를 주지 않으려고 가족 외에는 알리지 않았는데 가족 외에 교당에서 교감님, 교무님들, 딸을 가장 아끼고 잘 지도해 주시던 P교수님 부부, 지인 몇 분 등이 오셔서 축하해 주어 너무 감사했다.

학위 수여식이 끝나고 훗날 빛바랜 추억이라도 남기기 위해 오신 분들과 사진을 찍었다. 나무 그늘을 찾아 몇 장의 사진을 찍었는데 아내가 모친께 사각모를 씌워 드렸다. 사각모를 쓰신 모친 눈언저리에 눈물이 고였다. 한 평생을 홀로 사셨으니 어찌 아니겠나.

학위 수여식을 마치고 가족들과 식사하는데 뚝배기 속에서 끓고 있는 청국장 냄새가 풍란의 향기처럼 가슴 깊이 스며들었다.

후배 스승, 선배 제자

왜 배우려고 하는가?

자아를 찾아 사람다운 삶을 살고자 함일 것이다. 배우지 않고서는 실력이나 능력을 키울 수 없다. 역량을 갖추지 못하면 쓸모 있는 인물이 되기 어렵고 사람답게 살 수 없는 게 세상 이치다.

이 세상에 태어나서 사람답게 살고 싶지 않은 이가 어디 있겠는가. 배움에는 반드시 때가 있는데 나이 든 분 중에는 그때를 놓친 이가 의외로 많았다. 우리나라 전후 세대는 강물이 흘러가듯 풍파에 시달리면서 사느라 배움의 기회를 놓치고 한으로 남은 세대이기도 하다. 그러기에 조그만 계기라도 생기고 기회가 오면 놓치지 않으려고 안간힘을 쏟는다.

지천명(知天命)을 한해 앞둔 시점이었다. 뿌려 놓았던 인연의 씨가 발아되어 싹을 틔웠다. 그 싹은 전문대의 문을 두드리게 했고 그 나무가 자라 열매를 맺듯 학위까지 받았다.

그런데 전문대 문을 두드리게 된 인연도 예사롭지 않았는데 대학에서 만난 젊은 P교수와의 인연 또한 남달랐다. 강의실 문을 열고 들어온 P교수의 첫인상은 참 멋졌다. 너무나 젊어서 학생인 줄 알았는데 강의하러 온 교수님이었다. 더 놀란 건 이립(而立)도 안 된 나이에 박사학위를 받고 교수가 된 것이다. 얼마나 머리가 좋으면 30세도 안 되어서 교수가 되었는가.

바로 이어서 드는 생각은 20년 차이의 교수를 스승으로 모실 수 있을까였다. 나이 많은 것이 목에 힘줄 일도 아닐진대 가슴을 답답하게 짓눌렀다. 한편으로는 부러운 마음도 숨길 수 없었다. 머릿속이 빠르게 돌아가는데도 답이 나오지 않았다. 내 맘도 내가 모른다고 했던가.

그렇게 P교수와 사제지간이 되었다. 얼마 후 P교수는 다른 곳으로 이동하시고 나는 학업을 계속해 학위를 받았다.

사람이 한 생애 배우는 시간이 얼마나 될까. 배우고 싶다고 다 뜻대로 되는 것은 아니지만 족히 생에 삼분의 일은 되리라. 물론 배움은 죽을 때까지 배워도 다 못 배운다 했으니 수치로 따질 수는 없다.

배우지 못한 한을 기억하고 싶은 사람은 없을 것 같다. 그런데 요즘 '니가 왜 거기서 나와!'라는 노랫말처럼 부지불식간에 용수철처럼 툭 튀어나올 때가 종종 있다.

우리가 자랄 때는 모두가 다 어려웠던 시절이었다. 공부보다는 빵이 우선이었다. 허기 앞에서는 어느 것도 추월할 수 없었다. 극히 일부를 제외하고는 책을 가까이한다는 것은 하나의 희망사항이었다. 나에게 대학은 꿈의 대상이었다. 개천에서 용 난다는 말이 요즈음은 통하지 않는다. 그러나 그때는 많은 사람에게 회자되었는데, 세상 참 많이 변했다. 변한 것을 실감할 수 있는 문화가 만학이다.

헐벗고 굶주렸던 시절에 배우지 못했던 사람들이 그 한을 풀고자 만학의 길에 들어선다고 언론에서 자주 접하게 된다. 나도 거기에 편승하여 C대학원에서 학위를 받았고, 그때의 감격은 지금도 가슴이 뿌듯하다.

어느 날, P교수가 전화를 했다. 때때로 소통하는 사이여서 근황은 알고 있었으나 반가웠다. 서로의 안부와 일상적인 이야기를 나누고 나서 조심스럽게 말을 꺼냈다.

학위를 받았으니 이제 후진들을 위해 현장 실무를 겸한 강의를 해 보라는 제안을 했다. 예상치 못한 제안에 바로 답을 못하고 망설였다. 마음속 깊은 곳에서 꿈틀거리는 욕구는 승낙하라고 부추기지만 부족한 지식으로 내가 잘해 낼 수 있을지 염려가 되었기 때문이었다. P교수는 현장 경험이 많으니 잘할 거라며 격려에 용기를 냈다.

또 이렇게 나의 잠재의식 속에 숨어있던 꿈이 이루어졌다.

스승과 제자라는 말만으로도 한 둥지의 따뜻한 품속 같은 감정이 솟아야 한다. 가르치고 배우는 세월 속에 정이 쌓이고 믿음이 두터워져야 아름다운 꽃이 필 것이다. 아름다운 꽃은 그냥 피지 않는다. 서로 신뢰를 갖고 정성을 다해야 한다. 그래야 바라고 원하는 열매가 맺어 영원한 사제 사이에 향기가 풍길 것이다.

요즘은 사제 간의 풍속도도 많이 변한 것 같다. 빛바랜 글씨처럼 스승을 존경하는 마음이 흐려있고, 제자를 대하는 믿음에 안개가 자욱한 것 같다. 사도(師徒)가 무너진 것은 아니나, 존경받아야 할 스승은 존중보다는 시기와 비난이 난무하고, 관심 속에 있어야 할 제자는 경시되는 경우가 허다하니 한 번쯤 생각해볼 일이다.

강단에서 후학을 가르치게 된 첫 시간에 얼마나 떨었던가. 시간은 왜 그렇게 길게 느껴졌던가. 첫강의가 끝나고 학생들의 박수를 받았지만 무슨 말을 했는지 기억도 나지 않는다. 그래도 그 떨었던 순간으로 다시 돌아갈 수만 있다면 다시 그 자리에 서보고 싶다.

나무가 나이테를 쌓으면서 굵어지듯이 강의도 세월을 보태면서 자리를 잡아갔다. 지천명에 이르기까지 삶에 현장을 누비다가 인연 따라 대학의 문턱을 넘었고 강단에까지 서게 되었으니 홍복이었다. 그뿐인가 후배 스승과 대학 교재까지 공동 집필하는 기회를 얻었으니 얼마나 행운인가.

호텔 경영학을 공동 집필할 때다. 현장에서 얻은 경험이면 충분히 소화할 줄 알았는데 그게 아니었다. 이론이 부족한 상태에서 원고를 쓰려고 하니 글자 한 자 한 자에 따라 의미가 달라졌다. 막힐 때마다 교수님에 도움을 받아 탈고했다.

서문을 써야 하는데 제자로서 교수님께 부탁을 하였다.

"P교수님, 서문을 써 주시죠."

"아닙니다, 김 교수님이 쓰십시오."

몇 번이고 사양하기를 반복하다가 끝내 제자의 청을 거절하지 못하고 P교수님께서 서문을 쓰셨다. 이 서문에 '후배 스승, 선배 제자'라는 말이 인용되었다. 참으로 신선했다. 잠시 눈을 감고 차분한 마음으로 깊이 생각해보니 이러한 서문은 처음이자 마지막이지 싶었다.

그 후 새로 케이터링에 대한 책을 저술하면서 전문대학으로 이끌어주신 H교수님과 P교수님, 존경하는 두 분을 모시고 공동 저자로서 책을 출간하게 되었다. 그 때 서문을 쓰면서 다시 한번 "후배 스승님 선배 제자"라는 문구를 인용하였다.

하루하루가 쌓여 일생이 된다. 그 하루를 허투루 살지 말라고 한다. 허투루 살면 내일에 희망이 없음이다. 한 번뿐인 인생 올곧은 스승의 소리에 귀 기울이고, 귀 거슬리는 소리라도 받들어 떳떳하고 당당하게 살아가는 제자가 되었을 때 밝은 내일이 있지 싶다.

버팀목

모든 살아있는 생물은 빛과 공기와 물에 의존하며 버티고 있다. 사람 또한 예외일 수 없다. 빛과 공기 물 어느 것 하나 중요하지 않은 것이 없지만 인간이 편히 쉴 수 있는 공간, 숨 쉬고 살아가는 보금자리는 또한 소중한 버팀목이다.

집은 태어나 자라고 과거를 만들고 미래를 꿈꾸게 하는 쉼터이다. 쉼터에는 가족이 있고, 가족은 가정을 지탱해주는 단단한 버팀목이다.

버팀목은 쓰러지는 나무를 쓰러지지 않도록 받침을 세워 주기도 하고, 어린나무가 뿌리를 잘 내려 잘 자라도록 받쳐주기도 한다. 뿌리가 잘 내려야 하는 것은 뿌리는 나무를 지탱해주기도 하지만 자양분을 공급해 꽃을 피우고 열매를 맺게 해주기 때문이다. 그렇듯이 가장은 가정의 뿌리이자 버팀목이다.

퇴근하여 집을 들어서는데 아파트 문을 열어주는 딸의 표정이 다른 때에 비해 밝았다. 언제나 명랑하고 집안에 웃음을 떠나지 않게 하는 주인공이지만 분위기가 달랐다. 딱히 꼬집어 무어라고 말할 수 없으나 분명 뭔가 달랐다. 사람에게는 다른 동물이 갖지 못한 '촉'이라는 게 있다. 무슨 좋은 일이 있음을 감지할 수 있었다.

옷을 갈아입으며 '뭘까?' 순간 딸이 대학 입학할 때가 스치고 지나갔다. 입시 때 가슴 죄며 걱정했던 때가 엊그제 같은데 싹이 트고 낙엽 지는 변화가 세 번이나 출렁거렸다. 3년의 세월이 반복되는 동안 졸업하고, 편입해 변화에 변화를 거듭했는데 달라져 가는 환경에 너무 무관심했나 하는 생각이 불현듯 일었다.

옷을 갈아입고 나오니 딸애가 성적표를 당당하게 내밀었다. 임상병리 3년을 졸업하고 C대 유전공학과 3학년에 편입해서 처음 받아온 성적표였다. 성적은 한 과목을 제외하고 모두 A⁺를 받았으니 자랑할 만도 했다. 기죽지 않고 묵묵히 자신과의 싸움에서 이긴 기쁨이며 보람이었을 것이다. 칭찬도 받고 싶었을 터.

"밤잠을 멀리하는 것 같더니 제법이구나."

"제법이 뭐예요. 한 과목이 탈선해서 그렇지 환상적인 성적표가 될 뻔했는데. 그래도 잘했죠?"

"그럼 잘했지. 열심히 한 결과가 나타난 게지. 힘들었을 텐데 내색하지 않고 애썼다."

"한 과목마저 A⁺이었으면 좋았을 걸. 그렇지?"라면서 아내가 한마디 거든다. 그러자 옆에 있던 작은애가 "잘했어, 잘했어." 박수 치며 응원을 아끼지 않았다. 사람의 욕심이란 끝이 없음이다.

딸에게 조언했다. 아빠 생각에는 한 과목의 이탈자가 있으니 다행이다. 그마저 없었다면 자칫 방심할 수 있다. 스스로 교만해질 수 있다. 한 과목이 이탈했어도 실력은 이미 증명이 되었다. 그러나 올라갈 계단이 있다는 것은 아직 목표가 남았으니 멈출 수 없음이다. 정상이란 목표가 있으니 좀 더 분발해야 하는 구실도 있다. 정상이란 정복하기도 어렵지만 지키기란 더 어렵다고 생각해야 한다.

"예! 잘 알았어요, 저도 그렇게 생각해요."

생각지도 않은 큰 선물을 안겨준 딸의 모습이 유난히 든든하다. 옆에서 싱글벙글 웃으면서 부녀간의 대화를 듣고 있던 아내는 마냥 좋으면서도 한편으로는 아쉬움이 남는 눈치다. 그 아쉬움이야 궁색한 변명이라 할지라도 부모의 욕심인 것을 어찌하랴. 어머니께서도 흐뭇해하신다. 아마도 지난날들의 살아온 세월에 대한 무상함을 느끼시는지 무슨 말씀인가 하시려다 머뭇거리더니, 손녀에게 학교생활이 어떠냐고 묻는다.

"하고 싶은 공부를 하니 좋지요. 더구나 실험실에 들어갈 수 있는 혜택이 주어져 연구에 큰 도움이 되니 행복합니다. 더불어 얘들(대장균)과 실랑이도 벌이지만 크는 걸 보면 예쁘기도 하고 신기하기도 해요. 다만 처음 접하는 부분이라 얘들이 잘못되면 교수님께 꾸중을 듣는 경우도 있지만요. 그래도 좋아요."라며 씨~익 웃는 모습이 대견하고 자랑스러웠다.

이럴 때 징조니(증조할머니를 자녀들은 줄여서 그렇게 부름)가 살아계셨으면 얼마나 기뻐하셨을까? '내 새끼들, 내 새끼들' 하며 즐거워하셨을 텐데….

돌이켜보면 우리 가정은 세 여인들(할머니, 어머니, 아내)이 지켜냈다. 세 고부간의 갈등과 대립 속에 군림하려 하지 않고 서로 화합하고 아끼며 순박한 삶을 살아왔다. 특히 단신으로 96세까지 수(壽) 하시면서 굳건히 이끌어주신 나의 할머니, 젊은 나이에 혼자되어 아들 하나 믿고 가정을 지킨 어머니, 어려운 환경을 이겨내며 참고 인내하는 아내는 진정 우리 가정의 커다란 버팀목이었다.

조모님께서 열반하시기 전까지는 4대 6식구(조모, 모친, 나와 처, 자녀-남매)가 한 가정에서 살았다. 넉넉하지는 않았지만 마음만은 항상 부자였다. 단촐해서 애경사 같은 큰 행사에 조금은 쓸쓸하고 외롭기도 했다. 그렇지만 그러한 것보다는 합심하고 함께하여 마음을 모으는 데에는 좋은 점이 더 많았다.

아, 가족으로서 빼놓을 수 없는 분이 또 한 분 계셨다. 할머니에 딸, 고모님이었다. 원래 고모가 두 분 계셨는데 큰 고모님을 일찍 열반하셨다. 아마도 고모님은 큰고모님에 몫까지 하려 했음일까? 양념 같은 분이셨다. 심성이 선하신데다 인정이 많으시고, 명절 때나 집안 대소사에 빠지지 않고 참석하시어 우의를 돈독히 하셨다.

요사이 아내는 징조니 이야기만 나오면 생존해 계실 때를 떠올리곤 한다. 생존해 계실 때 그 자리가 그렇게 큰 줄 몰랐었다고. 왜냐고? 물으면 아내는 지난날을 회상하며 이야기를 꺼냈다.

잘해드린 것도 없고 특별히 수발하는 데 어려움도 없었다. 그저 있는 찬에 끼니 챙겨드리고 어쩌다 입맛이 없어 보이면 육회 조금 해서 드리는 게 고작이었다. 더구나 외출할 때면 집안에 어른이 계셔 걱정 안 해도 되니 알게 모르게 의지할 수 있는 큰 힘이 되었단다. 그뿐인가. 주위 분들이나 만나는 사람들은 말한다. 모실 수 있는 어른이 계셨기에 당연한 일을 한 것인데 시할머니, 시어머니 모시고 있으니 효성스런 손부라고 치켜세우며 칭찬을 아끼지 않는단다. 별로 한 것도 없이 모시고 있는 것만으로 칭찬을 받으니 쑥스럽기도 하지만 받을 때는 어깨가 으쓱했는데, 시할머니 시어머니 다 떠난 지금은 아니란다. 버팀목이 내려앉은 듯 허전하다는 것이다. 우리네 삶이 모두가 지나고 나면 후회하듯이 아내도 살아생전에 좀 더 잘해드리지 못한 걸 못내 아쉬워하며 눈시울을 붉힐 때가 가끔 있었다.

세상에서 가장 소중한 것이 무엇일까? 살아가면서 참다운 행복이란 어떤 것일까? 주어진 환경에 만족하며 화목하게 사는 가정이지 싶다. 평탄한 길이 아니더라도, 욕심부리지 않고 즐거울 때 함께하고 슬플 때 서로 의지하며 살아간다면 그것이 행복일 것이다.

성적표 하나에 기쁨을 같이할 수 있는 가족이 있어 만족하고, 특히 손뼉 쳐주는 동생이 버팀목의 중심에서 대들보처럼 든든하게 버티고 있으니 이보다 큰 버팀목이 어디 있겠는가.

실험실과 함께

어느 날, 딸이 학교에서 돌아와서는 실험실에서 있었던 이야기를 아무렇지도 않은 듯 꺼냈다. 평범한 것 같지만 평범하지 않은 이야기였다. 유전공학을 전공하면서 처음으로 학교 연구실 이야기를 들려주니 허투루 들을 수 없었다.

연구실에서 졸업을 앞둔 선배가 졸업논문에 게재할 실험을 하는데 몇 개월을 반복해서 해도 결과가 나오지 않으니 걱정하는 눈치가 여실히 보이더란다. 그래서 선배에게 조심스럽게 그 실험해봐도 되겠느냐고 물었더니 기다렸다는 듯이 그러라 하더란다. 얼마나 절박했기에 후배에게 순간 멈춤도 없이 그러라 했을까, 미루어 짐작되었다.

논문 제출 날짜는 다가오는데 준비가 안 되어 있으니 그 불안함과 애타는 심정을. 혼자서 무진 속을 끓였던 것 같았다.

그런 선배를 지켜보던 딸애가 선뜻 실험을 해보겠다고 나섰지만, 한편으로는 원인을 바로 찾으면 좋으련만 그렇지 못하면 하는 염려가 되더란다. 또한 실험이란 차곡차곡 쌓여서 결과가 나오는 것이지, 금방 뚝딱 결과가 나오는 것은 아니지 않은가. 더구나 몇 달을 연구해도 나오지 않은 결과일진대 잘 될까 하는 우려가 되어 더 마음이 쓰였다고 했다.

그런데 '이게 뭐야!' 연구되어 있는 방법대로 하나씩 하나씩 실험하다 보니 너무나 쉽게 결과가 나오더란다. 하도 이상해 다시 해보아도 결과가 마찬가지로 정확하게 나오더란다. 그래서 선배에게 사실대로 이야기하니 "설마?" 하면서 깜짝 놀라더란다.

딸애가 실험실에서 있었던 이야기를 하면서 손을 펴보이며 "내 손이 마술 손인가 봐." 하고 씩 웃고는 한 마디 덧붙이는데 참! 이상하다고 한다. 딸애가 그 선배에게 레시피를 주었는데 몇 시간 후에 실망한 얼굴로 오더니 '결과가 틀리게 나온다.'며 묘한 표정을 짓더란다. 의아해서 딸이 그러면 같이해 보자 해서 다시 해 보니 결과가 분명 맞게 나오더란다. 며칠을 두고 반복해서 해 보았지만 딸이 하면 결과가 나오고 선배가 하면 결과가 나오지 않는데 이유를 찾지 못하겠다는 것이다.

선배가 실험하는 것을 보면 분명 대충하지 않았는데 결과가 나오지 않으니 얼마나 속이 탔겠느냐. 더구나 자신이 하면 결과가 나오고, 선배가 하면 나오지 않으니 분명 이상하다는 것이었다. 듣고 있으니 그도 그럴듯했다.

옆에서 볼 때 애태우는 것이 안타깝고 답답해 도움을 주고자 대신 실험해 주었는데 의외로 결과가 몇 시간 만에 나오자 선배의 마음은 어떻든 뿌듯했던 모양이다. 하기야 음식도 똑같은 재료를 갖고 똑같은 방법으로 요리해도 요리하는 사람에 따라 맛이 다르다지 않은가. 그런 이유와 같지 않을까 하는 생각이 들었다.

그래서 이상하긴 하겠구나. 그러나 연구가 잘못된 것은 아니니 다행이다.

사람의 마음이란 같을 것이다. 세상사란 무슨 일이나, 원하는 바가 빨리 이루어지기를 바랄 것이다. 그 일이 바라는 대로 되면 만족할 것이며, 그렇지 않으면 불만이 표출될 것이다. 실험이 제대로 이루어져 평균 이상치보다 잘 나오게 하고 싶은 마음이야 절실하지만 그럴수록 서두르지 않아야 한다. 서두르다 보면 항상 실수가 뒤따르기 마련이다.

오늘 결과가 부실하다고 내일 똑같이 부실할 이유가 없기에, 결과가 바로 나오지 않는다고 실망하는 것도 바람직하지 못하다. 실험하는 것이나, 살아가는 삶이나 다르지 않을 것이다. 실망하지 않고 정진하다 보면 의외의 결과가 나와 기쁨이 배가 될 수도 있을 것이다. 그 결과가 세상에 유익 주는 결과라면 아마도 한동안 잊을 수 없을 것이다. 그러나 그리 안 되는 것 또한 세상 이치다. 뜻대로 이루어지면 무슨 걱정이 있겠느냐.

시련의 뒤안길에는 용광로 같은 위험한 고비도 있고, 펄펄 끓는 물과 같은 성냄도 있을 것이다. 그러한 고비를 넘기고 원하는 바를 이루어 성공하면 영광과 환희가 따르지만 그렇지 못하면 시련과 좌절이 마음을 아프게 할 것이다. 어려운 고비에 부딪치면 감정에 치우치지 않고 냉철하게 판단하여 처리할 줄 알아야 한다. 그런데 외부와 단절된 실험실 속에서 일하다 보면 그 또한 쉽지 않을 것이다.

딸애가 처음 대학을 선택할 때이다. 임상병리를 전공하여 임상병리사가 된다기에 여자다운 직업을 가질 수 있겠구나 하여 마음이 편안했었다. 헌데 임상병리 면허를 취득하고 졸업을 앞둔 어느 날 지도교수를 앞세워 편입하여 공부를 더 해보고 싶단다. 지도교수도 장래가 있는데 여기서 공부를 접는 것이 너무 아깝다며 보이지 않은 잠재능력을 높이 평가해 유전공학 또는 생명공학 쪽으로 길을 열어줄 것을 부추기는 것이었다.

나는 잠시 머뭇거렸다. 그 분야에 전문지식이 전무해 무어라고 답하기가 곤란했었다. 아직도 우리나라는 기초학문에 대한 인식이 부족하다. 그러니 가보지 않은 길을 선뜻 가라 할 수도 없고 그렇다고 여기서 멈추라 할 수도 없었다. 여러 가지로 마음이 쓰여 염려되는 부분도 있었으나 한편으로는 지도교수님의 혜안을 믿고 싶기도 했다. 현명한 선택이 되지 않을까 하는 기대치도 있었다. 다만 여자로서 해낼 수 있을까. 행여 중도에서 어려움을 이겨내지 못하고 포기라도 한다면, 그때의 좌절과 실망을 견디어 낼 수 있을까 걱정도 되었다.

미래의 불확실보다 오늘에 확실한 가치가 낫다고 했던가, 면허가 있으니 병원에 잠시 있다 시집이나 갈 일이지 하는 마음도 적지 않았었다. 그러나 세계화 시대에 자칫 딸의 앞길을 막을 수도 있겠다는 생각이 들었다. 어찌 생각하면 참으로 대견하고 자랑스러웠다. 또한 본인이 열심히 하겠다는데 말릴 이유도 없었다. 하여 승낙을 했는데 시간이 지나면서 가끔 이건 아닌데 하는 상황이 목격되었다. 그건 공부는 고3에서만 열심히 하는 줄 알았는데 고3 때보다 훨씬 많은 양의 공부를 해야 한다는 걸 인식할 때부터다.

실험한다고 자신의 시간을 갖지 못하는 건 그렇다손 치더라도 툭하면 아침 일찍 집을 나가 밤12시가 넘어 귀가했다. 시집가야 할 나이에 때론 밤을 새우고 새벽에 들어오는 모습을 보며 마음이 편안할 부모가 어디 있겠는가. 그러한 모습을 볼 때마다 사회에서 필요한 인재가 되기 위한 일을 한다지만 얼마나 견딜 수 있을까 측은한 마음에 가슴이 아렸다. 그렇다고 방학을 하면 남들과 같이 편히 쉬기를 하나. 공휴일도 쉬는 날 없이 매달리는 모습에 애가 타기도 했다.

그럴 즈음 교수님 따라 미국 세미나에 다녀와 걱정하지 말라는 이야기를 들었을 때가 엊그제 같은데 세월이 흘렀다.

이제는 미국에서 박사학위를 받고 혈액줄기 세포를 연구하는 실험실에서 자신의 길을 가는 모습에서 바람을 가져본다면 세계를 위해 족적을 남길 수 있는 꽃을 피웠으면 하는 기대를 하는 것이 욕심일까? 실험실과 함께한 세월을 가늠해 본다.

4

대마도
멸치 떼

대마도 멸치 떼

대마도는 슬픈 역사가 숨 쉬고 있는 섬이다. 과거의 역사에 연연하는 것은 아니나 조선조 이전까지 우리 땅이었다는 것을 역사가 증명하고 있다. 그런데 일본에서 어지럽고 혼란스러운 식민시대를 틈타서 정당하지 못한 방법으로 일본 땅으로 편입시켜 지금에 이르렀다.

우리 땅을 지키지 못했다는 건 결국 조정이 백성을 지키지 못한 것이다. 그러나 역사적 지식이 있는 분들은 "지금도 대마도는 우리 땅이니 반환받아야 한다."고 주장하고 있다. 그러나 현실은 녹록지 않았다. 국력이 약해졌을 때 돌이킬 수 없는 우를 범해 잃어버린 땅, 한 서린 대마도 땅을 밟았다.

현해탄 중심에 있으며, 제주도보다 좀 작은, 후쿠오카에서 약 135km, 부산항에서 약 50km로 일본보다 훨씬 가까운 섬. 1948년 이승만 대통령이 신년 기자회견에서 대마도가 우리 땅임을 주장하기 시작하여 여러 차례 "대마도는 우리 땅이므로 반환하라."고 요구했던 대마도. 부질없는 생각이지만 우리 땅으로 만들려는 의지가 있었으면 대한의 땅이 되었을 섬, 현명한 지혜로 올바른 판단을 했더라면 여권이 필요 없었을 텐데 하는 생각에 착잡했다.

부산항을 출발해 1시간 조금 더 걸려 히타카츠항에 도착해 대마도와 첫 만남이 이루어졌다. 찬바람이 가슴을 파고드는 정초에 대마도 땅을 밟고 보니 소회가 깊었다.

에메랄드빛으로 물결치는 바다로 감싸고 있는 대마도는 먼 곳이 아니었다. 기후도 다르지 않았고, 풍습이나 관습, 규범 등에서 우리의 문화가 그대로 숨 쉬고 있었다. 생계를 이어가는 깊숙한 삶 속에서 백제의 숨소리를 들을 수 있었다. 지금도 현지인들의 계보에, 대한의 얼이 면면히 넘치고 있으며, 인구의 상당수가 한민족의 DNA와 일치한다는 가이드의 설명에서 혈류(血流)가 진하게 흐르는 것 같았다. 발걸음이 닿는 곳마다 우리의 역사가 곳곳에서 숨 쉬고 있음이 감지되어 씁쓸하고 허전하였다.

일본의 신사문화, 반쇼인 묘지라 불리는 만송원(萬松院)에서 일본의 장묘문화(葬墓文化)를 접할 수 있었고, 전형적인 가옥, 시가지를 흐르는 도랑(川)에서 청결을, 작은 골목길의 주차문화에서 질서 의식을, 면세점이나 식당에서 그들의 상술을 엿볼 수 있었다.

역사 현장도 둘러보았다. 최익현 선생의 순국비, 조선통신사비를 눈여겨보았으며, 고종황제의 딸 덕혜옹주와 대마도 백작 다께유끼와의 결혼 봉축비에서 슬픈 과거의 한 단면을 보았다. 격한 감정은 녹슬었던 감성을 깨우기에 충분했다.

그런데 관광지에서 경험하고 배울 수 있는 것은 역사만이 아니었다. 관광의 다른 면을 미우다 해수욕장에서 볼 수 있었다. 추운 날씨인데 온천이나 찾을 것이지 무슨 해수욕장이냐는 푸념을 들을 법도 했다. 그러나 아니었다. 대 반전이었다.

해수욕장이 크지는 않았다. 작았지만 드러나는 풍광은 눈에 피로를 가시게 했다. 가운데 우뚝 서 있는 바위가 홀로 관광객 모두를 맞이하는 것 같았다. 그 바위는 밀물과 썰물에 따라 섬이 되기도 하고 육지가 되기도 한다는데 운치가 있었다. 고운 모래에 물이 맑고 투명하여 물속이 훤히 보였다.

추운 날씨에 해수욕장을 관광하는 것은 별로라고 기대하지 않았는데 색다른 경험을 하게 될 줄은 미처 몰랐다.

일행들이 삼삼오오 흩어져서 모래사장을 자유롭게 걸으며 자연과 하나 되어 시간을 보내고 있을 때 해변가를 걷던 한 사람이 큰 소리로 일행을 불렀다. 손을 흔들며 목청을 돋우어 불러댔다. 그래서 서서히 걸음을 옮기는데 빨리 오라는 반복된 손짓과 함께 더 큰 소리로 다그쳤다. 무슨 일일까, 짐작하기 어려웠다. 일행이 빠른 걸음으로 다가갔다.

"저기 봐, 저기 좀 봐."

일행을 부른 사람이 흥분을 감추지 못했다. 이구동성으로 뭐야! 뭐야! 하는데 파도가 해변에서 하얗게 부서지는 쪽을 손가락으로 가리켰다. 와! 와! 저게 뭐야 손가락으로 가르치는 곳을 보며 서로 더 가까운 곳에서 보고자 자리다툼이 일었다.

"멸치 떼 아니야?"

"맞아! 멸치 떼야."

파도에 밀려온 멸치 떼들이 물이 빠져나가는 속도를 따르지 못하고 백사장에 하얗게 누워 팔딱거렸는데 쉽게 볼 수 없는 장관이었다.

팔딱거리는 멸치 떼를 보고 있자니 갑자기 산다는 것이 무엇일까. 저리 살고자 처절한 몸부림을 치는데 처지가 다르다고 구경하는 일행의 태도가 결코 바람직하지 않았다. 잡고 싶다 해도 잡을 수도 없는데 저들의 운명은 어찌 될까. 저들은 과연 살 수 있을까. 애처롭고 안쓰러워 진한 연민이 일었다. 다음 파도가 올 때까지 저들은 생명을 부지할 수 있을까? 생과 사를 넘나드는 멸치 떼, 또 한 번의 파도가 더 많은 멸치 떼들을 모래 위에 하얗게 밀어놓고 물러났다.

그때였다. 상상할 수 없는, 측량하기 어려운 일이 연출되었다. 아주 잠깐 사이에 일어났다. 영화의 한 장면을 보는 듯 착각이 들 정도였다.

멸치 떼들이 부드러운 모래 위에 작은 몸통을 이리저리 뒤틀면서 팔딱거릴 때 어디선가 수많은 까마귀 떼가 날아들었다. 순간 하얀 모래는 먹물을 들인 듯했다. 저 많은 수가 어디에 있다가 나타난 것일까. 아마도 망을 보다 몰려온 듯했다. 다음 파도가 오면 살 수 있으리라는 희망은 절망으로 바뀌었다. 팔딱팔딱 뛰는 멸치들을 까마귀들은 절묘하게 놓치지 않았다. 수많은 까마귀 떼의 묘기에 탄성을 자아냈다. 멸치를 포식한 것도 부족해 입에 물고 날아가는 까마귀가 있는가 하면 그 속에는 새들의 왕이라는 매도 다수 섞여 있었다. 매들은 발톱에 멸치들을 쥐고 나는데 운이 좋은 멸치는 매의 발톱을 벗어나 바다에 떨어지기도 했는데 그들이 살 수 있을까 하는 의문이 들었다. 멸치들의 죽음을 어떻게 표현해야 좋을까? 어부들의 어망에 잡혀 뜨거운 물 속을 거쳐 햇빛으로 말려져 인간의 식탁에 오르는 것과 무엇이 다를까.

약육강식의 현장이었지만 장관이었다. 모두 놀란 표정이었다. 눈 앞에 펼쳐진 멸치 떼도 그렇고, 그 먹이를 놓치지 않으려는 까마귀의 전광석화 같은 질주를 보면서 치열한 경쟁을 하며 살아가는 인생의 세월도 저만큼 빠를까? 삶이 고통의 바다라고 하는데 저 멸치 떼들의 삶을 두고 한 말 같았다. 파도가 극에 달하면 멈춘다 했는데 파도가 멈췄으면 싶었다.

가이드의 재촉에도 발길이 떨어지지 않았다, 관광이란 이런 것인가? 처음 보는 치열한 먹이사슬 현장을 생생하게 보

있다.

차에 올라 가이드에게 물었다.

"바다에 저렇게 멸치가 많은데 잡지 않습니까."

"고기를 잡기 위해 어부들이 통발을 갖고 나가는데 정부에서 일정량 이상은 잡지 못하도록 통발 숫자를 규제하고 있습니다. 그런데 어부들 스스로 솔선수범하여 규제량보다 더 적은 숫자의 통발을 갖고 나갑니다."는 대답이다.

어족을 보호하기 위함도 있지만 후손을 위한 것이란다. 뿌린 대로 거둔다고 했던가. 강제가 아닌 자율로 한다는 말에, 시켜서 하는 것보다 스스로 하는 힘이 더 크다는 것을 경험하는 것 같았다. 후손을 위해 스스로 절제하고 양심적인 행동으로 어족을 보호하려는 대마도 어부들의 DNA에 어쩌면 우리의 피가 흐르는지도 모를 일이다. 미래를 내다보며 살아가는 어부들의 마음이 푸른 파도처럼 내 가슴으로 밀려와 오래 머무를 것 같은 시간이었다.

단풍잎과 감자전

어제 내린 가을비로 하늘은 더 푸르고 공기도 더 맑아졌다. 짙게 드리웠던 새벽안개가 서서히 물러나니 구름이 걷히듯 텅 빈 하늘이 쪽빛이다.

나도 쪽빛 닮은 청명한 마음으로 가을 산을 눈에 넣으려고 길을 나섰다. 맑은 날씨도 자신의 삶은 누구도 대신할 수 없으니 잘 다녀오라 이르는 것 같았다. 버거운 삶의 짐을 하루쯤 내려놓자 하고 흔쾌히 약속에 응했는데 덤으로 받은 선물 같았다.

약속된 장소에서 지인들과 만나 속리산 새조길을 향해 출발했다. 시내를 지나 들판을 들어서고부터 시야가 확 트이니 마음 또한 트이는 것 같았다. 춥기를 할까, 덥기를 할까, 날 한번 잘 잡았다며 마음을 합했다.

어디에도 얽매이지 않고 나 자신의 의지대로 하루쯤 일탈을 꿈꾸는 건 새로움을 추구하는 일이기도 하다. 날씨까지 받쳐주니 어찌 고맙지 않겠는가. 이러한 시간을 갖는다는 것 자체가 유익하고 즐거운 유람이기에 마음이 흡족했다.

폐로 들어오는 신선한 공기는 온몸을 정화하고도 남음이 있었다. 마음껏 눈이 호사를 누리노라 바쁘다. 도로가 한산하니 막힘없이 달리는 차에 속도가 붙는다. 달리는 차의 속도만큼 가로수는 빠르게 스치는데 멀리 보이는 산은 가을 단풍 천연의 색깔을 풀어 아름다움 뽐내며 여유를 갖고 천천히 가란다.

목적지에 도착은 했으나 주차가 마땅치 않았다. 유료 주차장은 텅 비어있고, 무료로 주차하는 공간은 주차할 만한 장소가 마땅치 않았다. 허나 이곳 지리에 밝은 지인은 걱정하지 말란다. 그리고 재치를 발휘해 한 블록 들어가니 주차하기에 충분한 공간이 있었다.

느린 걸음으로 은행잎이 수북이 쌓인 골목길을 걷는 순간도 기쁨이었다. 골목길을 나와 노점상 앞을 지나는데 대추를 파는 아줌마일까 할머니일까 가늠키 어려운데 맛보라며 대추를 건네준다. 일행은 가볍게 받아먹고, 또 걸으니 다른 노점상이 또 대추를 건넨다. 맛보고 사라는 의미이겠지만 지나는 길손에게 저렇듯 주다 보면 저 양도 꽤 되겠다 싶었다. 후한 인심에 마음도 넉넉해지는 듯했다. 마음 맞는 지인들과 걷는 산길이 무엇 하나 모자람 없이 받쳐주니 그 이상 뭘 바라겠나. 눈에 들어오는 나뭇잎 하나하나가 곱게 물들어 마음까지 풍요롭게 해 주어 이 모두가 은혜이지 싶었다.

법주사 입구에서 걸음을 멈추라 한다. 입장권이 필요했다. 그런데 좋은 나라다. 나이 들었다고 손짓으로 그냥 들어가란다. 의기양양해야 할까 의기소침해야 할까, 좋다고도 할 수 없고 그렇다고 나쁘다고 할 수도 없었다. 입장료를 내지 않으니 마음이 가벼울 수도 있으나 한편으로는 갈 때가 얼마 남지 않음을 암시하는 것 같아 무상함을 느끼기에 충분했다. 아, 벌써 세월이 이렇게 흘렀나, 지나간 생각이 머물려고 하는데 새조길 입구가 나타나 어서 오라며 반겼다.

입구로 들어서 걷는데 주변이 모두 저마다 색깔을 자랑하며 소중하게 다가왔다. 이름 모를 나무도 반겨주었다.

그런데 저 나무는 뭐지? 작달막한 나무가 아직 잎을 다 떨구지 않았다. 생소한 그 작은 나무는 일행의 눈길을 사로잡기에 충분했는데 곱게 물든 나뭇잎 사이사이로 새싹을 틔우려는 듯, 몽우리가 올망졸망 맺혀 있다. 그 자태가 너무 예뻤다. 생명의 신비를 보는 듯했다. 허나 지금은 때가 아닌데 걱정도 되었다. 내일이라도 찬 바람이 불어 기온이 떨어지면 어쩐다. 이상기후로 딱딱한 껍질을 가르고 속살을 드러냈으나 찬바람은 새싹을 틔우지 못하도록 아픔을 안겨줄 것이다. 세상 구경 못 하고 시들 수밖에 없는 몽우리가 안쓰럽다는 생각에 인생사의 아픔과 다를 것 없다는 마음이 겹쳐졌다.

얼마 전 언론에 생후 몇 개월 안 된 영아가 보호를 잘못해 세상 구경도 못하고 떠나야 했던 슬픈 보도에 마음 아팠던 생각이 스쳤다. 그러나 산길을 오르면서 붉게 물든 나뭇잎을 보며 아팠던 마음이 살며시 지워졌다. 우리는 자연에서 많은 것을 배우고, 많은 것을 얻고 있으면서도 그 고마움을 잘 모르고 사는 것 같았다.

자연이 준 선물을 듬뿍 받으면서 세심정에 도착했다. 같이 간 지인이 선언을 한다. '자신이 오물'이란다. "오물이 뭐에요?"라고 묻자, '오늘의 물주'라며 동동주와 감자전을 주문한다. 지난주에도 왔다 갔다며, 안주로는 감자전이 제격이라고 한다. 그러면서 배낭에서 주섬주섬 꺼내는데 송편과 잘 깎은 단감을 내놓는다. 준비해 오신 정성이 먹는 것보다 더 마음이 갔다. 빈 몸으로 오기도 바쁜데 언제 이렇게 준비했느냐, 물으면서도 넘치는 정을 느낄 수 있었다.

맑은 동동주와 기본 찬이 나왔다. 동동주를 따라 놓고 무심히 눈 가는 곳으로 따라가니 계곡물이 약간에 낙차를 두고 떨어지는데 미니 폭포 같다. 인공적으로 잘 만들어 놓은 듯 주변 분위기가 살아 움직이는 기운을 느끼게 했다. 산이 주는 무한 혜택이다.

흐뭇한 마음이 되어 담소를 나누는데 아주머니께서 감자전을 가져오더니 상에 펼쳐진 송편과 단감을 보자 감탄한다. 송편을 하나 드리려다가 정이 없으니 하나 더 드린다고 하니 사람이 셋인데 둘 가지고 되겠느냐 반문한다. 그러면 하나 더 드려야 한다며 하나를 더 드리면서 단감은 덤으로 보시를 했다.

동동주의 짜릿함과 감자전의 고소함이 어울려 목을 타고

넘는 그때 곱게 물든 단풍잎 하나가 감자전 위에 살포시 떨어졌다. 도반들이 동시에 "와, 예쁘다. 어쩜 이렇게 고울까." 탄성을 올린다. 가슴 깊숙이 감추어져 있던 서정적인 감각이 되살아나는 듯했다. 곱게 물든 단풍잎 하나가 이렇듯 감동을 안겨 주는데 나는 주위에 얼마나 감동을 주며 살고 있는 걸까.

사소한 것 같은데 사소하지 않았다. 아주 작은 것 같은데 큰 기쁨을 주었다. 책에서 배울 수 없는 자연의 섭리를 가르쳐 주었다. 감자전 위에 떨어진 작은 단풍잎 하나가 감동의 씨가 되어 늘 새롭게 나누며 살라는 메시지 같았다. 산에서 맑은 공기를 마시고, 맑은 물을 마시고, 산나물에 밥 비벼 먹으면 앓던 병도 나을 것 같은 은혜로운 하루였다.

마음을 잘 쓰자

하지(夏至)가 지나니 강렬한 열기는 대지를 뜨겁게 달구었다. 달구어진 대지의 초목들은 축 늘어져 시들시들 생기를 잃어 측은해 보였다. 더위도 견디기 힘든데 아침부터 원치 않은 미세먼지까지 가세해 사람들을 귀찮게 해 마음이 평온치 않았다.

한 줄기 바람이라도 일었으면 좋으련만 나뭇잎은 미동도 하지 않는다. 그나마 비가 올 것이란 예보가 있어 다행이다. 예보를 반영하듯 하늘에 검게 드리운 구름이 금방 비를 뿌릴 것 같다. 그러나 땀샘은 체온조절 하려고 연신 수분을 배출하여 손수건을 귀찮게 하고 이마에 땀방울이 멈추지 않았다.

그나마 하늘을 덮고 있는 검은 구름이 고마웠다. 게다가 가뭄 끝에 비가 내린다니 어찌 반갑지 않겠는가. 비가 내린다는 날 도반들과 훈련 떠날 생각을 하니 은혜이지 싶었다.

'마음을 잘 쓰자'라는 주제로 마련된 훈련이다. 보이지도 않고 형상도 없는 마음이지만 감정, 생각, 행동에 따라 좋고 나쁜 심리적 갈등이 일어나므로 도반들 사이에 서로 화목한 관계를 돈독히 하고자 함이다. 이런 훈련은 이제 선택이 아니라 필수라는 생각이 들었다. 훈련으로 높은 경지에 오르는 것보다는 녹슨 마음을 정화하고, 쌓인 스트레스를 풀어 자아를 찾아가는 의미도 내포되었다. 어쩌면 흐려진 정신을 맑히고, 일상에서 시달린 마음을 달래고, 피로에 지친 심신을 가다듬는 좋은 기회라 생각하였다.

비가 온다는 예보에도 많은 도반이 모였다. 스스로 배우고자 하는 의지가 배어 있었다. 모두가 하나같이 함께할 수 있어 서로에게 힘이 되어 그 기운을 느낀다며 감사하다고 입을 모았다. 아마도 소중한 기회로 놓치고 싶지 않았을 것이다.

지금까지 잘 살아왔지만, 훈련으로 마음을 깨끗하게 맑히고 싶었다. 오늘보다 나은 내일을 가꿀 수 있는 계기가 되었으면 하는 마음도 일었다. 누구도 내 삶을 대신할 수 없을 터 모자람을 채울 수 있는 시간이 되도록 하리라는 다짐도 했다. 모자람을 채우는 것도 중요하지만 때 묻지 않은 자연과 함께한다는 자체만으로도 마음이 가벼웠다. 이 훈련은 하고 싶다 해서 참가할 수 있는 것이 아니기에 더 의미 있는 시간이 되고자 했다.

한 마음으로 서로가 격려하며 지리산 자락을 향해 출발했다. 차창으로 비친 푸르른 녹음이 하늘을 가린 검은 구름으로 눅눅하고 음울했지만 대화하는 도반들의 표정은 밝았다. 분수에 만족할 줄 아는 넉넉함이 엿보였다.

국도로 접어들어 훈련원이 있는 목적지에 거의 다다를 무렵, 비를 뿌리기 시작했다. 누군가가 "잘 내리는 비여, 약비구만! 훈련에 지장이 있더라도 많이 내렸으면 좋겠어!"라고 한다. 여기저기서 "맞아, 맞아." 동조한다. 부슬비다. 가랑비에 옷 젖는다고 초목들 잎을 촉촉이 적셔주어 푸르른 생기를 되찾아 주었다.

지리산의 끝자락 벌곡면 계룡산 품 안에 자리 잡은 훈련원은 국도를 벗어나 소음으로부터 분리된 청정한 곳에 있었다. 오랜만에 찾았지만, 입구에 들어서니 가을의 문턱을 밟고 있는 듯 시원했다.

숙소에 여장을 풀었다. 계절을 앞서가며 주인 행세하는 귀뚜라미가 인사를 한다. 한 마리를 조심스럽게 밖으로 내보내고 나니 또다시 어디서 소리 없이 나타나 팔딱팔딱 뛰면서 '나 잡아봐라' 하는 것 같았다. 내보내야 한다는 생각보다는 귀엽다는 생각이 들었다. 그래서 가을의 기분을 미리 맛본다는 심정으로 그대로 두었다.

청정한 산에 이르니 순수한 마음이 살아나나 보다. 멈추지 않는 세월이라고 하지만 여름으로 가는 길목에서 곤충 한 마리에 의해 가을의 향기를 무상으로 맛본다는 것은 덤이라 생각되었다. 짜릿한 자연의 맛을 느끼는 마음이 참 변덕스러웠다. 변덕스런 마음을 잘 챙겨야 할 것 같았다.

'마음을 잘 씁시다'란 주제로 훈련이 시작되었다. 마음 잘 써 행복한 가정, 평화의 주역이 되자는 강의에 이어 정신을 맑히기 위한 산행 시간, 준비된 우산을 하나씩 펼쳤다. 평지나 다름없는 산길을 걷는데 비가 내리니 맑은 날보다 오히려 운치가 있었다. 자연이 주는 싱싱한 기운이 온몸을 감쌌다. 신록의 내음과 맑은 공기가 흐려진 머리를 정화시키고, 상쾌해진 기분은 풋풋한 새싹 같은 감정이 솟았다. 녹음으로 우거진 자갈길은 질척거렸지만 걷는 것만으로도 마음에 치유를 얻는 듯했다. 역시 자연은 마음을 포근하게 감싸는 힘이 있었다. 걸으면서 잡생각은 사라지고 걷는 내내 마음이 편안했다. 그렇게 첫날을 무리 없이 잘 소화했다.

다음 날, 마지막 강의 시간이다. 끝나는 시간은 모두 홀가분한 마음이 된다. 물론 보람과 뿌듯한 감정이 앞서기도 한다. 크게 얻은 것이 없다 하더라도 무의미한 시간이 아니었음을 모두가 인정하고 유종의 미를 거두고자 자리를 잡았다. 교재를 펼치고 강의 시작을 기다리는데 아차! 필기구를 숙소에 두고 왔다. 준비는 잘했으나 순간 깜박 잊고 온 것이다. 누구를 탓하겠나. 세월을 탓해야지, 세월 탓을 하면서도 이를 어쩐다. 한 시간이면 모두 끝나는 데 없으면 어떠랴, 아니야 그래도 있어야지 하는 두 마음으로 잠시 머뭇거렸다. 그래도 중요사항을 기록하려면 있어야 한다는 마음이 앞섰다.

살며시 자리를 떴다. 숙소라야 강의실에서 5~6m 거리밖에 안되니 코앞이라는 표현이 옳을 듯했다. 그런데 그 짧은 복도에서 미끄러질 줄 누가 알았겠나? 절대라는 표현이 옳을

지 모르나 넘어지려야 절대 넘어질 수 없는 곳에서 중심을 잃고 넘어졌다. 일어서려는데 신음이 먼저 나왔다. 앞으로 넘어져 무릎을 걱정했는데 옆구리 통증이 견디기 힘들었다. 조심성 없이 몸 하나 건사하지 못한 자책이 한숨으로 새어 나왔다. 스스로 용납되지 않았다. 가까스로 숙소에 들어와 누웠으나 '왜?'라는 물음표만 아른거렸다.

옆구리를 몇 번인가 주물렀으나 아프기는 매한가지였다. 텅 빈 방은 어제 잤던 방이건만 느낌은 달랐다. 다시 일어나려고 시도했으나 뜻대로 할 수 없었다. 어찌한다. 고요한 침묵이 감쌌다. 마음 한구석이 텅 비어있는 듯했다. 잠시 나 자신의 내면의 뜨락을 배회해 보았다. '왜? 무엇 때문에? 연필 하나 때문에'란 원망이 서렸다. 만감이 교차되었다.

삶이라는 공은 자신이 어떻게 던지느냐에 따라 방향이 결정된다. 다만 던지고 싶은 방향으로 잘 갈 때도 있겠으나 꼭 그렇지만도 않은 것이 현실이다. 아무리 힘들더라도 마음을 가다듬어 정신을 차려야 했다. 다시 한번 일어나려고 했으나 통증이 너무 심했다. 그러나 이대로 무너질 수 없었다.

그렇다. 이 상황을 극복하지 못하면 '마음을 잘 씁시다'라는 주제로 훈련받은 보람이 없다. 이겨내려는 생각을 가져야 위기를 극복할 수 있을 것이다.

시간은 머물지 않고 빠르게 지나갔다. 2~30분 지났을까 싶었는데 시계를 보니 한 시간이 지났다. 강의는 끝났고 곧 해체식이 시작될 것이다. 아무리 불편하더라도 마침표는 찍어야 할 것 아닌가. 아픔은 순간이다. 이 순간을 참아내지 못한다면 명분도 잃고 미련도 남을 것이다. 마음 쓰는 훈련을 받았기에 이 정도지, 아니면 더 큰 어려움을 겪을 수도 있었을 것이라 마음을 바꾸자. 그리고 잠깐 묵상심고를 올렸다.

잠깐 심고를 올린 후 아픔을 참으면서 조심스럽게 몸을 일으켜 보았다. 생각을 바꿔서일까? 조금 전까지도 일어날 수 없었던 몸이 일어날 수 있었다. 방안을 한 발 한 발 걸어보았다. 물론 통증이 없는 것은 아니었으나 견딜 만했다. 마음만 바꾸었을 뿐인데 걸을 수 있었다.

주위의 염려를 불식시키려고 해체식에 참석했다. 어디서 그런 힘이 나왔을까. 나 스스로도 의아할 정도였다. 고맙고 감사한 일이었다. 그렇게 마무리를 하고 '마음을 잘 씁시다' 라는 훈련의 의미를 되새겨 보았다. 흐트러진 마음을 훈련으로 채잡아 새롭게 거듭나야 한다는 취지를 마음에 새겼다.

'마음을 잘 쓰자'는 것은 '생각을 잘하자'는 것이다. 같은 상황을 놓고도 의지에 따라 생각에 따라 나타나는 차이는 감사와 원망으로 갈릴 수 있음이다. 어떻게 생각하느냐는 자신의 몫이다. 궁극적인 차이는 할 수 있다는 긍정적인 사고였다. 그것이 마음을 잘 쓰는 길이라 믿었다. 마음을 잘 쓰자는 것은 결국 자신의 마음을 자기 마음대로 자유롭게 쓸 수 있어야 한다는 것이다. 그랬을 때 인생길이 편안할 것이다.

국도(國道)에 대한 유감

지방 도시에 살면서 고향을 갈 때면 항상 고속도로를 이용했다. 고속도로로 다녀야 한다는 원칙이 있는 것은 아니지만 다니다 보니 익숙해져 다른 길은 생각해보지도 않았다.

그런데 어느 날 지인이 영광을 가는데 특별한 일이 없으면 동행하지 않겠느냐며 연락을 해왔다. 고향에 가서 좋은 곳도 소개해 주고 맛있는 굴비 음식도 먹고 오자는 제안이었다. 봄바람이 불려면 아직 멀었는데 무슨 바람이 불었을까. 의아해하면서도 봄바람이면 어떻고 겨울바람이면 어떠랴, 고향 가자는데 마다할 이유가 없었다..

즉흥적인 만남이었지만 가벼운 마음으로 지인의 차에 동승했다. 메말랐던 마음에 생수가 스미는 것 같은 기분이었다.

건조 무의미했던 시간이 알차게 채워질 것 같은 끌림이었다.

한 시공간 속에서 살면서도 서로 자주 만날 수 없었는데 이렇게 우연히 동행하게 되다니 뜻밖의 외출이었다. 서로의 신의가 있었기 때문이라 여겨졌다.

차가 시내를 벗어났다. 항상 다니는 길이지만 운전을 하지 않으니 마음에 여유가 생겼다. 느긋한 마음은 항상 보던 주변도 생소하게 달라 보였다. 까칠한 찬바람이 심술을 부린다 해도 문제 될 것이 없었다. 주어진 환경에 순응하고 만족할 수 있으면 그만 아니던가.

그렇게 한껏 여유를 부리고 있는 기분에 빨간불이 켜졌다. 고속도로로 들어서야 할 차가 톨게이트 입구로 들어서지 않고 이정표를 그냥 지나쳐 달리는 것이었다.

내 머릿속에 입력된 네비게이션에 혼선이 일어났다. 길을 잘못 알고 가는 것이 아닌가 하는 생각이 들었다.

"이 길로 가면 안 되는데요."라며 아는 체했다. 그러자 예상이라도 했음일까. 말 떨어지기를 기다렸다는 듯이 웃으면서 "예, 이 길로 가도 고향을 갑니다."라고 한다.

그런데 습관이란 묘한 것이다. 습관은 다른 길로도 갈 수 있다는 것을 인정하려 하지 않았다. 눈에 익은 길이 아니더라도 모르면 알아가려는 노력을 해야 할 텐데 어디에 갇혀서 빠져나오지 못하듯이 습관의 늪에서 허우적거리는 것 같은 느낌이었다. 그러자 무디어진 앎을 깨우치게 하려는 듯 지인이 질문을 했다.

"이 길, 한 번도 안 가 보셨지요?"

"예, 처음입니다."

"그러면 이번에 한 번 가 봐요. 좋아요."

"국도는 도로 사정도 좋지 않고 시간이 많이 걸리는 것 아닙니까?"

나는 지인의 말에 수긍하지 못하고 미심쩍은 한 마디를 덧붙였다. 그는 어눌한 말솜씨를 넘겨짚듯, "예! 조금 더 걸리지만 염려할 정도는 아니니까 한 번 가보세요." 하는데 더는 할 말이 없었다. 운전대를 잡은 사람을 이기려고 하는 건 지혜롭지 못한 처사라는 생각에 마음을 돌렸다. 그렇게 얼마를 달려 공주를 지나 익산을 향해 길을 잡았다. 마음의 갈등은 공주를 지나 23번 국도로 접어들면서 사그라졌다.

생각했던 것보다 길이 너무 좋았다. 고속도로와 다를 게 없었다. 간혹 만나는 신호등의 방해가 없다면 오히려 편안하게 운전할 수 있을 것 같았다.

내 마음을 지인이 눈치를 챘음일까. 국도 예찬론을 펼쳤다. 자신은 특별한 일이 아니면 국도로 다닌단다. 신호등이 있어 시간은 좀 더 걸리지만, 고속도로비가 들지 않고 꽃 피는 봄에는 산야의 꽃구경하고, 차가 많이 다니지 않으니 신경이 덜 쓰이고, 여유를 갖고 운전하니 피로가 덜 쌓이고, 가다 쉬고 싶을 때 쉴 수 있고, 구경하고 싶은 곳이 있으면 구경하면서 간단다. 지금은 겨울이니 그렇지, 벚꽃이 필 때면 환상의 길이라고 했다.

지인이 불쑥 관촉사를 가보았느냐고 물었다. 관촉사? 듣긴 많이 들었는데 가본 기억은 없었다. 못 가봤다고 하니 "지금 논산을 지나고 있는데 여기서 조금만 가면 은진미륵불이 있으니 가보지 않겠느냐?"고 했다.

관촉사도 가본 적이 없고 은진미륵불도 사진으로만 보았기에 거절할 이유가 없었다. 갑자기 어느 여행가의 이야기가 떠올랐다. 같은 장소를 어느 도로로 가느냐에 따라 다르고, 같은 도로로 가더라도 어느 때에 가느냐에 따라 다르고, 똑같은 가로수라도 계절에 따라 보는 사람의 가치 기준에 따라 다르다고 했다.

"예 갑시다."라고 나도 선선히 대답했다.

톨게이트를 지날 때 당혹감은 눈 녹듯이 사라지고 호기심까지 일었다. 지인은 들렀다가 가도 시간이 충분하니 눈요기라도 하자며 핸들을 꺾었다. 그렇게 해서 국보 323호인 은진미륵불상을 만나는 기회를 가졌다.

우리나라에서 석조불상으로 가장 크고 제작하는데 37년이나 걸렸다니 매력을 느끼기에 모자람이 없었다. 오랜 세월 한자리에서 비바람과 눈보라와 친구하고 참배객을 벗 삼아 지냈을 미륵불은 그동안 얼마나 많은 이들의 소원을 들어주었을까. 그 소원들은 어떤 것이었을까.

경내를 둘러보는데 예사롭지 않은 한 참배객이 삭풍을 맞으며 불상 앞에 무릎 꿇고 정성드려 기도하는 모습이 눈에 띄었다. 저 여인은 무슨 간절한 소원이 있기에 저리 정성을 들일까. 여인의 간절한 염원이 이루어지기를 나도 기원하였다.

기도하는 원은 특별한 경우를 제외하고는 별반 다르지 않을 것이다. 가족의 건강과 입시생의 합격, 직장에서의 승진과 장사하는 사람은 돈 많이 벌게 해달라, 사업 번창하게 해달라 등등이지 않을까.

나도 마음을 모아 결혼 적령기가 지난 자녀들을 위해 상생선연 만나 화목한 가정 이루게 해달라고 두 손을 모아 합장을 했다.

고속도로에 다니면서는 체험할 수 없는, 국도이기에 만날 수 있는 신선한 경험이었다. 그렇게 23번 국도를 알게 되었다. 예전 길이 좋지 않을 때의 국도만 생각하다가 막상 23번 국도를 알고 나서는 내 생각이 바뀌었다. 국도가 언제 이렇게 변했을까, 모든 국도가 이렇게 잘 닦여 있을까, 이렇다면 굳이 고속도로를 이용할 필요가 있겠는가. 고속도로에는 없는 신호등이 많아서 시간은 좀 더 걸리겠지만 문제 될 것 없다 싶었다.

그런데 올해 고향을 국도를 이용해 다녀오고는 마음이 또 오락가락했다. 벚꽃이 핀 아름다운 모습을 꼭 한번 보고 싶었던 그 원을 이루어 좋았으나 좋은 국도의 이미지가 많이 흐려졌다.

도로 사정이 달라진 것은 없었으나 전에 없던 무인 단속 카메라가 많이 설치되어 있어 차의 흐름을 끊어 놓는 것이었다. 게다가 구간 단속까지 만들어놓은 것을 알지 못해서 하마터면 약속시간을 지키지 못할 뻔 했다. 안전 운전하라고 취한 조치일 테지만 예상치 못한 복병 때문에 못마땅한 마음이 일었다.

　단속을 위한 단속보다는 민(民)이 편하게 이용할 수 있도록 위험이 다소 낮은 곳에는 도로에 맞게 신호도 점멸등으로 하고 속도 규제나 카메라도 사고를 방지하기 위한 목적으로만 설치해야 하지 않을까. 그래야 국도를 이용하고 싶은 마음이 들겠다 싶다.

　소중한 만남에서 알게 된 국도 이용은 앞으로도 계속 이어질 것이다.

홍도

바다에 떠 있는 매화꽃과 흡사하다 하여 '매가도'라 불리었던 섬. 석양이 질 때면 섬 전체 바위들이 홍갈색으로 젖는다 해서 붙여진 이름으로 '홍도'를 가기 위해 관광버스에 몸을 실었다.

30도를 오르내리는 수은주의 기세가 꺾이지 않을 듯싶다. 이른 아침인데도 이마에 땀방울이 송골송골 맺힌다. 구름 한 점 없는 하늘, 눈이 부시도록 내리비치는 강렬한 태양, 아스팔트 표면을 녹이며 올라오는 지열은 사람들을 산과 바다로 유혹하기에 충분했다.

여행은 미지의 세계를 보고 느끼면서 꿈도 찾으며, 추억도 만든다. 끝없이 사방으로 이어지는 길을 따라 처음 보는 풍경에 감탄도 하고, 행여 보고 싶었던 것을 만나면 호들갑도 떨면서 부족한 것을 채운다. 목마르면 물 마시고 배고프면 먹을 거리 찾아 기웃거리며 일상생활의 피로를 말끔히 씻어 보다 나은 내일을 준비할 수 있는 나름의 움직임이다.

천혜의 자원이 숨 쉬는 홍도를 가려면 뱃길을 이용해야만 한다. 그러나 뱃길은 변덕스러운 해상날씨에 민감하다. 아무리 달콤한 여행을 하고자 해도 하늘과 바다가 길을 열어 주지 않으면 뜻을 이룰 수 없다. 그런데 운이 따랐음일까? 하늘길은 활짝 열렸다. 맑은 하늘만큼 함께하는 일행 모두가 웃음이 떠나지 않았다. 맑고 밝고 기쁜 표정들이다. 소중한 사람들과 함께하니 어찌 기쁘지 않겠는가.

청주에서 출발한 일행은 목포를 향해 출발했다. 호남고속도로로 접어든 버스는 여산 휴게소에서 잠시 숨을 고른 뒤 장성 인터체인지를 거쳐 서해안 고속도로로 길을 잡았다. 틀에 박힌 삶의 늪에서 빠져나와 넓은 푸른 들판을 마주하니 쌓였던 피로가 일시에 가시는 듯 생기마저 도는 듯했다.

일행들은 즐거운 웃음꽃을 활짝 피우고 있다. 여행길이 이리 좋을까? 모두가 흥겨운 시간을 보내는 동안 영광과 함평으로 향하는 이정표가 눈에 들어왔다.

영광은 나의 고향 땅이다.

마을 초가지붕이 아른거린다. 고향에는 지금도 많은 친지가 살고 있다. 초가집 옆에는 아름드리 팽나무가 있었다. 어린 시절 팽나무 열매로 딱총 쏘며 놀던 때가 아른거린다. 어느 때는 옻나무를 잘못 건드려 옻이 올라 가려워 눈 비비며 눈물을 흘리기도 했다. 대나무로 활을 만들어 놀던 때도 그립다. 봄이면 새벽에 죽순을 따서 뜸 들이는 밥솥에 알맞게 쪄서 무쳐주시면 참 맛있었지. 생각하니 입속에 군침도 돈다. 상상도 잠시였다. 막힘없이 달리는 버스는 어느 사이 목포 톨게이트를 빠져나와 시내로 접어들었다.

목포에 들어서니 잊지 못할 그리움들이 스친다. 고교 시절을 목포에서 보냈으니 어찌 그리움이 없으리. 시절의 인연 따라 보낸 곳이지만 모든 것이 새롭게 다가왔다. 그 시절에는 삼학도도 섬이었다. 유달산에 올라 삼학도를 보며 첫째 섬은 훗날 내가 접수하겠노라며 호기를 부리던 생각이 나서 입가에 미소가 번졌다. 수영을 좋아하던 친구들이 삼학도까지 헤엄쳐서 건너려다 하마터면 저승길을 택할 뻔했던 기억에 소름이 돋았다. 목포 도심은 알아 볼 수 없을 정도로 많이 변했다. 행여 머릿속에 잔재되어 있는 곳과 같은 곳이 있을까 해서 눈을 크게 뜨고 보았으나 모두가 낯선 곳 같았다. 그 사이 버스는 목포 항구에 도착했다. 간단한 절차를 마치고 쾌속선에 몸을 실었다. 홍도 선착장까지는 2시간 30분이 소요된다는 안내 방송을 들으면서 상쾌한 바닷바람과 마주했다.

이렇게 좋은 것을. 마음마저 넓어진 느낌이었다.

보라.

망망대해를.

느끼는가.

지금이 얼마나 소중한 시간인가를.

외치고 싶었다.

어디로 가는 것이냐?

홍도로 간다.

배가 출발해 항구를 벗어나자 갑자기 배가 출렁이기 시작했다. 여기저기 신음하는 소리가 조용하던 분위기를 일순간에 바꿔놓았다. "아, 아, 아!" 여자들의 비명이 시작되었는데 배멀미를 하는 것이었다. 처음 보는 광경이었다. 고통을 참으려는 그들을 보면서 짠했다. 뭔가를 도와주어야 하는데 막상 아무것도 할 수 있는 게 없다. 배멀미의 고통도 지나고 나면 한 장의 추억으로 남겠지.

파도를 가르던 배는 홍도 선착장에 무사히 도착했다. 무사함에 감사하다는 생각부터 들었다. 그런데 안도의 숨소리가 멎기도 전에 숙소에 문제가 있다는 가이드 말에 가슴을 철렁했다. 숙소 예약이 안 되었다며 여행사와 숙박업소 간에 약간의 실랑이가 일었다. 하늘길과 바닷길만 열리면 만사형통인 줄 알았는데 또 하나의 장벽이 버티고 있었다. 서로 조금 불편함을 감수하는 선에서 마무리되었다. 시장판 흥정은 아니지만 조그만 섬에서 없는 객실을 뚝딱해서 만들어낼 수도 없는 일, 개운치 않았으나 어찌하겠는가. 여장을 풀기로 했다.

빨리 섬을 보고 싶었다. 크고 작은 무인도를 거느리고 오랜 세월을 버티면서 형언할 수 없을 정도로 아름다운 풍광을 탄생시킨 비경을 보기 위해 해변으로 나갔다.

일행은 모두 탄성을 자아냈다.

하늘은 맑고 해는 기울고 있었다. 수평선 자락에 저물어가는 해넘이가 시작되었다. 잔잔한 물결이 일렁이면서 붉은빛과 반사되어 무수한 꽃잎이 떠 있는 듯했다. 파도가 부서졌다 다시 모이는데 붉은 물감을 풀어 놓은 것 같았다. 뭉게구름과 함께 진홍빛 파도를 연출한 바다는 웅장한 한 폭의 그림이었다. 눈을 뗄 수가 없었다. 일몰의 절경은 해가 바닷속으로 빠져들기 직전까지 설렘을 주었다. 지상낙원이란 이곳이 아닐까. 파도 소리를 들으며 부자가 된 느낌이었다. 출렁이는 파도 따라 한 줄기 바람이 지나갔다. 들떠 있는 마음이 아직 가라앉지 않았는데 가이드가 내일은 더 멋있을 것이란 기대를 안겨주었다. 사람의 손길이 미치지 않은 벼랑이나 돌 틈에서 자라나는 풍란의 향기도, 유람선을 타고 갈매기와 교감할 수 있는 시간도 신비로울 것이라 한다.

내일은 내일이다. 이 시간 곱게 물든 일몰의 순간을 볼 수 있었으니 얼마나 운이 좋은 것인가. 미리 오신 분들의 이야기를 빌리면 어제까지만 해도 태풍의 영향권에서 벗어나지 못해 걱정만 했다는 소리에 우리 일행은 여행 운이 좋다 싶었다. 숙소 생각은 멀리 사라지고 은근히 어깨가 으쓱해졌다.

어둠이 섬을 감싸 안으니 이국적인 자태가 물씬 풍겼다. 일행은 포구로 나와 해삼, 멍게, 소라를 안주 삼아 생맥주 한잔을 마시면서 멀미로 어지러운 피로를 풀고, 숙박업소와 실랑이를 벌였던 다툼을 추억으로 간직하며 내일을 기약했다.

다음날 유람선에 올라 출렁이는 물결 따라 크고 작은 섬들 사이를 돌며 동굴도 들여다보고 병풍처럼 펼쳐진 33비경의 극치를 감상했다. 보이는 것이 모두 새롭게 다가왔다. 남쪽으로 양상봉, 북쪽으로 깃대봉이 연결되어 저녁노을에 섬 전체가 빨갛게 변하는 데는 바위들의 규암과 사암 성분 특성 때문이라는 해설도 들었다. 크고 작은 무인도와, 뾰족뾰족 서 있는 절벽들이 오랜 세월 동안 모진 풍파를 견디면서 형언할 수 없는 절경을 잉태하였다. 그 절경을 품은 홍도. 흑산도와 더불어 국내외 관광객을 사로잡는 다도해 해상국립공원. 풀 한 포기 돌 하나라도 갖고 나올 수 없으며, 섬 전체가 천연기념물 170호로 지정되어 보호받고 있는 비경, 천혜의 섬이다.

과연 '홍도구나' 감탄할 만큼 장관이었다. 가분수형의 거대한 바위가 아슬아슬하게 얹혀있는 흔들바위, 속세를 떠나 명상에 잠긴 도승바위, 다정한 연인들이 사랑을 속삭이는 사랑바위, 뾰족하면서도 날카로운 칼바위, 그 외에도 남매바위, 독립문바위, 원숭이바위, 주전자바위, 거북바위 등 끝도 없이 펼쳐지는 기암괴석들을 향해 카메라 셔터를 눌렀다. 영원한 추억으로 간직될 것이다.

떠나는 날 국내에서 유일하게 규암 자갈로 이루어진 빠돌해수욕장에 발 한번 담가보지 못하고 섬이 멀어지는 것을 보는데 많은 아쉬움이 남았지만 다음을 기약할 수밖에 없었다.

배움은 책에서보다 자연에서 배우는 것이 더 잊혀지지 않을 것이다. 짧은 시간이었지만 홍도 여행은 은혜로운 순간순간들이었다.

5

황혼의
길목에서

꼭 필요한가?

삶의 여정에 심신(心身)을 쉴 수 있는 보금자리를 바꾸려고 하니 할 일이 많았다. 인간의 소유욕에 이끌려 좋은 집을 갖고 싶어 큰 집을 샀으나 끝까지 지킬 수 없었으니 뭔들 영원히 내 것이 있던가.

떠난다는 개념보다 이제 시작이다, 라는 마음으로 준비를 하는데도 영 떨떠름하다. 이미 지나쳐버린 세월 속에 차곡차곡 쌓인 얽히고설킨 일들이 하나씩 비집고 올라오는데 모른 체할 수 없었다. 떠날 것이면 정이나 쏟지 말 것을, 눈에 얼핏얼핏 들어오는 손때 묻은 것들은 모두가 따라가겠다고 아우성이다. 집착을 버려야 한다는 것은 생각뿐이고 온갖 잡동사니들까지도 미련을 버리지 못하고 갈팡질팡하는 내 그림자가 못마땅했다.

그동안 살아오면서 애들이 태어나 중,고등학교까지 마치고, 모친 회갑 잔치 등 기쁜 일도 많았으나 조모님께서 열반에 드시는 슬픔도 있었고, 웃고 우는 일들 속에서도 편안한 잠자리를 제공해 주었다. 공기의 고마움을 모르듯이 고마운 줄 모르고 살았다. 누군들 이사 한두 번 안 해본 사람이 있을까만 미묘한 감정이 가슴을 무겁게 짓눌러 눈시울이 적셔졌다. 허전한 마음은 뒤로하고라도 울적하고 착잡한 감정이 순간순간 가시지 않았다.

서울을 뿌리치고 굳이 지방으로 가는 이유야 하나다. 가족과 너무 오래 떨어져 생활하다 보니 어쩌다 집에 가더라도 자연스럽지 못하고 서먹서먹했다. 더구나 밤늦게 갔다가 새벽에 나올 때는 멋쩍기도 하고 민망하기도 했던 때가 한두 번이 아니었다. 이런 쑥스러움은 가족과 어울리는 시간이 전무해 어색함이 더한 것 같았다. 그래서 직장을 핑계 삼아 기러기 가족을 면해보고자 내린 결정이었다.

단독주택에서 살다가 아파트로 이사하려니 공간이 문제였다. 아무리 손때 묻어 정이 들었더라도 버리고 가야 할 물건이 너무 많았다. 이삿짐을 꾸리면서 물건을 하나씩 꺼내다 보니 끝이 없다. 일상적으로 쓰던 물건들은 그렇다 치더라도 구석구석을 지키고 있던 물건들이 자리를 털고 얼굴을 내미는데 생소한 것도 다수였다. 좋다고 산 것들이 어느 구석에 박혀 있다가 처음 본 듯 튀어나오니 내가 산 것이 맞는가 하는 것들도 있고, 함께하다 어느 순간에 잊어버리고 깜박했던 것도 있었다. 사 놓고 한 번도 사용하지 않아 상표가 그대로 붙어있는 제품도 더러 눈에 띄었다. 살 때는 필요해서 샀을 것이다. 그러나 사용하지 않았다면 한 번쯤 생각할 물품이었다. 그러고 보면 그것은 낭비의 요소가 다분하다. 여기저기에서 튀어나온 것 중에는 눈에 띄지 않으니 찾아보지도 않고 새로 사는 우를 범한 것들도 있다.

　새것이라 해도 선별과정을 벗어날 수는 없었다. 같이 갈 수 있는 물건들은 꼭 필요한 것이어야 한다. 있어도 좋고 없어도 그만인 것은 자리를 보아 다시 선별해야 했다. 필요치 않은 물건들은 새로운 주인을 찾아갈 것이다. 집이 지금 보다 많이 협소하니 어쩔 수 없는 일이었다.

　이삿짐을 분류하면서 마음이 오락가락했다. 내가 꼭 인간의 됨됨이를 고가점수라는 잣대로 재서 선별하는 면접관과 같다는 생각이 들었다. 내 처지에서 긍정의 눈으로 바라보면 모두 필요한 것 같고, 부정의 눈으로 보면 두고 갈 물건이 의외로 많았다. 또 지금 당장 필요치 않다고 해서 버릴 물건은 아니다. 다만 분류해서 이삿짐 차에 오를 수 있느냐 없느냐의 문제다. 당장 눈에 띄지 않더라도 꼭 필요한 것이 있을지니 잘 살펴야 할 것이다. 버리고 가서 아차! 하고 후회할 일은 하지 않아야 했음이다.

무엇을 두고 어떤 것을 버리고 갈 것인가? 버려야 할 것과 버리지 말아야 할 것을 제대로 구분하려면 틀을 깨고 선입견을 버리고 욕심을 내려놓아야 색안경을 벗은 듯 잘 보일 것이다. 많은 세월을 보낸 경험이 뒷받침했을 때 바로 볼 수 있는 지혜의 눈을 뜰 수 있음이다.

모친이 사용하던 등치 큰 자개장이 계륵 같은 존재가 되었다. 아파트에 붙박이장이 있으니, 손때 묻어 정이 들었지만 가지고 갈 수도 없었다. 두고 가자니 아까워 어찌 못하는 모친을 겨우 설득해야 했다. "그래라."라고 대답하시고는 뒤돌아 눈물을 훔치시는 모습을 보니 마음이 한없이 짠했다. 무정

물에게도 정을 주면 정떼기가 쉽지 않구나. 자개장 덕분에 군자란 등 모친이 키우시던 화분이 구제되었다.

　세간이 생각보다 많았다. 사진첩이 눈에 띄었다. 사진첩을 넘기다 보니 추억어린 사진들이 손을 흔들었다. 그중에서 백담사에서 찍은 사진이 보였다. 사진을 보는 순간 캐논 사진기가 스치고 지나갔다. 카메라를 구입해 처음으로 아름다운 풍경을 담은 후 사랑 땜도 못했는데 도님의 손길을 피하지 못했으니 아픈 기억이다. 최고급은 아니더라도 금전적 지출이 적지 않았는데 생각할수록 속이 쓰릴 수밖에. 백담사에 다녀와서 필름을 빼고 카메라를 잘 간수했다. 그런데 얼마의 세월이 흐른 뒤 찾으니 끝내 없어서 비로소 잃은 줄 알게 되었다. 한동안 그 카메라가 뇌리를 떠나지 않았지만, 시나브로 잊었는데 그 사진이 기억을 되살려 놓았다. 그가 있었다면 이삿짐 1호였을 텐데 하는 생각이 미치자 입가에 씁쓸한 미소가 흘렀다.

　또 눈에 띄지 않았던 실버마치 라이터가 나타났다. 담배는 피우지 않았으나 외면할 수 없었다. 어느 구석에 박혔다가 등장했는지 금붙이라고 자산에 가치가 있으니 동행하도록 눈

감아 주었다. 선물로 받았던 친구들도 꽤 있다. 양주, 지갑, 벨트, 보온병 등 선물을 받았을 때는 귀하게 여기더니 하룻밤 자고 나니 찬밥 신세가 되었다며 항의하는 것 같았다. 빛을 보지 못한 기억 없는 친구들이 추궁한다. 이제야 찾느냐고? 몇 날 며칠을 내려놓았다가 다시 살리기를 반복했다. 꼭 필요하다고 생각해서 살리기로 했는데 다시 살펴보면 대부분 세월을 축내고 있었음이 분명했다. 그렇게 내려놓은 세간이 두 트럭분은 되었다.

처음 살아보는 아파트다. 평생을 단독주택에서 살았으니 아파트에 대한 동경만 있었지 얼마나 편리한가는 체험하지 못했다. 다만 공간 활용이 단독주택만 못하다는 상식이 있을 뿐이었다.

우선 꼭 필요한 것을 고르고 차마 아까워 후보군에 넣은 것까지 포함시키고 나니 책이 어떻게 하겠느냐고 묻는다. 많다고는 할 수 없지만, 아파트에서 모두 수용하기에는 버거웠다. 그래서 같이 갈 친구와 놓아야 할 친구를 선별하는데 내려놓는 친구들이 같이하지 않으면 훗날 후회할 것이라고 엄포를 놓는 것 같았다. 내려놓았다 살리기를 수없이 하였지만 결국 5박스 분량은 같이 갈 수 없었다. 그냥 보낼 수 없어 모 기관에 기증하기로 하고 나니 마음이 한결 가벼워졌다. 2~3년 후의 일이지만 기증한 책들 중에 꼭 필요한 것이 있어 염치 불고 찾으려 소식을 넣었으나 허사였다. 그때 좀 더 신중했더라면 하는 기억이 스쳤다.

꼭 필요한가? 하는 물음이 있는 것은 다소 부담이 되더라도 끌어안고 살아야 하는 게 맞다. 버리고 나면 내 것이 될 수 없다. 삶도 꼭 필요한 사람이 되어야 한다. 있으나 마나 한 삶이나 불필요한 존재로 산다는 것은 불행이다. 행복이 필요하다면 기회가 있을 때 놓치지 말고 꼭 잡아야 할 것이다.

군고구마

추위가 기승을 부리는 퇴근길이다. 버스 정류장에는 하루 일을 끝내고 귀가하려는 사람들로 붐볐다. 사람들은 버스가 도착할 때마다 노선을 확인하면서 목적지로 가는 버스를 놓치지 않으려고 이리 뛰고 저리 뛰며 서두르는 모습이다.

버스는 지역 노선에 따라 배차시간이 다르다. 그러므로 사람들이 정류장에 와서 바로 타는 경우도 있고, 그렇지 않은 경우도 있지만 배차 간격이 긴 노선은 꽤 오래 기다려야 한다. 물론 운 좋게 빨리 타는 수도 있으나 대부분은 버스가 도착할 때까지 추위에 떨어야 한다.

그 날도 그랬다. 버스 한 대가 결행을 하였는지 평소보다 더 많은 시간을 기다렸다. 떨고 있으려니 속이 부글거렸다.

늘 타고 다니는 버스이기에 이해하려고 하면서도 시간이 지날수록 불만의 그림자가 자꾸 따라다녔다. 늦게 오는 이유야 있을 테지만 참지 못해 짜증이 나고 원망하는 마음은 초조함으로 이어졌다. 아무래도 마음이 여물지 못해 인내심이 부족한 탓이라 여겨졌다.

매서운 추위를 참으며 오랜 시간 버스를 기다리니 몸과 마음이 점점 지쳐가고 피로가 밀려왔다. 순간 다리가 휘청했다. 아마 깜빡 졸았던 것 같았다. 무슨 일을 얼마나 한다고 서서 졸았단 말인가. 그런 나 자신이 딱하고 어이가 없었다. 정신을 가다듬었다.

마침 그때 가로수에 쌓여 있던 눈이 바람에 날려 버스정류장에서 서 있는 사람들 머리 위로 흩어졌다. 내 얼굴에도 눈발이 날리니 정신이 더 바짝 들었다. 곱지 않은 시선은 하늘을 올려다보니 구름 한 점 없이 맑다.

이 차가운 바람이 한여름에 불어준다면 얼마나 환영을 받을까 하는 엉뚱한 생각을 했다. 무정물이라도 때와 장소를 따라 환영도 받고 홀대도 받는데 우리 인간이야 말해 무엇하랴. 소소한 좋은 일에도 얼굴이 펴지고, 작은 불편에도 얼굴이 찡그려지는 것이 인간의 심사이다. 그런데 불편함을 통해 짜증을 내는 사람도 있지만 성찰하는 계기로 삼아 자신의 성격을 고치는 사람도 있다지 않은가. 짜증을 낸다고 버스가 빨리 오는 것도 아닌 것을, 마음을 바꾸고 나니 기분이 한결 편안해졌다. 주변이 더 환하게 보였다. 사람의 기분이라는 것은 참으로 묘하다.

조금 전까지도 보이지 않았던 군고구마 장사가 눈에 들어왔다. 화덕에 붉게 타는 불길이 그쪽으로 오라 하는 것 같았다. 기왕이면 하는 마음으로 슬며시 자리를 옮겼다. 버스가 와도 놓치지 않을 정도까지 이동하고 보니 불 가까운 곳은 이미 몇 사람이 서성이고 있었다. 군고구마 아저씨가 화덕을 살피며 장작 몇 개를 더 집어넣으니 불길이 활활 타올라 온기가 더해졌다. 군고구마 냄새와 어우러진 불꽃은 보는 것만으로도 따뜻함이 느껴졌다.

구수한 냄새를 이기지 못하고 한 사람이 지갑을 열었다. 지폐 몇 장에 화덕에서 갓 구워 낸 군고구마 한 봉지가 건네졌다. 건네받은 이가 행복한 표정을 짓는다. 고구마 한 봉지를 가슴에 안은 그의 얼굴에 화색이 도는 것 같았다. 얼마나 따뜻할까. 머릿속으로 궁굴리고 있는데 봉지에서 하나를 꺼내더니 반쪽으로 쪼갠다. 찬 공기와 어우러져 김이 모락모락 오르는 것을 보니, 먹음직스러워 군침이 돌았다. 음식이란 입으로만 먹는 것이 아니라 눈으로도 먹는다는 말을 음미하고 있는데 또 다른 사람의 지폐가 아저씨에게 넘겨졌다.

나 자신도 모르게 화덕 옆으로 조금씩, 조금씩 다가갔다. 가까이 다가서자 가까워진 만큼 훈훈한 온기가 더 느껴졌다. 공기의 흐름은 주고받는 것이 아니더라도 은연중 감사한 마음이 들었다. 지갑 여는 사람이 늘어나고 기어이 나도 지갑을 열었다.

"아저씨 장사 잘 되네요."

"반짝하고 마는걸요. 남는 게 있어야 하는데 그러지 못해요."라고 고구마 장수가 말끝을 흐린다.

살까 말까 망설였지만 건네받은 군고구마가 얼마나 따뜻했는지 모른다. 마음마저 녹는 듯했다. 군고구마 한 봉지에 이렇듯 만족할 수 있는 걸 보니 사람은 마음먹기에 따라 기분이 달라질 수 있음을 깨닫는 순간이었다.

얼마나 더 기다려야 집에 가는 버스가 오려나? 군고구마가 식기 전에 차가 왔으면 싶었다. 솔솔 올라오는 냄새의 유혹을 뿌리치려니 군침이 돌았다. 당장 하나 꺼내 먹고 싶었지만, 가족과 함께 먹을 기쁨을 생각하면서 참기로 했다.

IMF로 어찌하든 돌파구를 찾으려는 목소리가 고조되고 있을 때여서 노점상이 많아졌고, 손수레에 화덕을 만들어 군고구마를 파는 장수가 날이 갈수록 늘어나고 있었다. 언론에서 군고구마 굽는 화덕이 잘 팔린다는 이슈가 보도되었다. 화덕을 만들어 팔기 위해 드럼통을 대량으로 구입해 만드는데 만들기가 무섭게 임자가 나타난다는 것이다. 수은주가 내려가니 선급금까지 주어서 물량이 달린다니 아이러니한 일이다.

이들 중에는 고학력자도 많다고 한다. 평생 다니던 직장에서 명퇴하고 실업자가 되어 할 일이 없어 시작했다는 분의 인터뷰가 가슴에 와닿았다. 그분은 처음엔 체면을 구기는 것 같아서 쑥스럽고 민망하고 부끄러웠는데 이제는 그런대로 할 만 하단다. 처음에는 남 앞에 나서기가 어색해 그만둘까도 생각했었단다. 허나 다 마음먹기에 달렸다면서 지금은 당당하단다. 덧붙이는 말은 어쩌다 운이 좋아 유동 인구가 많은 곳에 자리를 잡게 되면 생각보다 많은 수입을 올릴 수 있어 자리다툼도 있단다. 그러나 대다수는 욕심부리지 않고 그날 그날을 열심히 살아간다며 끝을 맺었다.

기다리던 버스가 왔다. 반가웠다. 버스에 올라 군고구마 봉투를 무릎에 놓으니 아직도 따뜻했다. 훈훈함이 배어 있었다. 가족과 오순도순 먹는 모습을 상상하니 감정의 파도가 일렁여 추위가 멀리 물러간 듯했다.

성묘

굴비로 더 알려진 영광은 내가 태어난 곳, 나의 과거가 있고 미래를 꿈꾸었던 곳. 묵정밭에 무성한 잡풀을 제거하고 돌을 골라내면서 농사가 무엇인지 눈동냥, 귀동냥했던 어린 시절의 그리움과 추억이 축적된 곳이다.

고향 땅은 부모의 품속 같은 곳이며 타지에 살더라도 항상 마음이 가는 의지처이다. 지금은 텅 비어 고요하지만, 생각만 해도 든든한 버팀목이며 마음이 머무는 곳이다. 한 번뿐인 인생의 뿌리로서 언젠가는 내 육신도 돌아가 영원히 잠들 곳이다. 이미 부모, 조부모를 비롯한 선조께서 잠들어 계신 곳이니 성묘는 당연한 것이 아닌가.

성묘를 딱히 날 잡아 가는 것은 아니지만 특별한 경우가 아니면 매년 중구(음력 9월 9일) 때 합동 제사로 모시고 아내와 함께 다녀오곤 했다. 때로는 고모님을 모시고 제사 하루 전이나 이틀 전에 미리 다녀올 경우도 있다. 올해는 이 핑계 저 핑계로 미루다 보니 너무 늦어져 마음이 조급해졌다. 그래서 해를 넘기지 않으려고 서둘러 날을 잡았다.

고향은 만나는 사람마다 일가친척이니 말 한마디 건네고, 손 한번 잡았을 때 따뜻함이 전해진다. 그동안의 안부도 묻고, 서로 궁금했던 지나간 이야기를 나누다 보면 시간 가는 줄 모르고 양파껍질 벗기듯 한없이 이어진다. 그래서 힘들더라도 일 년에 한 번, 아니면 시간이 날 때 꼭 조상의 묘를 찾고 있으며 또 후손으로서 마땅한 나의 도리이다.

성묘는 항상 아내와 같이 다녔다. 그런데 금년에는 아내와 일정을 맞추기가 어려워 차일피일 늦추기를 반복하다가 혼자라도 다녀와야겠다고 마음을 굳혔다. 잠시 다녀오고자 하는 길인데도 혼자 가려고 생각하니 아내의 빈자리가 은연중 크게 느껴졌다. 함께 못하는 온도차는 현저했다. 심심하고 지루해 따분할 것 같았다. 함께 가고 싶다는 것은 희망사항이지만 어찌 생각하면 그것도 욕심이지 싶었다. 마음을 비우고 나니 한결 편안히 다녀올 수 있을 것 같아졌다.

그런데 저녁에 뜻밖에 아들이 왔다. 자식보고 반갑지 않은 이 없겠지만 더 반가웠다. 걷고 가다 마차 보니 타고 가자 했다던가. 아들 보니 좌우사정 다 물리고 대뜸 동행하고 싶은 충동이 마음 한구석에 똬리를 틀었다. 쉬는 시간은 어느 것과도 바꿀 수 없고, 대책 없이 쓰는 시간은 다시 쓸 수 없다는 것을 잘 안다. 최소한의 시간이라도 자신만을 위해 쓸 수 있게 해주어야 하거늘 마음은 행여나 하는 쪽으로 기울었다.

대실소망(大失所望)이라고 했던가. 기대했다가 여의치 않으면 실망이 클까봐 쉽게 말을 꺼내지 못했다. 어느 정도 시간이 지날 때까지 내색하지 않고 있다가 조심스럽게 내일 시간 있느냐고 물었다.

아들과 고향을 다녀온 것은 손가락으로 꼽을 정도였다. 그러한 발걸음도 항상 바쁘다는 꼬리표를 달고 다녔다. 그러니 이번이 더없이 좋은 기회라고 여겼다.

"시간은 왜요?" 무슨 뜻이냐는 반응이다.

수식어 다 접고 내일 고향에 성묘 가는데 같이 갈 수 있느냐며 자초지종 부연 설명을 했다. 대답 대신 웃으며 고개를 끄덕였다.

은근히 바라는 바가 뜻밖에 이루어진 기분이었다. 텅 비어 허전했던 마음이 채워진 듯했다. 아마도 조상님이 길잡이를 하고 계시는 듯했다. 그렇게 그날 밤은 저물어갔다.

다음 날 아들이 운전대를 잡았다. 출발하여 고속도로에 접어들자 한숨 자라고 한다. 그런다고 대답은 했으나 오히려 정신이 맑아져 생각이 깊어졌다.

차창으로 비친 산야가 단풍으로 절정을 이루고 있었다. 붉어진 능선을 따라 뭉게구름이 다리를 놓아 누군가를 건너게 하려는 듯 보였다. 어쩌면 구도자들을 깨달음의 세계로 건너게 하려는 것이 아닐까? 하나로 이어져 여백을 채우고 있는 구름이 매우 인상적이었다. 달리는 차창으로 보이는 그림은 생각에 따라 자연의 오묘함을 느끼게 했다.

아들과 무슨 이야기라도 해야지 생각했으나 마음뿐이고 지난날들이 선명하게 나타났다 지워지기를 반복했다.

고향을 찾을 때 아들과 함께한 기억이 별로 없다. 그러니 한편으로는 기쁘면서도 한편으로는 살갑게 해주지 못했던 지난날이 애잔하게 아려왔다. 그러한 애잔함 속에서도 아들의 존재감은 미덥고 든든했다. 역시 자식은 하나의 끈으로 이어져 있음을 실감하는 시간이었다.

자식과 건너지 못할 강이 어디 있겠나. 하나로 이어지지 못할 일이 무엇이겠나. 생각이 거기에 미치자 은연중에 자식에게 의지하려는 속마음이 들여다보였다. 순조로운 삶은 아니었지만, 무엇이 그토록 바쁜 생활을 하게 했기에 자식과 같이할 수 있는 시간이 그토록 없었을까? 일상의 늪에서 최선을 다한다고 했으나 생각처럼 현실은 녹록지 않았다.

살면서 아들과 많은 대화도 나누고 싶었으나 하루하루 살아 내기에 여념이 없었다. 버거운 직장생활로 늘 여유가 없었다. 한 번이라도 아들과 진지하게 이야기를 나눌 시간을 만들지 못했음이다. 나는 아들을 위해 무엇을 해 주었나 반추해 보았다. 속절없이 지나간 시간이 야속할 뿐이었다.

성묘하는 시간이라야 얼마나 걸리겠는가. 몇십 분에 불과하다. 그런데도 바빠서, 거리가 멀어서, 자리를 비울 수가 없어서 등등 핑계도 사연도 많은 게 현실이다. 성묘하는 의무감보다는 나들이한다는 가벼운 마음으로 다녔다면 지금보다 훨씬 많이 찾았을 것이라는 데 생각이 미쳤다.

산소 앞에 이르자 아들은 아들이었다. 주변에 웃자란 풀을 뽑고, 해진 잔디를 살피고는 술잔을 준비해 놓는다. 술잔을 올리고 잠시 묵상기도를 하는데 많은 생각이 오갔다. 조상님들이 내 모습을 보고 계실까. 내 이 마음을 느끼고 계실까. 나도 언젠가는 이곳에 묻힐 것을 생각하니 마음이 울컥해 눈물샘이 반응을 했다. 아들이 눈치 안 채게 서둘러 묵상기도를 끝냈다.

일상의 근무환경 때문에 아들을 살뜰히 살피지 못한데다가 마주할 수 있는 시간이 적었기에 속마음을 드러내지 못했었는데 산소 앞에서 술잔 올리고 그동안 못했던 이야기를 하다 보니 서먹함이 조금은 검은 구름 걷히듯 거치는 것 같았다.

모든 부모의 마음은 같을 것이다. 어찌 자식이 사랑스럽지 않겠는가, 어찌 믿음이 가지 않겠는가. 그러나 대화를 하다 보면 내면의 마음과는 전혀 다른 말들이 입 밖으로 나와 서로 상처가 되고 불신을 초래하여 감정의 골이 깊어질 때가 있는데 쉽게 풀지 않으면 상당기간 불신이 이어진다. 그런데 역시 고향이 좋다. 성묘 하는 중에 조상이 하나로 이어주는 듯해 뿌듯한 시간이 되었다.

　고마운 분도 있다. 잘 되었어도 내 후손이고 못 되었어도 내 후손이라며 차별 않고 맞아주는 어르신들, 가장 가까운 인척이라고 벌초할 때 벌초해주고, 봉분이 해지면 다독여주고, 철철이 살펴주신 작은집 동생, 어찌 고맙지 않겠는가.

　흘러가는 구름이 잘했노라고 위로하며 자식을 참으로 위하는 길이 무엇인지 잘 살피라 이르는 듯했다.

사소한 앎도 배워야 한다

스마트폰

일일신(日日新)이라고 새로운 지식이나 기술이 하루가 다르게 급변하는 정보화시대에 살고 있다. 모르는 것을 잘 배워 잘 활용할 수만 있다면 얼마나 좋을까. 현명한 사람은 배우기를 좋아하는 사람이라고 하는데 그렇지 못하는 현실이 안타까울 때가 많다.

정보화시대에 잘 적응하는 사람은 그 편리성을 잘 알기 때문일 것이다. 아날로그 세대인 내가 디지털 문화를 따라가려니 어려운 것이 한둘이 아니다. 어제 배운 것을 오늘 잊어버리니 급변하는 시대를 따라가기가 버겁기만 하다. 아무리 어려워도 배우려는 의지가 강하지 못하니 자꾸 뒤처지는 것 같았다.

얼마 전 스마트폰이 제대로 작동하지 않아 서비스센터를 방문했다. 담당자가 잠시 살피더니 액정에 이상이 있다면서 이 상태로는 얼마 쓰지 못한다는 것이다. 순간 대단한 능력이란 생각이 들어 전문가라 역시 다르구나, 라는 느낌을 받았다.

서비스센터 데스크를 보면 스마트폰 하나만 해도 저리 전문분야가 많은데 수많은 전자제품에는 그에 따른 전문기사들이 얼마나 많아야 할까. 그럼에도 문제점은 더 많아진다는 현실을 A/S를 받기 위해 대기하는 사람들이 증명하는 것 같았다.

소비자가 무슨 힘이 있겠나. 얼마 못 쓴다니 고쳐야지. 그래서 비용이 얼마나 드느냐고 물었다. 그랬더니 액정을 교체하는 비용이나 새로 구입하는 비용이나 별반 차이가 없으니 새로 구입하는 것이 어떠냐고 한다. 뜬금없는 제안에 난감해졌다. 혹 떼러 갔다가 혹 붙이고 온다더니 그 꼴이 된 셈이다. 이를 어쩐다. 이미 지나간 일이건만 얼마 전 핸드폰을 떨어뜨

렸을 때가 생각나 조심했더라면 하는 후회가 일었다. 교체하라는 뜻밖의 말에 어색한 분위기가 되었다. 내가 어찌할까 주저주저하는데 직업에 대한 열정, 장사에 대한 담당자의 본능이 슬며시 손을 내밀었다.

"한 달 전화요금 얼마나 내시죠?"라는 그에게 깊이 생각하지 않고 대충 "이삼만 원"이라고 했다. 그랬더니 기다렸다는 듯이 추천 상품이라며 "이 정도는 무료로 교체해 줄 수 있다."고 제품을 소개하며 설명을 시작하는 게 아닌가.

그런데 나는 아직 그의 말을 들을 준비가 안 되었다. 세상에 공짜가 어디 있는가. 평소에 '공짜는 없다.'라는 소신이 있는 내가 그의 말을 가로막으며 액정을 교체하려면 수리비가 얼마나 드느냐고 재차 물었다. 그는 액정 교체하는 비용이나 새로 교체하는 비용이 비슷하니 이 기회에 새로 구입하는 것이 좋을 것이라는 의견을 다시 제시하는 것이었다.

"새로 구입한 지 2년도 안 되었는데요."라는 나의 반문에 "2년이면 바꿀 때 되었지요. 요즈음은 1년이 멀다 하고 신제품이 나옵니다. 신제품이 나오면 사용하는 스마트폰은 구형이 되어버리지요." 한다.

구형! 구시대를 의미하는 걸까. 나이가 들어서일까. 갑자기 살아가는 세상이 불공평하다는 생각이 들었다.

신제품은 누가?

젊은이들?

모두가 다 그렇지는 않겠지만 대부분 그러리라는 생각이 들었다. 짧은 시간에 머리에서는 정리가 되어졌다. 그래서 타의 반, 자의 반으로 남은 보충 설명을 들었다. 듣고 나니 스마트폰에 대한 상식이 문외한에 가깝다는 생각을 지울 수 없었다.

10년이면 강산이 변한다는 말은 옛말이 되었고, 뛰는 놈 위에 나는 놈이 있다는 속담이 이 시대에 어울릴 것 같았다. 뛰면서 노력해도 따라가기 어려운데 걸어보려는 시도도 안 했으니 이해가 부족한 것이 당연하다 생각되었다. 배우지 않으면 언제 뒤처질지 모르고, 언제 누가 앞서 뛰쳐나갈지 모르는 시대에 살고 있음이다. 아무리 지식 홍수 속에 살고 있다 하지만 스마트폰 기능의 다양함에 나는 과연 몇 %나 사용할 수 있을까 하는 의문이 들었다. 기능도 기능이지만 스마트폰을 실생활에 얼마나 쓸 수 있느냐에 따라 필요성도 달라질 것이다. 잠시 사용하던 스마트폰을 보면서 주인 잘못 만나 명대로 같이 못하고 떠나보내야 한다는 감정에 괜스레 씁쓸했었다.

주차 차단기

'알고 있는 것'과 '알고 있다고 생각하는 것'은 전혀 다르다. 글로 아는 것이나, 들어서 아는 것을 실생활에서는 안 되는 경우가 종종 있다. 체험의 중요성을 말함이다. 특히 전자기기는 아는 것 같아도 실제로 해보면 작동이 안 되는 경우가 있는데 그럴 때 순간 어찌할 바를 몰라서 당황하기 마련이다.

어느 날 유료 주차장에 차를 주차했다가 나오려고 하는데 주차 기계가 자동계산 후 출차할 수 있는 곳이었다. 안내판이 있었으나 그것을 보지 못했다. 더구나 안내자마저 잠시 자리를 비웠는지 없어서 당혹스러웠다. 기계 앞에 차를 세워 놓고 난감해하는데 나가려는 차들이 꼬리를 물고 이어졌다. 후진도 할 수 없고 앞으로 나갈 수도 없는 진퇴양난이었다. 더구나 주차비 계산하는 기계마저 눈에 보이지 않았다. 남이 대신 해줄 수 있는 일도 아니고 신경이 곤두설 수밖에 없었다. 평소에 저까짓 것 했는데 저까짓 것이 아니었다. 황당하기도 했지만, 순간 불안했던 마음은 많은 것을 느끼게 했다. 그래서 선인들은 위기에 대처하는 능력도 중요시했나 보다. 자괴감도 있었으나 열심히 계산하는 곳을 찾는데 그때 주차 관리인이 나타났다. 구세주를 만난 기분이었다. 뒤늦게 나타난 주차관리인의 도움으로 겨우 빠져나올 수 있었다. 그런데 내 차 뒤에서 대기하는 차들의 빵빵거렸던 소리가 귀에서 가시지 않았다. 성질을 참지 못한 어떤 사람은 창문을 열고 "무식하면 어디 가나 평생 고생한다."라는 말을 들으면서 내 얼굴은 마냥 붉어졌다.

주차 관리인에게서 사전 계산하는 방법을 익혔다. "이렇게 쉬운 것을…" 하는 소리가 내 입에서 흘러나왔다. 아무리 쉬운 일도 직접 배우고 경험해야 비로소 자기 것이 된다는 이치를 새삼 느꼈고, 오늘 받은 불편함은 자업자득이라는 생각이 지워지지 않았다.

지하철 승차권

서울에 살았을 때는 젊었었기에 지하철을 탈 때 경로우대를 생각해보지 않았다.

지방으로 이사 오고부터는 서울에 다녀올 때는 항상 승차권을 구입해서 이용했다. 또 한 번도 내가 경로대상이라는 것조차 생각하지 않았다.

그런데 오랜만에 서울에 가서 친구와 지하철을 탈 때였다. 65세가 넘었어도 항상 하던 대로 승차권을 구입하려고 하는데 친구가 물었다.

"자네, 아직도 65세가 안 되었나?"

"아니, 70이 넘었는데."

"그런데 왜, 돈을 내고 타나?"

머뭇거리는 나에게 주민등록증을 달란다. 그래서 주민등록증을 주었더니 표를 끊어 가지고 와서 기계 이용법을 설명해 주었다. 그러면서 출구 나갈 때 보증금 반환 기계가 있으니 500원을 반환받으란다. 사소한 일이라도 모르면 죽을 때까지 배우라는 말을 실감하는 순간이었다. 더구나 공짜 지하철을 타고 500원까지 수입을 잡았으니 기분이 나쁘지 않았다.

문제는 다음 서울에 갔을 때였다. 당당하게 ATM 기계에 운전면허증을 놓고 친구가 시키는 대로 했음에도 기계가 반응을 안 했다. 한참 실랑이하다가 '아! 주민등록증만 되는가 보다.' 하고는 현금을 내고 이용했다. 그런데 후에 기계도 오류가 날 수 있다는 것을 알았을 때 참 허무했다. 전에 주차 차단기 사건 때 "모르면 어디 가나 평생 고생한다."는 말이 떠올라 헛웃음이 나왔다. 지금은 편리하게 잘 이용하고 있지만 어찌 기계뿐이랴. 인간도 실수 속에서 배우며 살아가고 있지 않은가. 그것도 앎이다.

소리 없이 다가온 불청객

불청객이 세상을 바꿔놓았다. 바뀐 세상에 적응하려고 하니 어려운 점이 한둘이 아니었다. 잠재의식은 별것 아니라고 하지만 국경 없이 넘나드는 불청객의 위력은 심상치 않았고 상상을 뛰어넘었다.

불청객, 코로나19 바이러스.

아주 작은 진드기가 맹수를 이기려 하듯이 현미경으로 보아야 보이는 코로나19 바이러스가 인간의 일상생활에 소용돌이를 일으켜 심각한 부작용을 일으켰다.

짧은 시간에 세계로 확산되고 지구촌 사람들의 생활 패턴마저 바꿔어 놓는 걸 접하면서 코로나19는 어디로 튈지 모르는 럭비공 같다는 생각이 들었다. 럭비는 할 줄 모르지만 럭비공 튀는 것을 보면 제멋대로다. 공이 어느 방향으로 튈지 예측할 수 없는 것처럼 코로나19 감염자가 어디서 얼마나 나타날지 모르는 것이 비슷했다. 더구나 살아남으려는 바이러스와 없애려는 방역 당국이 시소게임을 하듯, 한 곳을 진정시키면 다른 쪽에서 무증상자로 인한 감염자가 대책 없이 불쑥불쑥 나타나 담당 부서나 관계자를 괴롭혔으니 얼마나 애가 탔을까? 착잡한 속내를 드러내지 못하고 감내하며 싸우려니 그 또한 답답할 노릇이지 싶었다.

정녕 미래는 어떤 모습일까. 이 바이러스와 싸워 이길 수는 있는 것일까. 누구도 시원스러운 답을 하지 못했다. 다만 방역에 앞장선 일선에서는 회피하지 못하고 바이러스와 힘겨루기를 해야 했다. 어떻게든 바이러스를 퇴치하여 피해를 줄이려고 안간힘을 쓸 뿐이었다. 그러나 바이러스는 인간의 안간힘도 비웃는 듯 거리두기를 거쳐 비대면 사회로 바꿔놓았다. 마음 같아서는 묵정밭에 풀 뽑아내듯, 쓰레기통에 쓰레기 버리듯 내쳤으면 좋으련만 상황은 더 악화되고 있다.

하필이면 그러한 시기에 종중 모임을 하겠다는 문자가 왔다. 꼭 대면으로 만나서 논의해야 할 문중의 일이었지만 그래도 지금은 아니다 싶었다. 몇 번이고 생각해도 때가 아니라는 결론에 이르렀다. 소나기는 피하고 보라 했듯이 당국이 자제를 요청하는 상황인데 비난받을 일은 건너뛰는 것이 현명하다. 그래서 문자로 연기하는 것이 좋겠다는 의사를 피력했다. 여러 의견이 있었을 테지만 따질 수도 없었을 터, 서로가 공감했음인지 일단 취소하고 다시 일정을 잡겠다는 연락이 왔다. 만물의 영장인 인간이 바이러스에게 K·O패 당한 기분이었다.

시간이 지날수록 모임을 연기한다거나 취소하는 문자가 눈에 띄게 많아졌다. 비대면 사회에 적응하려는 일환으로 불필요한 외출이 현저하게 줄어들었고 택배나 배달 음식으로 인한 스마트폰의 문자창이 분주해졌다. 인간관계의 환경이 점점 삭막해져감을 실감할 수 있었다.

코로나19가 처음 발병했을 때는 대수롭지 않게 생각했었다. 일반 독감이나 사스(중중급성호흡기증후군), 메르스(중동호흡기증후군)처럼 조금 고생하면 물러갈 줄 알았다. 누가 이토록 끈질기게 버티리라고 생각했겠는가. 그러나 착각이었다. 시간이 흐를수록 기세가 누그러질 기미가 보이지 않았다.

삶의 형태도 방역지침에 따라 갈피를 잡지 못하고 헤매는 모습에 인간의 무력함을 드러내는 것 같았다. 자연에 순응하지 않고 자연을 훼손한 대가를 치르는 것은 아닌가 하는 생각도 들었다.

삶이 내 마음을 내 마음대로 쓸 수 없음에 한숨만 날 때이다. 아무런 생각 없이 버스를 타려고 했는데 기사님이 문을 열어 주지 않았다. 문을 열어달라고 두드리니 손을 좌우로 흔들며 안 된다는 것이다. 그래서 다시 문을 열어달라는 신호를 보내니 운전기사님은 손으로 입을 가리키며 마스크를 쓰지 않았다는 신호에 아차! 했다. 답답해서 잠시 벗었다가 깜박한 것이다. 마스크를 쓰지 않아 문을 열어 주지 않음을 알고 호주머니에서 마스크를 꺼내 쓰니 그때서야 문이 열렸다.

차를 타고 오면서 옛날에 어느 선비가 잔치에 초대받아 갔는데 남루한 옷 때문에 하인이 들어가지 못하게 하자 집에 돌아와 옷을 갈아입고 다시 가서 잔칫상에 앉아 음식을 옷에 묻히니 주인이 깜짝 놀라 왜 그러냐고 물었을 때, 이 옷 때문에 들어왔으니 옷이 먹어야 마땅하지 않겠느냐고 했다는 이야기가 생각나 픽 웃음이 나왔다. 나도 이 버스를 타는 것은 내가 아니라 마스크가 승차했다는 생각을 지울 수 없었다. 이렇게 일상을 바꾸어 놓은 것이 코로나19 바이러스다.

바이러스는 기온이 상승하면 꺾인다는 예상을 뒤집었다. 상승한 기온에서도 꺾일 줄 모르고 틈만 보이면 비집고 들어와 인간의 몸과 마음을 괴롭혔다. 끈질긴 생명력을 유지하며 나타난 코로나19 바이러스는 삼복더위를 지나 백신이나 치료 약이 개발될 때까지는 지속될 것이라는 전문가의 예상이었다. 그 후 백신이 개발되고 치료 약이 개발되어 끝이 보이는 듯했으나 오미크론, 델타 변이 등 변이바이러스는 꼬리를 물고 나타나 쉽게 꺾이지 않고 있다.

당국은 상황이 바뀔 때마다 그에 대응하기 위해 예방수칙을 만들어 지키라고 지침을 내렸다. 기본적인 마스크 착용, 체온 체크, 방명록 작성, 2m 거리두기, 손씻기 등을 마련하여 비대면 사회에 대응하도록 제시해 따르도록 했다. 뿐만 아니라 외국에서 들어오는 입국자에게 실시하는 2주간 격리 제한 규정(자가 격리 포함)도 점점 강화되었다. 국내보다 해외 발병률이 높기에 어쩔 수 없이 취한 조치지만 당사자로는 괴로운 고충이 아닐 수 없었다. 이로 인해 대부분의 항공 길이 막혀 항공사, 여행사, 호텔, 식음료 사업 등 직접 연관된 사업이 경영에 직격탄을 맞았다. 기업도 그렇지만 개인사업자도 어려움은 마찬가지였다. 특히 인건비, 임대료 등 변화의 물결은 높은 파도가 되어 삶을 힘들게 했다. 그 파도는 급변하는 세계 속에서 해외를 넘나드는 모든 사람의 발목을 묶어 예외를 두지 않았다.

그 물결에 휩쓸려 미국에 사는 딸도 금년에 잠시 귀국해 가족과 한때를 즐겁게 보내려던 모든 계획을 취소하면서 몹시 서운해했다. 와서 2주, 다시 가서 2주 28일, 약 한 달을 허비해야 하니 올 수 있겠는가. 계절의 변화는 기다리면 되지만 코로나19는 언제 물러날지 모르니 안타까운 마음만 옥죌 수밖에 없었다. 하기야 국내에 있으면서도 만나고 싶고, 보고 싶어도 면회가 거절되는 치매 병원이나 요양원 등을 생각하면 불평할 처지가 아니다. 그래도 딸애를 만나지 못하는 섭섭함과 아쉬움은 쉬 가시지 않았다. 다만 하루빨리 진정되었으면 하는 바람뿐이었다.

며칠 전 잘 알고 있는 지인이 부모가 요양원에 계시는데 전화로만 목소리를 듣도록 제재를 하여, 얼굴을 뵐 수 없는 것이 꼭 불효하는 것 같아 안타깝다며 눈물을 보이는데 남의 일 같지가 않았다.

티베트 속담에 해결될 문제라면 걱정할 필요가 없고, 해결이 안 될 문제라면 걱정해도 소용이 없다는데 요즈음 코로나19 상황에 딱 맞는 속담이지 싶었다. 걱정한다고 해결될 일은 아니지만 이럴 때 현명하게 사는 건 뭘까.

육체적으로 이길 수 있는 힘, 정신적으로 이길 수 있는 힘 모두가 필요하지 싶었다. 코로나19와 맞서 이기려면 바이러스가 퍼지지 않도록 예방을 철저히 하여야 한다. 각종 사회적인 모임에서 지켜야 할 방역지침을 스스로 잘 지키는 게 지혜로운 삶일 것이다.

일자리가 줄어들어 실업자가 양산되고, 그에 따른 경제적 손실은 접어두고라도 확진자의 사망률도 상상을 초월하고 있다. 좀 더 관심을 두고 어려움을 당한 이웃에게 살피고 정부의 지침을 잘 따르면서 협조하고 합력하는 것이 비대면 시대의 위기상황을 극복하는 지름길일 것이다.

소리 없이 다가온 불청객, 코로나19는 우리 주변의 여러 환경을 바꾸고 있으며, 바뀐 환경이 회복되려면 아직도 넘을

벽이 높기만 하다. 옛날의 일상으로 돌아간다는 것은 불가능할 것 같다고들 한다.

　이 난관을 극복할 수 있다는 신념을 포기하지 말자. 회복할 수 있는 시간이 아무리 길더라도 반드시 종식된다는 확신을 갖고 힘을 합하자. 안도의 숨을 쉬는 순간까지 귀 기울여 지혜를 모아 소리 없이 다가온 불청객으로부터 자유로워지자.

연하장

오랜만에 지나간 편지들을 살피는데 그 속에 두툼한 연하장 뭉치가 눈에 띄었다.

연하장을 받았을 때 귀한 글귀가 있다던가, 특이한 그림이나 서예 글씨가 있으면 아까워 모아두었는데 슬그머니 아련한 기억들을 소환하고 싶어 묶음을 풀었다.

연하장이란 지난날을 거울삼아 가보지 않은 내일을, 내년을, 미래의 바람을 담아 보내는 것이 대다수였고 뜻과 거리가 먼 특이한 내용은 그리 많지 않았다. 살피다 보니 최근 2~3년 안에 받은 것은 몇 통 안 되었다. 대부분 세월이 쌓였고 빛바랜 글씨들도 더러 보였다.

한 장 한 장 넘기다 보니 지금까지 한 해도 거르지 않고 보내주신 법사님이 계신데 지금 보아도 좋은 법문들이어서 너무나 귀중하고 감사한 마음이 지워지지 않았다. 항상 좋은 법문을 보내주시면서 사람 도리 다하라 했거늘 그 도리를 다하지 못한 것 같아 마음이 무거웠다.

또 반가운 연하장이 눈에 띄었다. 판화를 해서 한 장 한 장 번호를 매겨가며 보내주신 것인데 벌써 3년째 연락을 못 드리고 있으니 사람 노릇 언제 할 수 있을까. 금년은 넘기지 않아야 할 텐데 마음이 앞섰다.

왜 묶음 속에 끼어 있을까. 의문이 드는 알맹이 없는 형식적인 연하장도 몇 있었다. 연하장을 받다 보면 형식적인 연하장인지 마음이 담겨진 연하장인지 쉽게 구분이 간다. 연하장을 보내주신 분들의 마음 씀을 생각하면 정성이 들어가지 않은 연하장이 어디 있겠는가. 그런데 연하장을 보내다 보면 인쇄된 내용에 서명만 해서 보내는 경우가 있고 반드시 한 줄의 글이라도 마음을 담아 써서 보내는 경우가 있다. 어느 누가 중요하지 않은 지인이 있을까만 준비하다 보면 한 줄 쓰는 것이 쉽지 않다는 것을 알지 싶다.

그러나 감사한 마음을 담아 연하장을 보냈던 때가 언제였던가? 가물가물하다. 상당기간 손을 놓고 보내지 못했음이다. 그러한 생각을 하면서 그만 묶을까 하는데 특이한 연하장이 눈에 띄었다.

2004년 새해에 받은 연하장이었다. 잊을 수 없는 기억은 새해 인사를 주고받은 연하장이 아니었었다. 그때도 읽으면서 뭉클했는데 다시 읽어도 눈가가 촉촉해졌다.

"그때는 몰랐습니다. 저희에게 이곳 생활은 참으로 힘들었습니다. 생각과 달리 몸 고생, 마음고생 하루도 편할 날이 없었던 3년 세월이었습니다."

다 읽지도 않았는데 눈물이 핑 돌았었다.

"친척도 집안도 모두가 철저히 이용하고 배신하는 현실 앞에서 저희는 분노하지 않을 수 없었습니다. 뒤늦게야 잘못되었다는 것을 알았습니다. 이미 때는 늦었지만 우매한 저희들에게 무조건 아량을 베풀어주셨는데 사실과 다르게 곡해하고 있었습니다. 죄송하고 저희 내외 머리 숙여 진심으로 감사드립니다."

이러한 새해 인사는 다시 받아 보기 어려운 연하장이라 여겼었다. 잠시 머물다 가는 것이 인생이라지만 가슴이 먹먹했었다. 살다 보면 마음이 툭 터지는 일도 있다지 않은가. 먹먹하면서도 막혔던 혈이 뜨겁게 도는 것 같았다.

연하장을 다시 읽다 보니 그때 일이 어제 일처럼 아른거렸다.

건물에 세 들어와 임대료 때문에 얼마나 몸 고생, 마음고생이 많았을까? 다시 한번 생각하게 했다. 동병상련이라 했던가, 배곯은 자의 심정은 배고픈 사람이 잘 안다고 했다. 없는 자본으로 게임 사업을 해보겠다고 푸른 꿈에 젖었었는데 시류는 그들의 편이 아니었다. 사회적인 요구가 영업환경을 힘들게 했고 끝내는 그들의 희망마저 꺾어 버렸다. 때늦은 후회라고 했던가? 밀린 임대료에 영업 손실을 감당하기에는 역부족이었다. 어쩌면 시작을 잘못하였는지도 모른다. 엎지른 물이라 했듯이 돌이킬 수 없는 지경에까지 이르렀었다.

빨리 보증금을 찾아 떠나고 싶었을 것이다. 그 심정을 왜 모를까? 너무 잘 안다. 잘 알기에 조금이라도 도움을 주고 싶었다. 밀린 임대료 일부라도 탕감해주려고 했다. 그런데 그러한 의중이 제대로 전달되기도 전에 서로에게 상처가 되는 언행으로 심리적 갈등을 일으키게 했다.

하루가 급한 사정을 외면하고 시간만 끈다고 오해를 했던 것이 발단이 되었다. 그랬기에 왜 자꾸 미루느냐. 하루가 급한데, 그렇게 끌면 되느냐. 따끔한 맛을 봐야 주겠느냐 등 막말을 쏟아 냈었다.

막말을 들으면서 어떻게 대하는 것이 서로에게 피해가 가지 않을까 숙고하게 되었다. 한편으로는 이해시켜볼까? 하는 생각도 가졌었으나 상황이 어떠한 말을 하더라도 듣지 않을 것이란 분위기였다. 무슨 일이나 때가 있는 법인데 한발 물러서서 참아보려는 마음도 부족하다 판단되었다. 지나고 나서 후회한들 무슨 소용이 있을까만 조금만 참았으면 했었다. 그랬더라면 서로 웃으면서 헤어졌을 것이다. 참지 못하고 섣부른 증오로 사실 판단을 흐리게 해 신의에 금이 가게 한 것은 못내 아쉬움으로 남았었다.

남을 이해하기 위해서는 역지사지로 상대의 입장에서 생각하라 했지만 막상 발목 잡혀 하고 싶은 일을 못했을 때 그 심정을 헤아리기 쉬운 일이 아니었다. 일하고 있는 입장에서 보면 속이 부글부글 끓어올랐을 것이다. 오르다 참지 못해 불미스러운 행동으로 이어질 수도 있었음이다. 분위기가 옳고 그름을 판단할 수 있는 상황이 아니었다. 감정이 극도로 악화된 상태에서는 아무리 좋은 말을 했다 하더라도 고깝게 들렸을 터이다.

실수란 누구나 할 수 있다. 실수가 허물이 될 수도 있고, 의심을 불러올 수도 있다. 그러나 모르고 한 실수는 부끄러운 것이 아니다. 떳떳할 수는 없으나 숨기고 피하는 것은 현명한 처사가 아니었다. 그때 그들을 도와주고자 했던 나의 심정을 그들에게 더 솔직하게 고백하였더라면 복잡하게 얽힌 마찰이나 갈등이 풀려 화해할 수 있지 않았을까, 서로의 앙금을 풀지 못한 채 그들과 헤어졌다.

다행히 그때의 상황을 비교적 소상히 알고 있던 지인이 그들을 만나 "당신들을 위해 그렇게 애쓴 사람에게 고맙다고는 못할지언정 그런 폭언한 것은 사람의 도리가 아니었다."고 많이 꾸짖었다는 후일담을 들었다. 그들에게 사과하라 했는데도 감정은 허락하지 못했던 것 같았다. 아니 그 지인의 말을 믿지 않았을 수도 있었다.

좀더 시일이 지나서 이성을 차린 그들이 나를 찾아와 잘못을 빌고 싶었으나 사는 일도 바쁘고 먼 곳에 살고 있었어서 연하장을 보냈다는 말을 들었다.

　사회생활을 하다 보면 나누는 대화 중에 다른 이의 험담을 할 때 본의 아니게 듣는 경우가 있다. 그럴 때 내 일이 아니더라도 기분이 찜찜하다. 그 험담을 건너 건너서 당사자가 듣게 된다면 어떨까? 애써 참더라도 복장이 터질 것이다. 생존경쟁에서 막대한 물질적 손해를 입던 그들 부부, 진실에 함구했던 친인척을 탓할 수도 없었으니 오해가 빚어진 충돌이었고, 그들의 심적 고충이 어떠했을 것인지 충분히 짐작할 수 있다. 늦게나마 그 진실한 마음을 연하장에 담아 볼펜으로 꼬박꼬박 쓴 글이었다. 어찌 소중하지 않겠는가. 연하장을 제 자리에 묶으면서 생각하니 참으로 은혜로운 연하장이었다.

황혼의 길목에서

　요즈음 만나는 사람마다 내 얼굴을 보며 좋아졌다고들 한다. 나이 들어 좋아졌어야 얼마나 좋아졌을까. 듣기 좋으라고 하는 말이라는 것을 알면서도 세면하면서 내 얼굴을 다시 들여다보았다.

　거울 속 내 얼굴에는 세월의 나이테가 얹혀있는 게 역력하다. 언제까지 피부가 팽팽할 줄 알았는데… 아니 벌써라는 말이 입안에서 맴돈다. 온 힘을 기울여 달려온 지난날, 상대적 빈곤감으로 허탈하기도 한 세월을 살았지만 언제 이리 꺾였을까. 쓰러져 가는 달을 보는 듯했다.

　노화와 맞서지 말라 해서 외면하고 싶은데, 모른 척하고 싶은데, 왜 늙어가는 것을 거스르고 싶은 것일까. 늙음을 늦취보려고 운동하고 음식을 조절하고 영양제 복용하는 등 노력을 했다. 그런데 하얘진 머리카락이 검어질 리 없고, 부실한 치아가 원래 상태로 될 리 없고, 탄력 잃은 이마의 흔적이 지워지지 않을 텐데 말이다. 그러나 황혼을 지나는 사람들은 젊음을 유지하려는 투자에 아끼지 않는다.

40여 년 전에 잠시 헬스클럽을 운영했던 적이 있었는데 회원 반수 이상이 정년한 후에 젊음을 찾기 위해 오신 분들이었다. 그분들의 이야기에는 설득력이 있었다.

나이 먹는 것도 서러운데 정년이라는 명분을 주어 자유를 주었는데 그 자유가 빈들빈들 노는 감옥이라고 했다. 처음 며칠은 좋았다. 하나 시간이 흐를수록 알 수 없는 옥죔이 시작되더란다. 하루하루 보내는 것이 지루하기도 했지만 무위도식하다 보니 가족 눈치까지 보이더란다. 어쩌다 멍 때리고 앉아 있을 때는 정신이 나간 것 같아 두렵기까지 하다는 말에 공감했었다. 속절없이 탄식만 하고 있을 수 없어 무엇인가 하려고 길을 찾는데 유유상종이라 했던가. 비슷한 처지에 있는 사람이 추천해서 찾아왔단다. 와서 보니 같은 처지여서 이심전심으로 통한다고 했다.

헬스클럽을 찾은 분들의 일성은 비슷했다. 젊음을 유지하려면 허벅지 근육이 튼튼해야 하니 허벅지 근육을 튼튼하게 만들어 달라는 것이다. 어디서 들었을까. 건강을 유지하려면 허벅지가 튼튼해야 한다는 것을. 세상은 구하고자 하면 얻어진다 했던가. 오시기 전에 건강에 대해 많은 귀동냥을 한 것 같았다.

대부분 조금이라도 몸을 튼튼하게 하려면 이 길밖에 없다며 열심이었다. 어느 날 중풍을 맞아 부축하지 않고는 혼자 걷지도 못하는 분이 오셨다. 주변에서 저런 상태로 어찌 운동을 할 수 있느냐며 고개를 흔들었다. 그런데 그분은 의지력이 매우 강하신 분이었다. 쉼 없는 노력은 8개월 만에 절면서도 부축하지 않고 혼자 계단을 뛰어서 오를 수 있게끔 좋아졌다. 그 모습을 지켜보던 주위 사람들, 특히 고개를 흔들었던 사람들이 박수를 치면서 홍보요원을 자처하고 나섰다. 정작 중풍을 딛고 일어선 그분이 하신 말씀은 이제 제2의 인생을 사는 것 같다며 겸손하셨다. 그분으로 인해 좋은 소문도 퍼져서 손님이 폭발적으로 늘어났다. 그때 운동은 젊음을 유지하는 지름길이라고 믿게 되었다.

그러니 흔적이 지워지지는 않더라도 노화를 늦출 수 있다면 노력이라도 하는 것이 순리이다. 해 볼만 가치가 있는데 시도도 안 해보고 성급하게 그냥 물러나는 것은 잘 늙어갈 줄 모르는 것이란 생각이 들었다.

요즘 나는 유연한 몸매를 만들지 못하더라도 다리 근육이라도 강화시키기 위해 계단 오르기를 하고 있다. 처음에는 힘들었는데 꾸준히 하다 보니 뱃살이 빠지고 몸무게가 줄었다. 얼마나 즐거운 결과인가.

세월의 수레바퀴는 멈출 수가 없다. 세월의 무게가 쌓일수록 건강이 얇아지는 것은 당연한 이치다. 눈도 흐려지고, 치아도 부실해지고, 청력은 희미해지고, 피부는 탄력을 잃어간다. 나는 혈압이나 혈당은 정상이라니 그나마 다행이다. 그럼, 그만하면 되었지. 무얼 더 바라는가. 그에 만족하고 앞으로 꾸준히 운동하고 식단도 조절해 노화에 맞서 잠재능력을 키우려는 노력을 멈추지 않으리라.

황혼 길은 방향감각이 무뎌져 무슨 일이나 점점 서툴어진다. 한 번 가본 길도 처음인 듯싶고, 좋았던 기억력은 한 해 한 해 달라진다. 다행스러운 것은 나이가 들어갈수록 종합병원이 된다는데 아직 그 정도는 아니니 크나큰 은혜이지 싶다. 바깥출입이라도 할라치면 머리카락이 빗질이라도 잘하란다. 휑 하니 빈 정수리에 얼마 남지 않은 머리카락을 덮어 봐야 그게 그거지, 그래도 이나마 남았으니 감사하자.

머리 잘 빗질하고 친구 모임에 참석하려 했는데 갑자기 일이 생겨 불참하였다. 코로나로 1년여 만에 갖는 모임이어서 정담을 나누고 싶었는데….

모임에 참석한 친구가 밤늦게 전화를 걸었다. 자주 만나지 못하다가 오랜만에 모였으니 할 말이 얼마나 많았겠나. 그 자리에서 있었던 이야기를 다 들을 수는 없었으나 일부만 듣고도 짐작이 되었다.

인생 2막에 대한 청사진이 도마에 올랐을 터이다. 대부분 정년을 해 경제활동을 하는 사람은 몇 안 될 터이니 보지 않아도 훤하다. 그중 몇몇은 수입이 될 만한 일거리를 찾으려는 애환을 털어놓았을 것이고, 실력 인정받아 일을 시작했으나 몸이 따라주지 않아 이럴까, 저럴까 방황하는 고충도 있었을 것이고, 운동으로 몸을 단련해 몸은 견딜 만한데 망각이 심술을 부려 정신이 오락가락한다는 비애 등을 주거니 받거니 하는 술잔에 담아 오갔을 것이다. 누구를 위해서, 무엇을 위해서 사서 고생했느냐고 물으면 모두 행복을 위하여, 가족을 위해서라 답했을 것이다. 과연 그럴까?

세상을 살면서 선인들이 왜 언행일치를 강조했는지 깨닫게 했다. 아니다 이제 좀 알 것 같다는 표현이 옳을 듯했다. 말이 많으면 행동이 따르지 못하는 것은 당연한 이치인데 돌이켜보면 가까운 사람들과 구두로 한 약속들이 의외로 많았다. 그러나 지키지 못한 약속들이 적지 않았다. 삶을 영위하면서 바르고 그르고, 좋고 나쁘고, 잘하고 못하고, 득이 되고 해가 되고를 떠나 약속을 했으면 지키고 살았어야 했는데 그리 못함이 회한으로 밀려왔다.

산다는 것이 무엇이었을까? 먹고 사는 것이야 일 년 식량은 고향에서 조달해주고 부식비야 핵가족이니 그것으로 족하고, 관리비 제세공과금 등은 곶감 빼먹듯 빠져나갈 것이다. 그런데 주판을 튕겨보면 어디 그것만이던가. 사람을 만나지 않고 고립된 무인도 생활을 하면 모를까 인간관계를 하다 보면 비현실적인 이론으로는 추정키 어려운 지출 때문에 방향 설정하기가 어렵다. 어디서 누구와 무엇을 하느냐에 따라 비워지는 공간의 차이가 크다. 젊었을 때는 비워지는 공간의 티가 나지 않았는데, 티가 나더라도 슬며시 채워졌는데 황혼에는 비워진 티가 확연하게 나타나 움츠리게 된다.

움츠리다 보니 젊었을 때 좀 더 잘 살았더라면 하지만 다시 살더라도 다르지 않지 싶다. 나이 들어 뒤돌아보니 젊어서 기로에 섰을 때 선택을 잘못했던 기억이 있으나 어려운 시절을 거치면서 그럴 수밖에 없었지 싶다. 특히 금전에 관해서 버는 것보다는 쓰는 것을 배웠어야 하는데 그러한 기회가 없었다. 항상 젊을 줄 알고 저축보다는 소비에 씀씀이가 컸던 것도 잘못된 습관으로 이어졌음이다.

잘못을 지적해주는 분도 없었으며 잘못되었을 때 허탈한 심정을 하소연할 곳도 없었다. 그렇다고 손잡아 주는 줄도 없었다. 살면서 어느 구름에 비든 줄 모르듯이 어느 인연이 튼튼하고 끊어지지 않는 좋은 줄인 줄은 더욱 몰랐었다. 그러나 황혼에 서서 보니 놓친 고기가 더 커 보인다고 놓쳐버린 줄 중에 놓쳐서는 안 되었을 줄이 환히 보였다. 그러나 이미 잡을 수 없을 만큼 멀리 떠나버렸는데 어찌 되돌릴 수 있을 것인가.

살면서 어려웠던 때를 돌아보면 그때를 어찌 넘겼을까. 몸서리쳐지듯 아슬아슬하고 위태, 위태했던 때가 있었다. 그때가 있었기에 오늘을 살고 있는 것이다.

오늘 힘들었다고 다음날 힘든다는 공식은 없다. 물론 힘든 경우도 있을 테지만 분명 다른 다음날이 기다리고 있었다. 그러나 알려고 하지 않았다. 알려고 하지 않은 선택은 스스로 한 것이기에 탓할 일도 아니었다.

이제 가는 길은 지금까지 살아온 길과는 다르다. 처음 가는 길이기에 서두르지 말고 천천히 걷자. 조금만 비우고, 양보하고, 나를 위한 삶보다는 주변을 살피며 살아보자. 그럭저럭 사는 것보다는 가치 있는 일을 찾아보자. 멋들어진 삶을 살지는 못하더라도 비난받는 삶은 살지 않아야 할 것 아닌가. 지금처럼만 살자.

아내와 나는 지금이 제일 행복하다. 왜 그럴까? 젊었을 때 가졌던 용기와 패기는 사라졌더라도, 척하지 않고, 나보다 높은 곳 쳐다보지 않고, 지금까지 무엇 했느냐 구박하지 않고, 서로가 서로를 맞춰주려고 노력한다. 어느 선인은 일생이 행복의 연속이었다고 하는데 일생은 아니더라도 요즈음 작은 기쁨도 함께 하고 사소한 것에도 감사하며 행복을 누리고 있다. 삶은 만들어 가는 것이라 하지 않은가.

김 정 연 수 필 집

순간마다

은혜였음을

김 정 연 수 필 집

순간마다

은혜였음을